ローラ・フリン

統合失調症の母と生きて

佐々木千恵 訳
森川すいめい 解説

みすず書房

SWALLOW THE OCEAN

A Memoir

by

Laura M. Flynn

First published by COUNTERPOINT, Berkeley, 2008

目次

母・サリーと著者，1972 年

序章――サンフランシスコ、一九七六年

九歳のとき、母が世界について教えてくれた。「いい人と悪い人が戦っているの。ひと握りの強い人たちが、その戦いで特別な役目を果たしているのよ」

そのとき家にいたのは母と私の二人だけだった。父はその一年前に家を出ていたし、姉と妹は学校に行っていた。私は熱もなく、吐き気もなく、鼻づまりもなく、それほど具合が悪かったわけではない。でも何となく体がだるいと言ったら、母は学校を休ませてくれた。母と私は玄関広間のわずかな空きスペースに座り、目の前に散らばっているドル紙幣やコインに描かれた顔を見ていた。父が出ていってから、家じゅうがじわじわと散らかってゆき、そこらじゅうから物が迫ってきていた。玄関のドアのそばには郵便物が山積みになっている。最初は壁に据え付けられた台の上だけだったが、リビングへ続く廊下の途中まで壁沿いにいくつものぐらぐらした山を作っている。そこまでくると、ぐちゃぐちゃの混ぜ物にしか見えない。洋服、紙類、おもちゃが重なり合って足の踏み場もない。本棚から引っ張り出されたっきりの本が、棚のまわりを取り囲んでいる。レコードはむき出しになっていたり、内袋に入っていたり、ジャケットに入ったままだったりで、ステレオのまわりに扇形に散らばっている。ソファーのそばに転がっているのは金属製の太い編み棒が刺さった毛糸玉だ。これは私と姉のサラが編みかけで投げ出したもので、二〇目ほどしか編んでいない毛糸のマ

フラーが吹き流しのようにくっついている。

「この人たちはみんな、まだ私たちと一緒に生きているのよ」母はそう言いながら鼻の上にメガネを押し上げた。メガネははじっこをセロテープで補修してある。私たちが使っているコインとお札からこちらを見ている男の人たちは、良かれ悪しかれ人々に影響を与え、歴史に足跡を残した、と母は教えてくれた。そしてそのうちの何枚か、いい人たちに手を伸ばした。

「アブラハム・リンカーンも、特別？」と私は思い切って聞いてみた。

「ううん。彼はいい人だけど、あまり強くなかったの」

リンカーンが好きだった私はちょっとイラっときた。歴代大統領の中で一番だと思っていたから。奴隷を解放したし、小さな息子を亡くしている。だから私はリンカーン派になったのだ。

「いい人で、強いのは、誰？」

一瞬間《ま》があってから母は「ジョージ・ワシントン」と答え、一ドル紙幣を私に差し出した。お札のワシントンは少し意地悪そうだし、カールした白髪も変だ。それなのに母がどこを気に入っているかはわかった――きりっとひきしまった唇だ。

母は床から一ドル硬貨を拾い上げて私に渡した。「一番強いのはジョン・ケネディーよ」

確かにケネディーは私たちの暮らしの中で、強烈な存在感があった。散らかったリビングを歩くたびに表紙に彼の顔が載った本に必ずつまずいてしまうほど、ケネディーの本がたくさんあった。車でゴールデン・ゲート・パークの近くに行くと、母はきまってケネディーの名を冠した通りに車を往復させた。時にはその大通りをはじからはじまでドライブするためだけに、パンハンドル〔訳注　ゴールデン・ゲート・パークから東に飛び出た取っ手のような細長い土地〕からオーシャン・ビーチまで車を走らせることもあった。ある日、そのドライブに行ったとき、母は造幣局の土産物店でＪＦＫ記念硬貨を見つけた。金メッキされた特別な五〇セント硬貨で、金色の輪の中に、あごの角張ったケネディーの横顔だけが浮き彫りにされている。母はそのコインに細い金のチェーンを通して身につけることにした。私が物心ついたころからずっと母の鎖骨のところにぶら下がっていた重そうな金の十字架の代わりに。

「彼は私の特別なパートナーなの」と母は言った。

「特別なパートナー」という響きがいやだった。全然そうじゃない。その言葉は何か間違っている。

「彼は私を助けてくれるの」もうそれ以上聞きたくなかった。なのに私はたずねた。

「どんなときに？」

「悪魔と戦うときにね」

まばたきしながらも私は質問を続けた。「どうやって？」

母は指と指の間にはさんだ五〇セント硬貨を磨きながら、私には見えないことをどう表現しようかと言葉を探している。

「心の中で悪魔たちをノックアウトするの」母は親指と人差し指をくっつけ、それからタフィー〈訳注　砂糖とバターを煮つめナッツなどを入れたキャラメルのようなキャンディー〉や風船ガムを伸ばすようにゆっくりと二本の指を離していった。「ノックアウトして、最後には破滅させるのよ」

二本の指がゆっくり離れて行くのをじっと見ていたら、悪魔たちがどんな感じなのかがわかった。最初はまだ噛まれていないガムのように硬く、その後伸ばされると柔らかく長い糸のようになり、最後にもっと引き離されると切れてバラバラになるのだ。

私は頭の中に、母から聞いたことを入れておく特別な場所を作っていた。ある出来事が本当であると同時に本当でないこともある、と私は知っていた。私は本の虫だった。母が何か言うとその瞬間に、その言葉をそのまま一冊の本、あるいは一つの物語のように吸収していた。細かいところまで知りたかった。その話がどんなふうに進んでゆくのか知りたかった。母の話が本当か作り話かなど、ほとんど気にならなかった。けれども現実に反して、母にとってはすべてが本当のことだったので、こちらがちょっとでも疑いの目で見るとそれを母は裏切りととった。私は母が作り出した世界で暮らしていたので、みんなにとっては作り話でも、私にとっては本当の話だった。

母はひたすらしゃべり続けた。天気、地震、ベトナム、パティー・ハースト〔訳注 一九五四―。米女優で新聞王ウィリアム・ランドルフ・ハーストの孫。左翼過激派に加わり七四年に自らの誘拐事件を起こす〕、スクイーキー・フロム〔訳注 一九四八―。フォード大統領暗殺未遂の罪で終身刑を言い渡されるが、その後減刑されて二〇〇九年出所〕、時代の流れ、などなど。すべてが重要で、すべてが今起こっていることだった。びっくりするほど大きな変化が今始まっていて、自分はその中心にいる、と母は言った。

「ほかには誰もいないの。私の役目は誰にも果たせないのよ」ぶ厚いメガネの向こうから、じっと私に据えられた青白い目が返事を待っていた。

わかったというようにうなずくと、ようやく母は私から目をそらせた。私はほっとした。床に落ちた母の視線は私を素通りしてリビングの窓へと移った。母は一心に首を上下に振っていた。

そうやって母の隣に座って質問しているときには、私の体、目、そして声は、私がいつも抱いてきた母に対する純粋な信頼感を映し出していたに違いない。しかし私の中の一部はすでにあとずさりし、玄関のドアに向かってじりじりと動いていた。危険な動物を驚かさないよう、ゆっくりと離れていくときのように。

第1部　激流

第1章——一九七二年

「一から十の中から一つ数を選んでね」母はそう言うと青く大きな瞳をギュッと閉じた。そのときメガネはかけていなかった。当時はめったにかけなかった——オシャレ心からだろう。私は道の途中で立ち止まり、目を閉じて何かの数が頭の中でささやかれるのを待った。

「二」エイミーが答えた。

「七」私はつられて口にした。

「正解！」母はそう言いながら驚いて目を開けた。「だんだん上手になってきてるわ」

誰が最初に出発するか、誰が正面に座るか、誰が余分にクッキーを食べていいかなど、何かを選ぶときに私たちはこのゲームをした。でも私たちの超脳力を磨くためでもあった。練習がね、と母は言う。練習が大事よ。

私が五歳、妹のエイミーはまだよちよち歩きだったころ、ゴールデン・ゲート・パークからわずか半ブロックのところに私たちは住んでいた。晴れた日の午後、父は仕事、姉のサラは学校からまだ帰らない時間に、母は幼稚園から帰った私とエイミーを散歩に連れていってくれた。エイミーはワンダーチェアーに乗っている。つなぎ目が危なっかしく、重いビニールのクッションが置かれた、大きくずっしりとしたベビーカーだ。

フルトン大通りを横切り、ローズガーデンに入り、その他いろんな場所で足を止め、園内のお決まりのコースを回る迷路のような散歩をするのだ。

記憶の中ではなぜかいつも春の終わり。桜はもう散ってしまったが夏の旅行客はまだ繰り出してこない、そんな時期だ。雨の記憶はない。何回もの晴れた午後の記憶が一度だけの公園の散歩という形で集約されているのだ。

ローズガーデンに入ると母はエイミーをベビーカーから下ろす。私たち三人は飛ぶようにあちこちの花をめぐり、一番香りが強いバラを取り囲む。花が並ぶ列と列の間は芝生になっていて、カップルが何組も大胆に寝そべっている。柔らかそうな薄いスカートをはいた少女たちに両腕を絡みつかせている髪の長い少年たち。ベンチにはツイードのストレートラインのスカートをはいたおばあさんたちが腰かけて、カップルたちをとがめるかのようにかかとを地面に押しつけ、唇をギュッと閉じている。この二つの文化間の溝のどこかに、母の居場所があった。

母は自分のことを一種のボヘミアンだと思っていた。私の両親はともにアメリカ中西部出身で、新しい道を切り開くため、そして幼少期に味わった狭苦しい地方主義から抜け出すためにサンフランシスコにやってきた。とくに母は、アメリカの数ある都市の中でもっともヨーロッパ的なこの街にいれば、子供たちの学校から食べ物、読む本、信仰に至るまで、生活全般にわたって好きなように選択ができると信じていた。

三十歳を過ぎたばかりだった母は背が高くすらっとしていて、実際の一七〇センチ近い身長よりも高く見えた。公園への散歩を含め、いつもハイヒールを履いていたからだろう。目は大きくて青く、キラキラと輝いていた。祖母譲りで私たち姉妹にも受け継がれていたその目が母の一番際立った特徴で、肌が青白く髪が黒かったのでなおさら目を引いた。微笑むとわずかに前に突き出した歯が見え、低い位置でほお骨が目立っていた。母は美しかったが、残っている写真を見ると、その美しさはいくらかはかないと言わざるをえない。際立って美しいと思っても、翌日にはただ驚くほど青白い、ということもあった。

幼い私たち二人を連れた母が近づくと、ベンチに座っていたおばあさんたちはいつもこちらに向かってニコッとした。母はスカートにヒールの低いパンプスを履いていたし、私たちもきちんとした格好をしていたし、そのワンダーチェアーは我が家が中流家庭だということをはっきりと示していたからだ。エイミーは鮮やかな赤か青のウールのコートを着て、それに合わせて私たちがごく幼いころ母が気にいっていた帽子を被っていたような気がする。私の場合エイミーより大きかったし、もう七〇年代になっていたので、少なくともエイミーっぽい服は卒業し、すその広がった格子柄のズボン、綿のタートルネック姿になっていた。上に着たカーディガンは、胸のところでボタンをかけ違えていたが。

母は決してベンチのおばあさんたちの微笑みに答えなかったし、芝生にいた若者たちを好意的な目で見ることもなかった。慣習を捨て去りたいという思いはあったが、母は中西部の牧師の娘としての感性をもち続けていた。私が子供だったころ、サンフランシスコで恥じらいもなくさらされていた肉体や自由恋愛のありさまに、母はいつも少し憤りを感じていた。

私たちは芝生の若者の風上にいたし、ベンチのおばあさんたちの声も届かず、自分たちだけの世界で、咲き誇るバラの中をさまよった。母は自分だけの宇宙を創造する不思議な力をもっていた。私たちは荒れ狂う文化の真っ只中に生きていた。私が生まれたのは一九六六年。ヒッピー・ムーブメントが最高潮を迎えた「サマー・オブ・ラブ」の一年前の夏に、ゴールデン・ゲート・パークからわずか一ブロックの場所で生を受けた。一九七二年ごろには、ベトナム戦争に反対するフラワーチャイルド〔訳注　一九六〇年代のヒッピー族。愛・平和・非暴力を謳った〕も野営を引き払っていたが、ベトナムではまた激しい戦闘が繰り広げられていた。そして私の記憶する限り、サンフランシスコからは人がごっそりいなくなっていた。

私たちがローズガーデンに行くのは、人を怒らせるためでも、怒られるためでもなかった。ただ花が見たくて行っていた。

「これは「ローマン・ホリデー」」と母は教えてくれた。黒い小さな文字板に書かれたバラの名前を全部母に読んでもらった。「トランクウィリティー」「アーティストリー」「シー・オブ・ピース」「エレガンティン」「ゴールデン・フリース」「フレンチ・レース」「ラベンダー・ラッシー」「ソレイユ・ドール」。私たちは名前に使われているフランス語を発音してみた。母が上下の歯を合わせ巻き舌で喉音Rを出すのを私は真似した。母の首あたりの皮が震えた。

母はフランス語が話せた。さらに、若いころクイーン・メアリー号でヨーロッパに渡った話、パリに住んでいた話、そこで泊まっていたホテルの階段で父と出会った話が加わると、母から強烈なロマンスの香りが漂ってきた。

船出の日に船のデッキにたたずむ母を想像するのが好きだった。下から見送る群衆に向かって無数の紙テープがたなびくデッキ。特別な日のための服を着て、カレッジの卒業写真に写っているような映画スターばりの母。短い髪、キラキラ輝く青い目、ウエストをギュッとしぼったロングドレス、のど元を飾る短いパールのネックレス。

「その日、大泣きしたの」この話になると母はきまってそう言った。その話しぶりからして、ただ鼻をすった程度でないことが感じられた。船に乗る準備をしているときから、その日見送りに来てくれたおじとおばがタラップを降りて行くときまで泣き続けたという。

これは私のイメージとしっくりこなかった。泣いているとその絵が台無しになってしまう。これは冒険物語でもありロマンスでもある。これから世界見聞への旅が始まる。そしてパリで父と出会って恋に落ち、私たちが生まれた。おしまいはハッピーエンド。だから出だしの涙はまったくそぐわないのだ。

「何で泣いたの?」私は母にたずねた。

母は見失った一瞬を、あるべき場所に戻そうとするかのように一呼吸置いた。「もう二度と帰らないつもりだったからよ」説明もなく、この二番目の短く謎めいた情報を母は口にした。それ以上突っ込んで聞いてみたことは一度もなかったと思うが、その言葉は私を悩ませた。堂々としていて、簡単には動じず、怖いもの知らずで、まわりに流されない、という母の性質の悪い面が出ていた。私からすると、母が家に帰りたがらないのは、私の優しい祖父母と父、そしてそれ以上に私たち姉妹に対する裏切りに思えた。というのも私たちの存在自体、帰国し妻として母としての人生を選ぶ、という母の意思にかかっていたのだから。子供の自衛的な理屈を言わせてもらえば、それは母に許された唯一の運命だった。

ティーガーデンに着く手前で道は急に下り坂になる。母がベビーカーを持つ手を少し緩めたため、私たちは自然とかけ足になった。母がコントロールできるギリギリのスピードで、転がるように丘をかけ下りたのだ。私はベビーカーの金属バーにつかまって走った。そして私たちはティーガーデンの木の門に、ハアハア言い、笑いながら到着した。そこから中へと続く小道は平らだった。ワンダーチェアーは止まった。それをゲートのそばに置いて、私たちは園内に入った。

私とエイミーは手入れの行き届いたたくさんの盆栽、魚が飼われている池、木の橋、鳥居を通り過ぎ、石の小道を追いかけっこしながら進んでいった。大きな石をちゃんと踏みながら進めるように大またで走った。私の右手は低い手すりの、ツルツルした竹の上を滑っていった。すぐに庭園の正面入り口に近い太鼓橋のたもとに着いた。その小道が水路と交差するところに来たとき、私はスピードを落とした。エイミーは私のすぐ後ろを走っていたので、私にぶつかって止まった。

振り返ると母の姿は見えなかったが、私は池のほとりにしゃがみ、のぞきこむように頭を下げた。両ひざがくっついてカップのようになった部分にあごを乗せて、にごってどんよりと暗い池をじっと見た。底に沈んでいる銀貨と銅貨が光っている。薄く積もった泥から半分顔をのぞかせたコインのはじっこや外側の枠が太陽をとらえていたのだ。コインを下に見ながら、鮮やかなオレンジ色のコイがその浅い水路を横切っていった。遠くからチラッと見るとコイはきれいだったが、ひざまずいてこんな近くで見ると、大きくなりすぎだし気持ち悪い顔だと思った。

次にアメンボの折れそうな手足をじっくりと見た。母の言葉を借りると「イエスのように」水の上を歩く。ふだんアメンボは水に浮いているが、そよ風が吹いて少しでも水が流れるとそれに乗って動く。どこからともなく一匹がサッと池を横切ると、それにつられてほかのアメンボたちも突然軽やかに水面を滑り始めた。だがその後再びなめらかな水の上でアメンボたちはじっと動かなくなった。もし水をかき混ぜたり、たとえ一滴でも水をかけたりしたら、水面下に沈んでしまう。それらは水面の緊張によって支えられている。つまり泳ぎ方を知らないのだ。

母は高い木の橋の向こうの、小道の決まった場所に立ち、私たちだけをじっと見ていた。母がそのお決まりの位置につくと、私とエイミーはその太鼓橋の急なほうから、まるではしごを登るときのように、てっぺん目指して競争しながらよじ登っていった。私たちはそのシーズン最初の旅行者である大人たちのグループ、のろのろ動いている邪魔なかたまりを追い越した。サンフランシスコに住めるほどラッキーでない人たち、橋の腰のまわりにセーターを巻きつけていないので午後の風に吹かれてそのうち寒くなるであろう人たち、橋の切り立った坂を半ズボン姿で必死になって登っていく人たちだ。その傾きが大人より私たちの体に合っていたし、ここは私たちにとって庭みたいなところだったからさっさと登れた。私たちはサンフランシスコ生まれだったが、母に言わせると、そのために私たちはほかのところに住む人たちより一段上にいた。

橋のてっぺんにいると、両足を踏ん張って立つ巨人になったような気がした。足元の木の板は左右両側で下向きにカーブしている。私は手に一ペニー硬貨をぐっと握りしめ、母がこちらを見てくれるのを待った。母は下の小道に立っているが、その視線は辺りをさまよっている。横にある低い生垣の中にある何かをしばらく見ていたり、池の遠くのほうを見ていたり。それから私たちのほうを見上げるとニッコリして言った。「願いごとをするのよ」私は目をギュッと閉じ、向きを変えて肩から大きく腕を振って手に握った硬貨を投げた。浅い池にポチャンと落ちる音がした。私はクルッと向きを変えるとすぐに母を見た。母は両手を顔の近くに持ってくると、それでいい、というようにパチパチと手をたたいてくれた。それを確かめてから私は投げた硬貨がどうなったか目で追った。しかし、ヘドロのようなものがゆっくり盛り上がってきて広がり、再びゆっくりと池の底に沈んでいく様子しか見えなかった。

橋のはじをゆっくり下りていくと母が近づいてきて、私が最後に一段抜かしで飛び下りられるよう、片手を差し出してくれた。エイミーは後ろ向きで下りている。よちよち歩きの体を橋にぴったりと付けて、一歩一歩足で探りながら下りていた。母はエイミーの後ろに立ち、手伝いたい衝動を抑えながら、落ちてきたら受け止められるよう両手を広げて身構えた。

それから三人で池の近くに下りていって、春先から見続けているカモを観察した。母はバッグの中からパンの耳がいっぱい入ったビニール袋を取り出した。後ろに五羽の赤ちゃんカモを従えたカモのお母さんが近づいてきた。そのヒースのような灰色の羽一枚一枚を見ると、暗色の部分を明るい色が取り囲んでいて、羽は全部、尾に向かって並んでいた。母ガモは岸の近くに生えているアシの間を滑るように泳ぎながら、視界に出入りする子供たちをチェックしていた。親子は私たちが投げるパンを水面からつまんで食べた。私は生まれ変わって母ガモになっている自分を思い浮かべてみた。水面下に隠れた足をばたつかせながら、水面を進んでゆくカモになっている姿を。

休憩をとる前、最後に立ち寄ったのはブロンズ製の仏像だ。急な階段を上った頂上の、くぼんだ部分にどっしりと座っている。「あれは聖人よ。イエスみたいな」と母が教えてくれた。

イエスとは全然違う、と思った。ブッダはがっちりしていて微笑んでいるし、背筋をピンと伸ばして座っている。これまでに見たイエスはたいていやせて、両手を広げて十字架にはりつけにされていた。肌の下からはあばら骨が突き出し、胸に付くかと思うほど頭を垂れ、目には苦しそうな色を浮かべていた。でもブッダは違う。ブロンズ製で穏やかな顔。誰が見ても気の毒だとは思うまい。

母は説明書きを読んでくれた。「ブッダという名で知られている。晴れの日も雨の日も傘のない場所に座っている」エイミーと私はブッダの脇にあるツツジの茂みから一つずつ花を摘んだ。母が私たちを順番に持ち上げてくれたので、私たちは上を向いた彼の手のひらにそのピンクの花を置いた。

近くに茶店《ちゃみせ》があった。お茶を出してくれた着物姿の日本人の女の人が履いている木のサンダルが、コンクリートの床にカランコロンと音を立てていた。白い靴下を履いた親指と人差し指でひもをはさみ、靴底になっている木の部分をつかむようにしてちょこちょこと歩いている。私はフォーチュンクッキーの二つの出っ張り部分を割って開けた。すると左右違う大きさの鳥の鎖骨のように割れた。その割れ目から、破れないように注意しながら白い紙を引き抜く。そして唇だけ動かしながらゆっくりと自分の運勢を読んだ。字はすでに読めた。練習したのは覚えていないが、幼稚園に上がる前のいつだったか、母が指でさす文字が勝手に組み合わさって、私の目の前に単語となって現れたのだ。

運勢なんていいことだけ書けたはずだ。それとも悪いことが書いてあったのか、私はその紙を母に渡し、母がそれを目の近くに寄せて読んでくれるのを待った。母は首をかしげ、一瞬考えてから、私にいいように運勢を解釈しなおしてくれた。

それから目の前の漆塗りの机みたいにツルッとして塩からいせんべいを食べ、前世ごっこをした。母は生まれ変わるという考えに強く惹き付けられていた。それはネズミかもしれないし男の子かもしれない。エイミーは最近分になってみましょうと母に言われた。それはネズミかもしれないし男の子かもしれない。エイミーは最近までトラだったということで三人の意見は一致した。なぜならエイミーは意地悪く噛むからだ。来世では私が母で母がその子供になるかもしれない、と母は言った。人間一人一人がかけがえのない滅びることのない魂をもっていて、自分の一部であるその魂は生まれ変わっても次の生命体に引き継がれる。母はそう固く信じていたし、私たちもそれは本当かもしれないと思った。私は人なつっこいゴーストのキャスパーみたいに、小さな白い雲になっている自分を思い浮かべてみた。必要なときには体からふわりと抜け出して、通りに下り立つこともできるのだ。

母は手を伸ばしてきて、肩まで伸びていた私の髪をなで、散らばった毛先を左耳の後ろにかけてくれた。エイミーは自分の席でもぞもぞしている。私は母のほうに手を差し出して言った。「手相を見て」。自分の未来に関してもっと細かい話が聞きたかった。母はその手をとると日の光にかざした。手のひら、そして指じゅうにクモの巣のように線が走っている。まるでおばあさんの手だ。「これまでたくさんの人生を生きてきたわね」母にそう言われたのは初めてではなかった。母は親指を取り囲む太い線を指でたどった。「これがあなたの生命線。長生きするわよ」それから手のひらを横切っているまっすぐな線を指先で軽くなぞった。「これがあなたの愛情線。くっきりした線ね」

それから私たちは母に、子供のころの話をしてくれとせがんだ。あるいは、「お母さんとお父さんが出会ったときの話」がいい、と。母はいつも言うことを聞いてくれた。

それは一九六〇年。母はパリのセーヌ川左岸の、こじんまりとしたホテルに泊まっていた。クイーン・メアリー号で一緒にやってきた大学での友人メアリーと、ジャズクラブかバーに行こうとオシャレをしてホテルの階段を下りていた。ヒールを履いた女性がよくするように、空中でちょっと間《ま》を置いてから次の段に足を下ろすというふうに、気をつけながら急な階段を下りていたに違いない。二人が二階の踊り場に来ると、道をふさぐようにドアが開いていた。二人は足を止めた。母はドアのはじから部屋の中をのぞきこんだ。そのとき初めて、父と母の目と目が合った。父は微笑み、一緒にディナーに行ってくれるなら通してあげる、と言った。母も微笑み返し、大胆にも部屋の中に足を踏み入れた。

母はこの話をもう何十回も私たちにしてくれたはずだ。母にとっても私たちにとっても、それはその後の私たちの人生を決めた瞬間、分岐点、運命的偶然だった。そして私たちは熱心に話に耳を傾けた。開かれたドア、パリの夜のロマンス、宇宙における何らかの力が私たちに好意的に出来事を導いているという確信。

話に引き込まれるのも当然だ。そんなふうに私たちは幸運だった。一番美しい街に生まれ、フォーチュンクッキーから引っ張り出した細い紙に書かれた運命をこっそり読み、カモにパンをあげ、池にペニー硬貨を投げ、来世のために善行を積み重ねる。アメンボのように軽やかに、私たちは自分という存在の明るい面の上を動いていた。そしてもちろん、母も水の上を歩いていると思っていた。

フォーチュンクッキーのほのかな甘みは、せんべいのからさの中に溶けてしまった。一羽の黒い鳥がカウンターの上に飛んできた。それからテーブルの下に下りて、セメントの床から私たちが食べこぼしたクッキーのかけらをついばんだ。テーブルの下を見ると子供用の白いサンダルを履いた二組の小さな足が宙に浮いていた。母は女性らしくひざのところで足を組み、右足を宙に浮かせていた。その右足の靴はかかとのところで少しぬげかかっていた。母はそのつま先を私のほうに伸ばした。そして私のサンダルの靴底を下からつま先でトンと軽くたたき、そのまま上に持ち上げた。一瞬止まってからやさしくそれを離すと、私と母の足は同時に床に向かって落ちた。

第2章

私の家があったブロックのどの家にも、裏手に狭いが奥行きのある庭がついていた。手入れをしなくていいという理由で舗装してしまう家が多かったが、我が家の庭は舗装していなかった。土の部分も草の生えた部分もあった。霧の晴れた夏の日に泥団子を作ったとき、それを飾るためのオレンジ色やピンク色のゼラニウムも咲いていた。支柱が赤と白で塗られた小さなブランコもあった。それは私の五歳の誕生日に、父が組み立ててくれたばかりだった。だが庭の大部分は土と花に覆われていた。

私は草を一本手にしてコロラドハムシを探し出し、その草で突っついて体を丸めさせて黒くまん丸な玉にした。あるいは歩いているムシを邪魔し、持ち上げ、さっきとはまったく違うところに置くと、そこがどこだかわからないムシはビーズのように体を丸くして引きこもってしまう。私はそのビーズを庭の踏み固められた土の上で転がし、さらにセメントの小道にまで進んでゆく。だが玉の中身が生き物だったことを思い出してすまなく思い、手を止める。そして、もう一度勇ましく動き出して、と願いつつ、そのコロラドハムシを見つめながらじっと座って待つのだ。

私は地面の上にしゃがんで体を丸くし、空中を飛んでいるものに目をこらした。ほこりのかたまりが風に舞っている。目の前を横切る太陽の黒点のように、それらが漂っていく様子に私は心を奪われた。時おり私は自分の手を見下ろしてみる。すると妙な気持ちになる。「私は私だ」と独り言を言う。これは私の手、私の体、私の人生だ。「ローラ」「私はローラだ」という思いにとらわれる。この庭、このブロック、この家族。なんて奇妙なんだろう。私の生活がほかの人たちの生活と比べて変だと思ったのではない。毎日の生活そのものが奇妙だと思ったのだ。日々の営み、朝起きて学校に行く、という生活それ自体だ。いや、もっと正確に言うと、これとあれの間、ここそこの間に溝がある点だ。私が一番よく知る自分というものは頭の中に閉じ込められ、コロラドハムシを思い浮かべ、あれこれ考え、心配していた。これはとてもよくあることだ。この頭の中の自分を目の前にある手の持ち主と考えるのには無理があった。いやな気分でも、いい気分でもない。ただそれを知ってショックだった。

私は地面の、真っ赤なテントウムシの通り道にじっと手を置いた。するとムシたちは私の指にやさしく上ってきた。その手を目の高さに持ってきて、左右バラバラに散らばる黒い点を観察した。すると急に話しかけたくなって、つい大声を出してしまった。「テントウムシ、テントウムシ、家に飛んで帰りな。おうちが火事だよ。子供たちだけで留守番してるよ」そのうち一匹は背中の真ん中で真っ二つに割れている赤く硬い殻を広げ、その下にある黒く薄い羽根も広げた。意地悪されて、ムシは飛んでいった。

でも、鏡や虫眼鏡を持ってきて、歩道を歩いている黒いカブトムシに太陽光線を集めて燃やしたりはしなかった。曲がり角近くの青い小さな家にはマリガン一家が住んでいた。そこの兄弟は、私たちのブロックに住む子供たちを怖がらせ、一帯を完全に支配していたのだが、彼らはカブトムシを燃やしていた。私たち姉妹はそれを見て恐ろしくなった。あまりにストレートな残酷さ。男の子たちは本当に腐っている。頭に綿か何かが詰まっているのだ。でも当時、彼らは私たちとはまったく違ったルールで遊んでいた。自分たちの行動が正しいか間違っているかなど彼らは考えなかったが、私たちは大いに気になった。私たちは残酷じゃない、と言いたいのではない。何かに対してゆっくり時間をかけてギリギリの悪さをしたり、いじったり、あれこれ試してみたりしたかもしれない。しかし太陽光線を直接集めて何かを燃やしたことは一度もない。そうは言っても、その少年たちは私の母の子供ではなかった。もしコロラドハムシをいじめて私の良心がとがめるならそれは、母の「自分が人にしてもらいたいようにほかの人にもしなさい」という言葉が、こうしたことにまで当てはまるとわかっていたからである。

何だかんだ言っても母は牧師の娘だった。母は一九三七年にイリノイ州ウッド・リバーに生まれた。五人兄弟の一番上で、下に年の近い弟が四人もいた。祖父によると「ほぼ完璧な娘」は「とても頭が切れた」という。子供のころ、父の信徒たちのアイドル的存在で、毎週日曜になると最初は母親のひざの上から、のちには子供聖歌隊の最前列の席から説教壇に立つ父親を見ていた。

母の父アモスは人々の敬意を求めると同時に、それを自由に操った。魅力的でカリスマ性があり尊大だった彼は、自分自身の人生を道徳物語だととらえていた。そしてそれを自分の子供、孫、家族、友人、つまり道徳的指導を必要とする人たちみんなと分かち合うべきだと思っていた。彼はミズーリ州の田舎で農村の少年として育った。ごろつきだったが神のご加護によって救われた、と本人は語っている。初めて教会に行ったとき彼はすでに十八歳だったし、しかも行った唯一の目的は、教会のチームに入ってバスケットボールをすることだった。その初めての日曜日、聖歌隊の最前列にいた、牧師の娘である私の祖母サディーに目が留まり、彼はそのまま教会に通い続けた。二人の付き合いは数年続き、その間《かん》にアモスは改宗した。ある晩、すでにサディーと婚約していたアモスは、一人自分の部屋にいたときに光を見た。文字通り、光を見たのだ。その後アモスはベッドの横で両ひざをつき、それまでに自分が犯してきた罪に対して神に許しを請い、もし自分の教育のために道を開いて下さるのなら聖職に人生を捧げます、と神に約束した。

どうやら神は彼の願いを聞いてくれたようだ。アモスとサディーは結婚した。世の中は世界大恐慌という最悪の時代に突入していたが、アモスは何とか努力してできるだけ多くの単位を取り、だんだん増えてゆく家族を養うために夏には道路工事の仕事に精を出し、六年かけて苦労して大学、神学校を出た。そしてまだフィラデルフィアにあるイースタン・バプテスト神学校の学生だったころ、小さな礼拝堂での力量が評価されて、大きくて立派なバプテスト教会の牧師に任命された。それは彼が初めて得た聖職者としての仕事だった。

アモスは地獄の火を想起させるようなバプテスト〔訳注　プロテスタントの一教派であり、米国プロテスタント中、最大の宗教人口を誇る〕ではなく、もっと知的で高尚なキリスト教を目指す傾向にあった。しかし権威主義的傾向が強く、使徒パウロに大いに親近感を抱いていて、女性に関するパウロの教義を支持するほどだった。キリストが教会の首長であるように、男性が家の首長である、という教義だ。一九四〇年代、五〇年代のキリスト教文化では間違っても斬新な見解とは言えなかったが、そのような環境で母は育った。


一九七〇年代初頭、私たちが暮らすサンフランシスコは自由恋愛で知られるようになっていたかもしれないが、実際にはそれ以前と比べて大して変化してはいなかった。少なくとも私たちのブロックでは母親はみな家庭にいて、父親が働いていた。私の父も毎日書類カバンを手に、黒いオックスフォード靴を履いて家を出て、わずか三ブロック先の不動産会社に徒歩通勤していた。サラと私は手にランチボックスを持って、五ブロック離れた小学校に一緒に歩いて登校した。週末になると父が私道で車を洗うのを手伝った。日曜には白いタイツにかかとの低いエナメル靴を履いて、ノブ・ヒルにある荘厳な米国聖公会の教会〔訳注　英国国教会系から独立。米国での教会員約三〇〇万人でキリスト教諸教派の中でもっともリベラル寄りと言われる〕に行った。

母はまだ二歳だった妹エイミーと家にいることが多かった。母が学校に戻ろうと決心し、近くの大学で大学院の授業をとり、週に三回来ていた掃除婦にエイミーの面倒を見てもらうことにしたときには、急進的な行動だととらえられた。

一九〇六年の地震のすぐあと、サンフランシスコは太平洋に向かって砂丘を超えて広がっていった。そのころ造成された霧の多いリッチモンド地区に、私たちの家があった。整然と区画整理されたその一帯は、サンフランシスコ中でもっとも郊外っぽいところだった。我が家があった通りの両側には、二階建てのエドワード朝様式のテラスハウスが建ち並んでいた。どの家も前面に大きな窓があって前庭はない。ただ階段があって、そこを下りると広いコンクリートのスペースがあり、子供たちが遊んでいた。見知らぬ人を危険だと思わなかったその当時、通りが私たちの居場所だった。

家の前の歩道で私は新しい自転車に乗ってみた。補助輪に頼っていたけれど、そのうちなめらかで大きな円を描いて走れるようになった。片方の足でペダルを押すと、もう片方が浮き上がる。力を入れたり、抜いたり、それを左右で繰り返す。テニスシューズの底は薄っぺらかったので、土踏まずのカーブに平らな二本の棒が当たるのを感じた。ペダルの動きはだんだん早くなり、車輪のカチカチいう音はしだいにブーンという音に変わり、私は玄関の階段下からこぎ出していった。

ブロックを半分ぐらい進んだところで、姉のサラが親友のセリア・ジェファーズとけんけん遊びをしていた。サラは両手を体にピシッとくっつけるようにしてつっぱらせ、歩道にピンクや黄色のチョークで描いた四角の列をピョンピョン踏みながら進んでいた。片足、片足、両足、片足。次に自分のチョークが落ちていた四角をふらつきながら飛び越えた。ジャンプするたびにその黒っぽい髪が後ろになびいた。サラは伸ばしている前髪をゴムでまとめていたが、それについている赤いプラスチックの飾りも揺れて真ん中から少し横にずれ、髪も乱れた。最後に勢いよく両足で着地すると、サラはよろめいて枠からはみ出てしまった。

サラは八歳、私は五歳。年齢差はあったけれど私は姉を親友だと思っていた。家ではたいてい一緒に遊んでくれた。家の裏にあったサンルームでお人形さんごっこをするときには、私にも人形を一つ持たせてくれたし、ストーリーも一緒に考えさせてくれた。でも通りに出ると悲しいことに私の地位は下がった。私はサラとセリアのほうへこわごわと近づいていった。徐々にスピードを落とし、一度円を描くように走り、セリアの家の前にある木のまわりを、ぶつかるギリギリのところでぎこちなく回った。そして私を仲間に入れてくれる気があるかどうか知りたくて二人の顔をうかがった。セリアは私のほうをちらっと見たが、カールした赤毛の下からのぞく青く冷たい瞳は無表情だった。サラは自分のチョークを拾ったが顔を上げず私を見もしなかった。私はすばやく片足を踏みこみ、激しくペダルをこぎ始めた。ちょっとスピードダウンしただけで、止まる気などなかったかのように。

道を横切ってはダメと言われていたので、自分の家があるブロックのまわりを何度も何度も回った。一周するごとに一度は曲がり角の近くにあるマリガン家の横を通らなければならない。ブロックの半分ぐらいまで来ると、心に貼り付いた不安が目を覚ます。私はハンドルをギュッと握り、前かがみになり、上向きにカーブしている左右のハンドルの間に顔を隠すようにして、力をこめてペダルをこぎスピードアップした。マリガン家は十人兄弟だったが、一人を除きみんな男の子だった。パトリック、エディー、ボブ……みんなごわごわしたタフスキン・ジーンズ〔訳注　米イリノイ州に本部のあるデパート、シアーズ・ローバックが販売するジーンズのブランド〕にピチピチのTシャツという恰好で、一人一人区別できなかった。ただ人数が多いというだけで、彼らは辺りを支配していた。それに乱暴で、近所の子供たちをひどく脅えさせ、縮み上がらせていた。自転車が横滑りしてついた黒いライン、舗道に散らかっているレッドキャップ〔訳注　後述より、音の出る子供用の爆竹類と思われるが詳細は不明〕や中国製の蛇玉〔訳注　玩具花火の一種で着火すると蛇のような燃えカスが出る〕の燃えカスが、彼らの家の前にある彼らの陣地の境界線になっていた。

マリガン兄弟は外から見えないようにガレージの内側に潜んでいるか、あるいは正面玄関につながる回り階段に置いてあるプランターの後ろに隠れている。そしてどこからともなく、ハチの巣から出てくるハチのように飛び出してくる。地面をはうほどに低い、男の子用のみすぼらしい自転車に乗った神風、といったふうに。ペダルを激しく踏み、私のように円を描いたりはせず、恐ろしい連携プレーで向かってくる。そして縁石にぶつかり、突然私の行く手に後輪走行で飛び出してくる。輪ゴムが目の前にヒューっと飛んできて、むき出しの腕にかすりそうになる。さらにマリガン兄弟は、辺りのみんなに聞こえるほど大声で私をバカにする歌を歌う。「補助輪つけてる赤ん坊、海軍に生まれた」〔訳注　アメリカの歌の歌詞に「幼稚園の赤ん坊、海軍に生まれた」というものがあり、それをもじったと思われる〕私は何クソ、っと思う。すると頭の中に言葉が浮かんでくる。「棒や石なら骨が折れるかもしれない。棒や石なら骨が折れるかもしれない」これは母が気にいっているフレーズの前半だが、本当は後半の「口で何と言われても私は傷つかない」を思い浮かべるべきだった。そしてたいがいいつも私は必死にペダルをこぐ。ひとたび角を曲がってしまえば攻撃は終わる。マリガン兄弟は陣地にこだわっていたが、人を追いかけはしなかった。

そこを通りすぎると、あとの三つの通りでは誰にも会わない。角を曲がると歩道は狭くなった。左から私道、右からきちっと刈り込まれたプラタナスの並木にはさまれて、自然にスピードはのろくなった。そのブロックが終わるまでずっと並木は続いている。木は舗道の正方形と同じサイズの四角い土に、一本一本きちっと植えられていた。カブリロ大通りを真西に向かってペダルを踏む。海が正面にあるはずなのに見えない。太陽が霧の向こうに沈みかけていて、空全体が柔らかなピンク色をしていた。

カブリロ大通りをゆっくりと進み、ファンストン大通りを滑るように走った。上って、下って、また上って、下って、長い道のりをゆっくり進むうちに、気分が落ち着いてきた。最後の短いブロックはゴールデン・ゲート・パークのすぐ脇だ。パークにそびえるモミの木が暗い影を落としていたが、道の反対側を進んでいるので怖いとは思わなかった。ここでは私は誰も知らないし、私を知る人も誰もいない。

角を曲がって我が家のブロックに戻ってきて初めて、気分が変わったのを感じた。足を止めて少し自然に自転車を走らせながら、一人の時間を静かに楽しむか、暖かく安全な家に帰るか、しばらく迷っていた。心のどこかで思った。母が夕食を作っていて、じきに私に中に入りなさいと声をかけてくれるだろう。母はつねに私が回っている軌道の中心にいた。もし私にブロックのはじまで行く勇気があるとしたら、そして一人でもマリガンの陣地を自転車で突破するぞ、と決心するとしたら、それは母が家にいると知っているからだった。

幼い私の世界の中心に母がいたように、祖母のサディーは母が子供のころ、その世界の真ん中にいた。この人は私のおばあさんだ、とわかってきたころ、サディーは小柄でふっくらとしていて、真っ白な髪に美しい輪ができていた。青い目は明るく澄んでいて、快活だが情にもろかった。サディーは生涯、教会と家という枠の中で暮らした。信仰に迷いが生じたことは一度もなく、夫と子供にその全生涯を捧げた。そしてたいがいいつもそれを楽しんでやっていた――そこに落とし穴があった。祖母自身の気性、強い意思、願望というものがありながら、自分の人生においてほとんど自分で舵取りをしなかったこと、それが母にとって祖母との関係における唯一の問題だった。女性はこうあるべきだという神話、その神話という壁に囲まれた牢獄で育ったため、母は自分の不満の原因を突き止めることができず、何かにイライラしていたのだろう。

高校時代に母は、思いつくありとあらゆる方法で反抗した。成績はガタ落ちだった。街で唯一の飲んだくれ、祖父によると「とんでもない悪い男」の息子と親しくなった。母はタバコを吸い、酒を飲み、ボーイフレンドと会うために夜に自分の部屋の窓から抜け出した。そして祖父母に大学に行く気はないと宣言し、この「ごろつき」と結婚するつもりだとほのめかした。実際に母がどれほどワルだったかは測りかねる。母は第一子だったので祖父母はティーンエイジャーを扱うのは初めてだった。家での飲酒は禁じていた。やはり牧師の娘だった祖母は娘時代、ダンスをすることも許されていなかった。彼女を動揺させるのは、たやすいことだっただろう。

アモスは何年も夏の間に道路工事現場で働いて、家族のために必要以上のお金をかせいだ。牧師をして一年稼ぐより多くの額をひと夏で稼ぐこともよくあった。一九五五年にアモスは牧師をやめて、自分の兄と一緒に道路を整備、建設する会社を興した。一九五〇年代に州間高速道路建設に多額の公費が投入されたことに勢いを得て、兄弟、息子、おいたちと経営していた会社、バートン・コンストラクションはフロリダからミシガンに至るまでいくつもの道路を建設した。おかげで家族の生活はほぼ一夜にして、牧師の赤貧生活から金満生活へと大転換した。一家はイリノイ州ノーマルの改築した豪邸に引っ越した。祖父はフォード・モーター・カンパニーと「車両計画」を立てた。一九五九年にはビジネス用にと飛行機を買ったが、実際には狩猟旅行のためにも使い、息子たちは操縦を覚えた。

母は結局大学に行った。イリノイ州ゲールズバーグにある奴隷解放論者たちが設立した小さなリベラルアーツの大学、ノックス・カレッジに入ったのだ。そこで母は成績を落とさないようがんばっただけでなく、女子学生クラブにも入り、活発で社交的な女子大生生活を送った。だが卒業するころには気分がソワソワし、自分は浮いていると感じるようになっていたし、将来という言葉に圧迫されるようになっていた。画一化された文化は一九五〇年代アメリカの象徴だが、それに対する嫌悪感が心の底に渦巻いていることに気づいた。その「体制」について意見する者はまだ誰もいなかった。どのみち、母が知る人は誰もそんな話はしていなかった。母が感じていた息苦しさに名前を与えることになる運動はまだ生まれていなかった。

母は一年間、シカゴで小学校の先生をした。別に教えたかったわけではない。高等教育を受けた女性が結婚まで居座る安全な港、世間体の良い通過駅でしかなかった。始めて一年にもならないうちに、もうこれ以上教壇には立てない、と辞める決心をした。母にはボーイフレンドも何人かいたし、一度ならずプロポーズもされたが、結婚しないことに強いこだわりがあった。家に帰って父親のもとで働くのもいやだった。一九五九年のアメリカで、中流階級女性の前に立ちはだかる壁に直面した。そこから逃げようとして、ヨーロッパ旅行というアイデアに飛びついた。自分が何を求めているのか、母がはっきりわかっていたとは思えない。ただ自由になる、ロマンチックな体験をする、ボヘミアン生活という夢の世界に入る手段だった。それは以前目にした淡いセピア色のヨーロッパの写真から、母が自分で作り上げた世界だった。自分がヨーロッパの街にいて、書店に行ったり、カフェに足しげく通ったり、アメリカの閉塞感に我慢できなかった自分のような祖国脱出者に会ったりする場面を母は想像したのだろうか？　おそらく、たとえ同じことであっても、フランスで何かをするほうが、アメリカでするより魅力的に思えたのだろう。だから母はお金を貯めて、夏の間だけ、フランス語を完璧にするために二、三か月だけ、と言って両親を説得したのだ。

だが心の中では、何かがかたくなになっていたのだろう。だからこそ、それまで知っていたことすべてを拒否し、両親も祖国も永遠に捨てられると思ったのだ。

ある週末、マリガン兄弟が通りの向かいに住むキタリッジ兄弟とケンカをしているといううわさがブロックをかけ巡った。サラ、セリア、セリアの弟ジェイク、そして私は家の前で遊んでいたが、マリガン家の私道辺りで兄弟たちが騒いでいるのが見えた。武器を集め、私道にある水道で水風船を膨らませ、それをガレージに山積みにしている。その後三、四人の部隊に分かれて近所に偵察に出ていった。

マリガン兄弟は近所の子供たちに対してたえず心ないいやがらせをしていたが、キタリッジ兄弟に対して抱いている鋭く磨かれた憎しみとは比べようもなかった。キタリッジ兄弟は絶望的に数で圧倒されていた。そちらはたった三人で、私からすればひどく年上に見えた少年と、彼よりもっと年上の少女と、「ダーティー・スージー」とみんなに言われていた悲しい目をした小さな七歳の少女だけだった。何が戦争の引き金になったかははっきりしない。一番年上のメンバー同士が言い争いになったのかもしれない。マイケル・キタリッジは細身だがケンカっ早く、おそらくせいぜい十二歳か十三歳だったと思うが、とんでもない命知らずだった。彼はマリガン兄弟に一人で立ち向かうほど図太く愚かだった。おそらくマリガン兄弟が繰り出すよりひどいパンチを、これまでの生活から受けてきたのだろう。

マリガン家の両親は労働者階級に属するアイルランド系カトリック教徒だった。キタリッジ家はヒッピーだった、というか、私たちはそう思っていた。なぜならみんなだらしない感じで、ちゃんとしつけられてもいなかったし、奇妙な格好をしていたからだ。それに、もう晩御飯よ、と家の中から声もかからなかったし、やせて子供たちと同じく髪が乱れていた父親は、どこに行くというあてもなく時おり通りをブラブラしていたからだ。一九七二年の段階では、こうした違いが重要だった。マリガン家、キタリッジ家が両はじにいるとしたら、文化的、政治的、社会的に見て我が家はどちらかと言えばキタリッジ側に近いほうにいただろう。だが支配的な文化に属していたいという子供の誤りのない本能から、私たちはマリガン側にいた。

それには違う理由もあった。みんな知っているのに誰一人として口に出さない理由——キタリッジ家には母親がいなかったのだ。以前は、いた。私の記憶ではその母親は大柄でだらしなく、髪は張りのない茶色のストレートで、薄っぺらな綿のスカートにサンダル履きだった。何か悪いこと、ひじょうに悪いことが彼女に起こった。そして彼女不在の陰、暗い恥辱の雰囲気がその子供たちにまとわりつき、彼らは攻撃の的となっていた。

午後遅くなって、家の前でフォースクエアー〔訳注　日本では「がんばこ」と言われる。正方形を四つ書き、ボールをバウンドさせる四人用ゲーム〕をやっている私たちのところにマリガン家のパトリックとエディーが自転車に乗ってやってきた。風になびく長い髪にベルボトムのズボン、そしてネイビーブルーのケッズ〔訳注　主にスニーカーのブランド〕。彼らが来ると私たちは散りぢりになった。きっと彼らは私たちがゲームをやっているど真ん中を通り抜けるだろうと思った。だがエディーは自転車を止め、ペダルの外側に両足を下ろして立った。パトリックはその後ろに来て同じ体勢になり、被っていたえび茶色のフットボール用ヘルメットの隙間から私たちをジロッと見た。

「おまえらみんな召集された」とエディーは出し抜けに言い、私たちについて来いという合図をして、もと来た方向へ戻ろうとした。パトリックはまだじっとしたままで、私たちが動くのを待っている。言うことを聞かなければ力づくで命令に従わせる、といった雰囲気だ。兄弟同士、ひとことも言葉は交わさなかった。彼らには人を上から押さえつけようとする本能があった。

私たちは困って目配せしたに違いない。私はサラを見た。サラとセリアは視線を交わした。最初に動いたのはサラだった。みんながあとに続いた。割れた殻から卵が出てくるときのように、ひとたび黄身が捕まったら他もそれに続く。私たちは黙ってエディーのあとを歩いていった。怖かった。でもワクワクしていた。それまでマリガン兄弟と遊んだことはなかった。遊ぼうと言われたことがなかったから。

その日のうちに、そのブロックに住む全員がマリガン軍に無理やり入隊させられた。誰も抵抗しなかった。

マリガン兄弟には彼らなりの規律、装備、組織があり、私たちはそこに組み込まれたのだ。

マリガン兄弟は武器を配った。水鉄砲、パチンコ、ゴムバンド、そして音を出すためのレッドキャップと爆竹。私たちは歩道を往復して行進させられた。背の順だったので、私とジェイク・ジェファーズが一番後ろ。「一、二、四、それ、キタリッジのケツをキックするぞ」と大声で歌いながら行進する。そうやって歌っていると楽しくてめまいがするほどだった。ひきょうなこと、悪い言葉を使うことに罪の意識を感じたけれど、一緒に響いている十数人の声にかき消され、そんな思いもどこかに飛んでいってしまった。

キタリッジ兄弟はその辺りから姿を消していた。そのため戦争というよりは長いこと追跡しているという感じだった。パトリックはほとんど走るような速さで私たちを行進させ、早口に「それ、二、三、四、それ」と吠えたてた。私は片手に盾の代わりとして金属製のごみ箱のふたをしっかりと持ち、もう片手に武器となるバトンを握っていた。私は前にいる男の子の足から目を離さず、敵を見つけませんようにと願いながら遅れをとらないようについていった。

家から離れれば離れるほど、こんな姿を見たら母は絶対に腹を立てるだろうと思い、気がとがめてきた。母はいろいろなことについて、とてもはっきりした意見をもっていた。そのころ母は、強いものより弱いもののほうが好きだった。母はキャンディーもバービーもテレビもベトナムも激しくきらっていたし、自分と意見が合わない人を見下した。角にあったキャンディー屋さんは子供たちが集まり買い物をする場所であり、午後の遊びに備えて食料を仕入れるための場所でもあった。そこは学校から家への帰り道にあったが、サラと私は立ち寄ることを許されていなかった。さらに暴力的だという理由で、テレビでアニメを見ることも完全に禁止されていた。私たち姉妹にとって母の作った規則は、子供生活のまさに中心となるテレビやキャンディーをターゲットにしていた。そのため逆に早いころから、嘘をついたりごまかしたりする習慣を私たちは身につけてしまった。サラと私はグルになって、日々規則破りの冒険に出た。店に入ることは一線を越えることだったが、友人たちが店に入っているときに店の外で立っているのはOKだった。家でこっそりテレビをつけてアニメを見るのは非常に悪いことだった。でも誰かの家でテレビがついているときにその部屋にいるのはOKだろう。

我が家が戦争反対派だということは知っていた。おそらくどんな戦争でも。ベトナムは私の意識の隅のほうに大きく暗い影を落としていた。テレビでちらっと見るヘリコプター、硬く丸いヘルメットの下からのぞく兵士たちの汗まみれの顔、我が家できらわれていた二重あごの大統領の顔、我が家では大歓迎されていた怒りをあらわにしたデモ隊の人々。反戦デモの直接の記憶はないが、父に言わせると、私も参加したことがあるそうだ。一九六六年から毎年、両親はワンダーチェアーを押しながら行進したという。最初は子供一人だけ連れて、次はさらにもう一人連れて、デモの終点となっているゴールデン・ゲート・パーク内にあるケザー・スタジアムを目指した。参加者は十万人を超えていたそうだ。

ミシガン州で育った父は、工場で働いた経験も、軍隊に所属した経験もないと言い張っていた。父があまりに何度も熱を込めて私たちに語ったので、それは家族神話の中心的エピソードになったし、父の人となりをまとめる役割も果たした。父が「徴兵令状を燃やした」という言葉が何年も頭の中にインプットされていた。まるで単純に燃やしただけでベトナムから遠ざかっていられるかのように。本当のところはもう少し複雑だった。父は一九六三年に大学を卒業し、学生のための兵役免除期間が終了すると、身体検査に呼ばれた。その二年前に両親は結婚していた。徴兵されるぐらいなら国を出ようと二人は決心した。そしてフランス行きの航空券を買ったが、出発直前になって母は姉のサラを妊娠していることに気づいた。父は徴兵委員会に手紙を書き、新たな徴兵免除の権利を得た。その免除が切れる二六歳は、徴兵される年齢を超えていた。

私の心の中で一連の話がどれほど入り混じっていたとしても、そこに込められたメッセージははっきりしていた――徴兵令状を突き付けられたときにとるべき正しい行動は、それに抵抗することである。私は横切ってはいけないはずの通りを過ぎて、三ブロック分進んでいた。私は武装し、弱い者を攻撃しに行く強い者たちに交じって行進していた。これは母からすれば、どれほど大目に見ても許せる行為ではない。

キタリッジ兄弟は二日間、姿を見せなかった。そのためマリガン兄弟は退屈し、自分たちより小兵なのになかなかつかまらない敵にイライラした。そしてそれほど大人数の軍隊がひとたび武装し出動したら、戦わなくてはいけないと悟った。そこで彼らは私たちを二つの部隊に分け、私たちのブロックの中ほどの歩道を舞台に戦いをスタートさせた。戦いが始まると、私は水風船を放り投げた。それは私から数十センチのところにポンと落ちたが割れなかった。私は盾をカバーにして地面にしゃがみ込んだ。私の近くの歩道でいくつもの水風船が爆発した。ゴムバンドが金属にぶつかるヒューンという音、そして水の冷たさにキャーキャーいう子供たちの声が聞こえた。いくつもの足が散りぢりになって逃げていく音がした。私はしゃがんだままじっとしていた。数分経つと弾薬はなくなり、敵も味方も手に棒をもって前に突き進んでいった。サラとセリアはびしょ濡れになり、震えながら前線から走って戻ってきた。サラはうずくまっている私をひっぱり起こしてくれて、みんな無届で除隊した。

その晩、私は台所のカウンターにもたれて、母がミートローフを作るのを見ていた。母はスライスしたオニオン、スパイス、塩、そしてコショウをガラスのボウルに入れた。肉の中に指を突っ込んで丸め、こね、混ぜ、指は牛肉のひき肉で脂っぽくなった。今日はどうだった、と聞かれた。私は母に一から十まで嘘をついたことはなかった。言い逃れもした経験がなかった。だますために必要な親子間の溝は、まだ存在していなかった。髪の毛の先が濡れているのはなぜか、母に聞かれたと思う。もし水風船の話をしたら、もっとあれこれ聞かれるだろう。結局、あの興奮が再びよみがえってきて、母に全部話してしまった。武器、戦い、行進、戦争。

「誰と戦っているの？」そう聞かれて私は顔がほてり、カウンターに背を向けた。私が避けていた部分に突っ込みを入れられた。

「キタリッジの子たち」私はぼそぼそと答えた。

「じゃあみんなで武装してキタリッジ兄弟と戦うの？」と母に聞かれた。公正、という名のスポットライトを当てられ、私は恥ずかしくて顔から火が出そうだった。返す言葉もなく、ツルツルしたカウンターの上に、ただ指を走らせていた。母はミートローフのほうに向きなおった。「かわいそうな子たちね」一瞬、肉の中で指が止まった。そしてガラスのボウルから肉を全部まとめて取り出し、アルミ製の角皿にそれを押し付けた。それから私のほうを振り返り、刺すような視線を投げてきた。「そんなことされたら、あなたはうれしい？」

私は答えられなかった。「無理やり連れていかれたの」言い訳しようとしたが、そうしながら自分でもひきょうだとはっきり感じた。

「連れていかれた？」そう言う母の眉毛はつり上がっている。

「仲間に入らないと、ぶたれるの」

母はまったく同情の色を見せなかった。道徳を盾に、母は折れようとしなかった。そしてオーブンの上段にミートローフを乗せた。「じゃあおうちで遊びなさい」そう言うとオーブンのドアをピシャッと閉めた。

キタリッジ・マリガン戦争の余波を受けて、母はダーティー・スージーを私の遊び相手として家に招いた。

その結果我が家は決定的に、ヒッピー・反戦運動家グループの一員となってしまった。母にこう釘を刺された。「スージーにやさしくしてあげなさい。あの子にはお母さんがいないんだから」

それは承知していたし、彼女に同情すべきだということもわかっていた。スージーも私もそれぞれ自分の家にいるなら、スージーはすごくかわいそうな子だな、と思えた。でもうちに彼女を呼ぶのはいやだった。近所の人たちの非難の眼が怖かったのだ。それに、母親がいないという彼女の状況、そして誰もが知る汚さが私にも伝染するのを恐れた。それでもスージーは我が家の玄関にやって来た。脂っぽい銀色がかったブロンドの髪はもつれ、顔は汚れている。そして、もはやプリーツがとれてサイズが大きすぎる格子柄のスカートをはいている。タイツははいていないのでやせこけた裸足がのぞいていたが、切り傷やあざだらけで、黄色い産毛が生えていた。

それから間もなくしてスージーと私はリビングの床に目をギュッと閉じて寝っ転がった。男の太い声が幽霊のように部屋に響きわたった。その男の足音が私たちのほうにひっそりと近寄ってくる。硬い木の床に硬い靴底がカツカツと響いた。その男はステレオの音について話していたが、話の内容までは聞いていなかった。それは表向きで、その下、穏やかな声の中に、脅しのようなものを感じた。

次に聞こえたのは電車の音だ。通りのどこかから大きな警笛の音がしたかと思うと、続いてリズミカルなシュッ、シュッ、という蒸気機関車の音がだんだん近づき、よりいっそう大きく力強くなってきた。その鉄のかたまりは最後の区間を傾きながら突っ走り、長椅子、カーペット、スージー、そして私の上を走り抜け、最後の力を振り絞るかのように蒸気をさらに多く吐き出した。電車が通り過ぎたのち、私たちは手足を投げ出し、疲れきって気を失ったかのように横になっていた。スージーが低くのどを鳴らすような声でクスクス笑った。まだもの珍しい新しいステレオが我が家にやって来たとき、アルバム『立体音響』もおまけで付いてきた。私は飛び起きて、細心の注意を払いながら一番最初の部分に針を置き、もう一度そのアルバムを聞いた。

母は二階で学校の宿題を片付けていた。それが終わったあとで、ストー湖でペダルボートに乗せてもらう約束だった。

「とりでを作ろう」ようやく『立体音響』に飽きると、スージーはそう提案してきた。二つの大きなソファーに乗っている、パンパンに膨れた葉っぱのような緑色のクッションに彼女は目をつけたのだ。

「お母さんがいやがると思うよ」私は反対した。私はめったにリビングで遊ばなかったが、そのときは珍しくそこで遊んでいた。母がスージーを気の毒に思ったから、ということはわかっていた。

「じゃあ、聞いてきて」

「やだよ」

「行ってきてよ。グズグズしないでさ」汚かろうとそうでなかろうと、スージーは私より一歳半年上だった。いやとは言えなかった。

私は時間をかせごうと、手すりの黒っぽい木を手でなでながら、ゆっくり階段を上っていった。二階から母の電子タイプライターの音が聞こえた。機関銃のようにキーを打つ音、行の終わりまで来るごとに鳴る短いチンという音、キャリッジが元の場所に戻るときのシャーという音。キーボードが緑で全体が灰色のオリベッティ社のタイプライターだ。リビングのピアノのように、サンルームのミシンのように、タイプライターは母にとって特別なものだった。

母はその年、一九七一年に始まったばかりの女性運動に触発されて学校に戻っていた。母はその運動を大喜びで歓迎していた。母さんはいずれ学校に戻るだろうといつも思っていた、と今になって父は言う。「すごく頭が良かったから、何かせずにはいられなかったんだ」母が選んだのはローン・マウンテン・カレッジという名の学校だった。どのような形であれ知識の探求は母にとって一人ぼっちの戦いにならざるをえなかっただろう。だからその学校の名はぴったりであるように思えた。

母のベッドルームに入ると、かろうじて机の上だけが見えた。母の脇に何枚もの論文の紙がフワッと重なっていた。丸めた指がタイプライターのキーの上に置かれている。キーは一度に一つずつ飛び出して紙に文字を打ち出してゆく。まるでそれぞれの生き方、進むべき道があるみたいに。私が近寄っていくと、母は片方の腕を私の肩に回し、もう片方の手で数回タイプライターのノブを回し、トレイのてっぺんで紙が外れるようにした。母はその紙を引っ張り出すと、読みはせずざっと目を通し、ちょっとの間、空気にさらした。紙にはしわが寄っている。薄い白い紙に打ち込まれたそのままの場所に、一つ一つの文字がピシッと並んでいた。タイプ用紙は不思議なさわり心地がした。薄いのにザラザラしている。光にかざすと、秘密のメッセージのように透かし彫りにされたbond（保証）という文字が見えた。母は満足げにその紙を置くと、私を見た。

「ママ、スージーとリビングにとりでを作ってもいい？」

「ああ、もう数分で出ようと思ってるのよ。リビングを散らかさないで。わかった？」母にニッコリされて私も「わかった」と答えた。それでいい。それが正解。簡単な話だ。母と私の心は一つになり、リビングにいる野生児に今、一緒に立ち向かっている。私はダメだとはっきり宣言しようと張り切って、急いで階段を下りていった。ここは私の家、お母さんは私のお母さん。とりでなんていらない。

でもスージーは私の指示など待ってはいなかった。彼女は母に愛され、その言うことに従う、という単純な世界に暮らしてはいなかった。リビングに入ると、むき出しになった長椅子がじろっと私を見上げた。母がほんのたまにクッションの下に掃除機をかけるときぐらいしかお目にかからない部分だ。

スージーは嬉々として、最後に残った重いクッションを窓のほうに引きずっていた。そこにはすでにそれ以外のクッションがうず高く積まれている。

「ママがダメだって」私は心の底から怖くなって、あえぐように言った。

「おばさんが下りてくる前に戻せばいいじゃん」スージーは顔をぱっと上げて頭を振り、目にかかったほつれ髪を振り払った。そうしながらも両手は山積みのクッションのバランスをとろうと格闘している。

「ねえ、手伝ってよ」イライラした声だ。私は突っ立ったまままじっと彼女を見た。スージーを従わせる力も言葉も自分にはないと知って呆然としていた。

そのとき陰になった小さな空間がいやでも目に飛び込んできた。細長いクッションが一つ、ソファーの裏側の硬い部分にもたれかかって三角形の隠れ家を作っている。それを見たらセコイアの木に空いた穴を思い出した。火で三角形にえぐりとられていて、子供一人がもぐりこむのにちょうどよい広さの薄暗い空洞だった。クッションは濃い緑、薄い緑の二色で、手触りはざらついていて重い。葉っぱを散らばせたペイズリー模様で、糸は日の光を受けて反射し、輝いていた。まだとりでになっていなかったとしても、ただクッションの山に過ぎなかったとしても、最初に作られたその陰になった場所はすでにもぐりこめるほどの大きさだった。

その内側に入り、薄暗がりの中から、緑色の森の下から、私はスージーに聞いた。「お母さんはどこにいるの?」

「死んだ」暗闇からかすれた声が聞こえた。「公園で発見されたんだ」

ティーガーデンへと続く細道を頂上まで登ると空地がある。そこの岩と岩の間に、スージーの母親の大きな体が大の字に横たわっている様子が目に浮かんだ。それはいくつもの岩の陰になり、背の高いモミがうっそうと茂っている、そんな薄気味悪い場所だ。両腕の肉がたるんでいるだろう。恐ろしい。そんな状態で発見されるよう、彼女が自分で仕組んだのではないかという気がした。

そうしたイメージに気をとられて、階段を下りてくる母の足音に気付かなかった。突然、リビングの広い入り口に母が現れた。腰の一番高い部分に両手を当てがい、ひじは後ろに折り曲げている。私が自分の隠れ家からはい出すと、後ろでクッションの山が崩れた。その秘密の場所は崩壊したのだ。私が言いつけをもろに無視したことに、母はショックを受けていた。「ローラ、私、何って言った?」

スージーは急に控え目になり、自分は何も悪くないという視線を私のほうに滑らせた。「片付けようとしてたんだ」私はどもりながら言った。そしてスージーのほうを見た。ただスージーに言われた通りにした、と説明しようとしたが無駄だと悟った。そうした弱さに弁解の余地はない。母はほんのわずかな反抗も受け付けなかった。ストー湖もペダルボートも、もうおじゃんだ。

母から愛想をつかされて、私はこそこそと自分の部屋に戻った。びっくりしたことにスージーは作り笑いをした。スージーに罰を与えたり、追い出したりするどころか、母は彼女にシャワーを浴びさせることにした。私の部屋から、バスタブに水が落ちる音、そして母とスージーの屈託のない話し声が聞こえてきた。もうスージーをこれっぽっちもかわいそうだとは思わなかった。シャワーを浴びたらダーティーでさえなくなる。ひとたびきれいになってしまったら――その黄色い髪が洗われて輝いたら――、彼女は赤ちゃん用シャンプーのボトルに描かれたブロンドの少女のように見えるだろう。私はビッグベビー、やけに大きな赤ちゃん人形を両手で抱いて揺すった。それは身長が六〇センチぐらい。手足は硬いプラスチック製でぴんと伸びているが、胴の部分だけビロードっぽくて柔らかい。私はそのピンクのおなかに顔をうずめて泣いた。

それから母はスージーを自分の寝室に連れてゆき、彼女がマンテカ〔訳注　カリフォルニア州、サンホアキン郡の都市〕に住むおばに手紙を書くのを手伝った。それから二、三か月して、スージーと兄、姉はそのおばのもとで暮らすことになった。スージーの母親は公園で薬を過剰摂取したのだった。父親はその悲しみ、あるいはドラッグのせいで情緒不安定になった。母に手伝ってもらってスージーが書いた手紙は、スージーが父親のもとを離れ、もっと安定した生活を手に入れる橋渡しをしたかもしれない。当時はそんな事情を知る由もなかったし、気にしてもいなかった。私が知っていたのは、母がスージーにタイプライターを使わせたということだけだ。サラでさえ使うことを許されていなかったタイプライターを。

第3章

一九七二年夏。ウォーターゲート事件が起こり、最後に残っていた米国陸軍がベトナムから撤退し、米国が北ベトナムに十二万五千トンもの爆弾を投下した夏。父が三か月に及ぶアメリカ横断家族旅行を企画したのはそんな夏だった。何週間も前から父は夜な夜な食卓に道路地図を広げ、移動にかかる時間や距離を計算していた。見るべき観光スポットをチェックし、国立公園数か所、それにミシガン、イリノイ、コロラド州に住む親族の家を回ったら何週間ぐらいかかるか割り出した。そして大きなアメリカの全国地図に予定ルートを書き込んだ。母はあまりに気が散っていて計画を立てる助けにはならなかったが、赤いマジックでモンタナ州リビングストンを囲んだ。沿岸部での大災害を予言した精神科医のエドガー・ケーシー〔訳注　一八七七－一九四五。米国人予言者、霊能者〕が、そこを安全地帯だと指摘していたからである。母はそこが見たかったのだ。

私たちの言う「大旅行」に出発する日、私はめまいがしそうなほど興奮しながら、サラと一緒に幼稚園から歩いて家に帰ってきた。父は玄関先にいて、我が家のオールズモビル〔訳注　一八九七年創業の米国の自動車会社。一九〇八年にGM社の前身企業に買収されたのち自動車ブランドとなった〕を真新しい旅行用のトレーラー、エアストリームにつないでいた。足を止めて見ていたら、父に道具を持たされた。父は車の後ろにひざまずき、ステーションワゴンの後ろについている鉄のボールをトレーラーから延びている金属製の連結部につなごうとがんばっていた。

私はエアストリームが大好きだった。そのすべてが好きだった。外側が銀色に光っているところ、車の中がうまく利用されているところ、バスルームの小さな三角形の洗い場、姉と同じベッドに寝ること。すべてがこじんまりとしていて、おもちゃのような壁やドアを見るとドールハウスにいるような気分になった。家族みんながその狭い空間に押し込められ、ベッドを並べて旅する、と思うとうれしくなった。

父は地面に横になり、荒く息をしながらブツブツ文句を言っていた。まだ二台の車をつなげている最中だ。父のイライラから辺りに重苦しい空気が漂った。手伝おうとして足を止めなければよかったという後悔の念が湧いてきた。でも私の手には道具が握られている。だからこっそり逃げ出すわけにはいかなかった。

家のまわりで日曜大工的な作業をするとき、たいてい父はこんなふうに何にとはなくののしっていた。スタンドに合うサイズにクリスマスツリーの幹を切らなくてはならないとき、台所で流しの下にもぐり込むとき、吹雪の中でタイヤにチェーンを巻くとき――地面にはいつくばるようにして作業し、頭部が隠れているときはいつも――怒りから文句たらたらとなり、危険な人物と化す。父はそうした作業に向いているのか、という疑問が頭に浮かんだことは一度もなかった。私の目から見れば父は器用だし、できる人だった。少なくとも、母、私たち姉妹よりもずっと手際がよかった。

実のところ、父はこうした雑用がそれほど得意ではなかった――父にとってはあまり蒸し返されたくない点だ。父の家族は皆、腕一本で生きている人たちだった。頭を使ったからこそ、父はミシガンを離れて遠くに行くこと、工場仕事から遠ざかることができた。しかし子供のころ、頭が良いことは「おやじ」の期待するところではなかった。スパナと格闘しているときはいつも、父は自分の父親の視線を感じていたに違いない。

父はミシガン州フリントのすぐ外にある小さな町で育った。アイルランド系カトリック教徒の家庭の、七人中六番目の子である。街がもっとも栄えていたころ、祖父は四五年間、ゼネラルモーターズの組み立てラインで働いた。それは工場が閉鎖される前、フリントの失業率が二五パーセントになる前の時代である。父がセント・メリーズ高校を卒業したとき、クラスメート二〇人中三人がいとこだった。フリントでは高校を出た若者に与えられる選択肢は二つ。軍隊に入るか、あるいは工場勤めをするか。どちらもやらないと誓い（聞かれると父は誰にでもそう答えている）、父は高校を卒業した翌日にミシガンをあとにした。

向かったのはカリフォルニアで、そこでしばらく姉のジョアンのもとに身を寄せた。姉は結婚し、オレンジ郡の開発されたばかりの郊外に住んでいた。ジョアンはセント・メリーズ高校を出て大学に進んだ最初の人間という点で、人とは一線を画していた。そして父が二番目の人間となった。

父はコミュニティー・カレッジでジョー・キースと出会った。それから四〇年以上にわたって彼は父の一番の親友となる。カレッジでは二人とも、上昇志向をもって努力した。ジョーは父より二、三歳年上だったが、生い立ちは似かよっていた。アイルランド系のカトリック教徒で、小さな町の労働者階級の出身。父親の勤務先がペンシルベニア州西部の製鋼所とフリントの自動車工場という違いを除けば、幼いころの環境はそっくりだった。

ジョーは大工として働いて生活費を稼いだ。腕よりも頭のほうが立つ父は、一軒一軒回って鍋やフライパンを委託販売する職についた。時おりジョーもその仕事を手伝った。二人はカリフォルニア州セント・バレーの小さなほこりっぽい町をいくつも回り、それが終わるとネバダ州にまで足を伸ばした。彼らは結婚したての若いカップルや「ホープチェスト——希望の収納箱」を作っている、つまり嫁入り道具をそろえている独身女性——一番金脈となる——を探した。父がいつも使った手はこうだ。新しい街に足を踏み入れると、まごついているふりをして目抜き通りの歩道に一人で立つ。すると必ず若い女性が父に近づき、「何かお困りですか?」とたずねてくれる。べっこう縁のめがねのはじに神経質そうに片手を当てがい、「ええ、そうなんです」と言う。父の仕事はそれ。仕事をしていて購買力があり、買い物に興味のある独身女性に家庭用品を見せる。それが目的で街に来ているのだ。一人と知り合いになれば、また同じような女性を紹介してくれるかもしれない。実演販売のために友人たちを招いてくれるのでは? このやり方――同じ話、同じ神経質なメガネのさわり方――は銀行の窓口係にもドラッグストアの店員にも同じような効果を発揮した。実際その方法は効果てき面だったため、二、三時間のうちに父とジョーは何人もの名前、電話番号を聞き出し、実演販売の約束をいくつも取り付けた。だが彼らの動きは素早く、さっとある街に入ってきたかと思うと、あっという間にその街をあとにした。その仕事は右肩上がりだったと父は断言しているが、地元の保安官たちはよそ者のセールスマンにいい顔をしなかったからである。

「すごくいいフライパンだったんだ」当時のことを振り返るとき、父は決まってすぐにこう付け足した。「当時、あんなフライパン、店じゃ手にはいらなかったよ。あの値段じゃね」品質はさておき、その人を惹き付ける力、大胆さ、外見の良さ、自分の製品に対する絶対的な信頼といったものが一緒くたになって、父は抜群のセールスマンになった。仕事を始めてわずか一年半で、父はアメリカ一のビタクラフト・クックウェアのセールスマンとなった。まだ二〇歳で、短大を卒業したばかりだったのに。ビタクラフト社はその飛び抜けた売り上げに対し、キャデラックの新車の頭金というごほうびを与えた。そのころ父は車にあまり興味がなかった。というのもフリントでキャデラックを見飽きていたからだ。車の代わりに父はニューヨーク行きの片道航空券を二枚買った。一九六〇年秋、父とジョーはニューヨークからクイーン・エリザベスⅡ世号に乗ってヨーロッパを目指した。五か月前に通った母とメアリーを、同じルートで追いかけることになった。

父の文句を聞きながらエアストリームの横に立っていた私は、しっかり道具を持つことで、さらには父に要求される前に次はどのスクリュードライバーが必要か予測しようとすることで、何とか父のご機嫌をとろうとがんばっていた。ついにトレーラーが車につながると、私は父に続いて家に入った。二人ともも う、おしゃべりする気分ではなかった。母は台所で冷蔵庫から食べ物を取り出していた。ミラクルホイップ、マスタード、ボローニャソーセージ、個別包装されたイエローチーズの箱、ぶどうジュース。車に乗せるから早くクーラーに食べ物を詰めるよう、父は母をせかした。

母はせかされるのがきらいだった。流れに逆らう大きな岩のように、母のまわりでは時間が、世の中とは違う速さで流れていた。時の流れに、母は無頓着だった。母は起きるのが遅く、寝るのも遅く、夕飯も遅くに食べるのが好きだった。そして何時間も人を待たせた。幼い三人の子供の母になってもそれは変わらなかった。靴三足、靴下三組を用意し、三人分の髪をとかし、髪留めピンをたくさん探さなくてはならない。私たち姉妹は母の時間に合わせて生活していた。母より早く進むことはできなかった。歌がすでに始まっている中、こっそり教会に滑り込んだ。学校では「忠誠の誓い」の最中に自分の席にそっと着いた。予約時間に四五分も遅れて到着したときの、診療所の忙しい受付係のうんざりといった表情は見慣れてしまったが、毎回身の縮む思いがした。親戚の家に行くためにミシガンやコロラド行きの飛行機に乗るときは、いつも空港までハラハラドキドキだった。飛行機に乗り遅れてもおかしくなかった。それとは違った暮らし方があるなんて全然知らなかった。

父は世の基準からすれば時間を守る人間ではなかったが、いつも時刻はわきまえていた。時計は身につけていなかったけれど、何時かはわかっていた。私たちは飽きもせずに父と時間当てゲームを楽しんだ。一日がかりのハイキングから帰宅すると、私は走って台所の時計を見に行き、「今何時だ？」と父に質問する。外で夕飯を食べて車に戻ると、私たちは父に時間を当てさせる。父は一瞬だけ考え、最高に気取った声で「えっと、九時一〇分ぐらいかな」とか「六時二〇分、二五分」と言った。そしていつもダッシュボードの時計は父の言う時間から五分と離れていなかった。

しかし人を巻き込む母の遅刻癖の前に、父はなすすべがなかった。ただ怒りを振りかざすだけだったが、それが妻に対する最善かつ唯一の武器だった。それに一番「実行し」やすい方法でもあった。

振り返ってみれば、出会った最初のときから父は母を待たなければならなかった。「寝て待つ」というのが実際の状況をより正しく描写している。あの晩、パリのホテルで踊り場のドアが母の通り道をふさいでいたのは、運命でもなければ、偶然ですらなかった。

ジョーは私にこう言う。「それより前に、ラスが君の母さんとメアリーに目をつけた。だからその午後ずっとドアを開けっぱなしにして、二人が下りてくるのをひたすら待ってたんだ」

何年にもわたって、私はこの話を母、父、そしてジョーから聞かされてきた。核となる事実は共通するが、話し手によってその口調や強調する部分が違う。父は決して運命といった言葉を使おうとしないが、ついでに言うとジョーもそうだ。ジョーに言わせると、ミニスカートに黒いロングコート姿の母とメアリーは、粋で目を引いたという。二人は女性を狙っていた、とジョーは認めている。主に狙いをつけていたのはヨーロッパ人女性だった。より粒ぞろいだと思ったからだ。母とメアリーはあまりいい獲物とは思われていなかった。「シカゴ出身の二人の教師」とジョーは苦笑いする。「期待値ゼロ」でもわなを仕掛けた。

階段に響く女性のヒールの音が聞こえたとき、父には髪を整える時間、さらには本を取り上げてベッドに腰かける時間ぐらいはあっただろう。母がドアのはじから中をのぞいたとき――黒髪が見えて次にキラキラした目が見えた――二人の目と目が合った。そのときいきなり母の魅力にノックアウトされたのだが、父は驚くふりをする必要すらなかった。母が力なくわなに落ちたのだ。

女性二人は立ったままだったが、母は大胆にもドアの内側に入り、メアリーはドアのところで躊躇していた。四人は互いに名を名乗り、自分を縛っていた出身地の話をした。ミシガン、イリノイ、西ペンシルベニア。彼らはみんな、さえない北部工業地帯の出身だった。

素早く言葉を交わして、あるいはひじょうに円滑なサイン交換だけで、母とジョー、父とメアリーという組み合わせで男性二人は合意に達した。メアリーは背が高かったが、ジョーは低かった。だからそうなったのだ。しかしカルチェ・ラタンを歩いているとき、母と父は一緒に歩道のはじにそれてしまった。そして歩調が合い、歩きながら話し始めた。

その晩父に、そしてついでにジョーに母が与えた印象は、それから何年も変わらなかっただろう。大胆で、洗練されていて、美しく、物知りで、冒険好き。母はパリに詳しかった。国から補助が出ている夕食を食べようと、母は父とジョーを「学生用休憩室」に連れていった。テーブルは学生でいっぱいだった。フランス人、アメリカ人、アラブ人、崩壊しつつあるフランス帝国からの移民たち。アルジェリアでの戦争は総力戦に突入していた。学生用休憩室はその話題でもちきりだった。そしてそこは、ほぼ連日パリの街に響いた騒々しい抗議行動の基地となっていた。

それから数週間、彼らは最初は四人で、その後三人で行動した。ジョーによると、母はジョーとメアリーの間に恋が芽生えずがっかりしていたという。しかしメアリーは残りの三人とペースを合わせることができなかったようだ。フランス語が堪能な母が通りで人をつかまえては質問していたのをジョーは鮮明に覚えている。何が起こっているんですか？　抗議しているのは誰ですか？　警察は何をしているんですか？　一番いいカフェはどこにありますか？　そしてみんなを引っ張ってゆくのだ。

あるとき三人は、突撃してくる武装警官、警棒、漂う催涙ガス、石を投げる学生たちから全力で逃げていた。そのとき母のパンプスのかかとが溝にひっかかった。二人の男は母のそばにかけ寄って通りにしゃがみこみ、みんなで靴が抜けるまで引っ張った。父とジョーは母を引き起こして立ち上がらせた。そしてまた走り始めた。

誰が何に抗議しているのか、正確に把握していたわけではない。そこらじゅう学生であふれていたし、右派のフランス系アルジェリア人たちはパリでテロ活動を行っていた。警官たちは、誰に対しても驚くほど残酷だった。私の両親にとって、それはまったく目にしたことのない光景だった。恐ろしいがゾクゾクするようなシーンがめまぐるしく展開していた。だがそれは彼らの故国ではなかったし、運動に参加するために来たのではない。だからたいてい、三人は逃げた。

三人は語りあって幾晩も長い夜を過ごした。つねに夜行性のフクロウのような母がジョーと父にはさまれて座っている姿が目に浮かぶ。手にした赤ワインの入ったグラスを差し出し、足はテーブルの下できちっと組んでいる。三人とも会話に熱中して前のめりになっている。母は政治に強い関心を持っていた。市民権運動関係のイベントにはこまめに参加していた。そして核兵器に強い懸念を抱いていた。ジョーと父は、母に洗脳されたと認めている。そのような熱心な男性聴衆を前に、母がいっそう生き生きと語る姿が想像できる。

日が昇るころまだ外にいることがあったが、そんなときは歩いて橋を渡ってレ・アール〔訳注　パリの中央部の地区名。十二世紀から続く市場があったが一九七一年に郊外に移転し現代的な商業地域になった〕に行き、出勤前の人たちに混じってオニオンスープを飲み、厚切りのトーストを食べた。ジョーは言う。文句なく「あのころは楽しかった」。

一九六一年が明けてジョーは、祖国で待っているという手紙が徴兵委員会から届いたことを知らされた。彼を軍隊にとられないよう母があれこれ手を考えてくれた、と彼は記憶している。「足を撃ってあげると言われたよ」彼は母の申し出を断り帰国した。そしてじっと徴兵されるのを待つより、予備隊に入る道を選んだ。

娘を帰国させるために、祖父は送金をやめていた。母は無一文になり、支払いは父に任せていた。そんな状態なのに残された二人はミュンヘン、ベルリン、アムステルダム、ブリュッセルと旅を続けた。そしてジョーに手紙を書き、はめを外した行動のあれこれを報告した。車がらみのトラブル、自動車事故、ひっぱくした経済状態、知らない言語で「早口にまくしたてる」怒った下宿屋の主人、など。ある手紙に母は、父が警察を巻いている間に、すぐに逃げられるようレストランの正面に車を回した話を書いた。ミュンヘンでは二週間を八ドル〔訳注　一九六一年当時、一ドル三六〇円〕で過ごした。洗濯もせず、毎食ごとにマルクの代わりにフラン払いもできる自動販売式でセルフサービスの大衆食堂に行った。そしてようやくアメリカにいる父の姉からお金が電報為替で届いた。母は手紙をこう締めくくっている。「あれこれトラブルはあるけれど、とても仲良く楽しくやっています。こんなに長いこと一緒にいても、私たちはまだ互いに深く愛し合っていて、世界全体を敵に回してもいいと思うぐらいです」ただし、深くの部分は線を引いて消してあったが。

母の頭の中でその考えがまとまったのは、たぶんこうした言葉を手紙に書いたときだったのだろう。「世界全体を敵に回しても、二人の愛は強く、二人を守ってくれる」そのとき初めてそう思ったわけではなかったが、それから十年間、その思いが母の存在をつなぎ止めてくれた。

父はつねに帰国を模索していた。大学へ、南カリフォルニアへ、アメリカへ。母は金欠状態だったので、父に二人分のチケットを買ってもらった。二人は個室に乗ったが、フランスの会社を選んだのは、イギリスの会社より結婚しているか否かにうるさくなかったからだ。父の話では、「ノルマンディー」号は居心地がよく快適だったが、帰国の旅は楽ではなかった。母はずっと吐き気をもよおしていたし、アメリカに帰ると思うと落ちこんでしまったからだ。そして二人にとってショックだったのは、母が旅の途中で流産したことだった。母が妊娠しているなんて、二人とも気付いていなかったのだ。

ニューヨークで別れたとき、二人は何の約束も交わさなかった。別れる前、ホテルの部屋で母が「ヒステリー」を起こした、と父はほのめかしている。「どこかおかしいのはわかった」と父は今になって言う。あとから振り返れば、それは点滅している赤信号だったが、父はそのとき無視する道を選んだ。そのとき抜け出すことはできただろう。でもそうしなかった。すでに足かせをはめられていたのだ。

母のヒステリーがどのようなものだったか、見当がつかない。でも私を驚かせたことが二つある。一つはヨーロッパからの船旅が四日もかかったこと。ニューヨークで別れたとき、母は流産したばかりで、その結果ホルモンバランスがめちゃくちゃになっていた。父は母が受けたショックを軽く見ていたのかもしれない。母は妊娠、出産で大きく気分が変わる人間だったのだ。もう一つは、帰るのを恐れていたアメリカに母が帰ったこと。これからの計画は何も立てていなかったし、父からはっきりした約束の言葉ももらっていなかった。ヨーロッパでの自由気ままな行動は、また別の話だ。イリノイで待つ母の家族は、結婚未満のことは何も眼中に入れようとしなかっただろう。母がちょっとしたヒステリーを起こしたのも無理はなかったのかもしれない。

母はイリノイの実家に、父はカリフォルニアに戻った。それから二、三か月して、母はサンディエゴに父を訪ねた。父は当時まだ学生だった。母は結局そのまま居座り、荷物も運び入れた。それから半年後、平日の民事婚を経て二人は結婚した。

今になって父は当時を振り返り、パリで会ったとき母は憂鬱そうだったと語っている。母の夢にはキノコ形の雲が覆いかぶさり、アメリカに帰ることに関して理不尽とも言える絶望感を抱いていた。父の説明は、ジョーの文句なく「楽しい時間」という説明と一致しない。父を疑ってはいないが、それから今までの何年もの暗い影が、母に関する父の記憶に黒いベールをかけてしまったのではないかと思わざるをえない。

私に情報を与えてくれたすべての人の意見は、ある一点では一致している。それは父と母が深く愛し合っていた、という点だ。父でさえ、それに関してはあれこれ思い出話をしてくれる。結婚してしばらく経ったあとでさえ、一緒に外出するとあまりのアツアツぶりがはたから見てもわかるほどだったので、知らない人が来てはお酒をごちそうしてくれたそうだ。


一九七二年の夏には、もう誰も両親に飲み物をごちそうしなくなっていた。私はそんなことを知る由もなかったが、そのころ父はもう万策尽きかけていて、母はすでに自分で思考を収拾できなくなっていた。

旅に出発する日、二階でお気に入りの人形ビッグベビーの着せ替えをしていると、ドンと何かがぶつかる大きな音と、「クソッ」という父の罵声が聞こえてきた。私は一階に走って降りて、正面玄関へと続く階段をこっそり見下ろした。父は階段で転んでうずくまっていた。ぎっしり中身のつまったクーラーを落とし、それが階段を滑り落ちてドアに激突したのだ。

母は洗濯物の入ったかごを両手に抱えて私の横に現れた。そのとき午後三時。出発の予定時刻は一時。父は起き上がり、前かがみになって左足首をなでた。「おい、いいかげんにしろ、サリー。家中のものを全部洗う気か？　もしやめないなら、明日までここに釘付けだぞ」これは誇張ではなかった。午後になって車に荷物を詰め込み始め、ようやく翌朝になって敷地から車を出せたことがこれまでに一度ならずあった。「クーラーを運ぶから手伝ってくれ。そうしたら子供たちをポンコツに乗せて出発だ」

そのころはまだ、時には父の怒りが母を動かすこともあった。母は洗濯かごを置いて階段を下りてゆき、クーラーの片方の取っ手をつかんだ。「こいつめちゃくちゃ重てえ」父は言い訳がましくそう言った。

二階にかけ上がってきた母に、「みんな、行くわよ」と呼ばれた。私たち三人は後ろから来る母にせきたてられて階段を下り、後部座席へと押し込まれた。父は運転席に座ってまっすぐ前を見ている。母は助手席のドアを開けて乗り込もうとしたが、父のほうを見ると「あっ、ちょっとだけ待って」と言い、家の中に走っていってしまった。このせいで父は怒りの空気をいっそう強くはき出した。長い沈黙の数分後、母は戻ってきた。手にはあの洗濯かごを持っている。中には濡れた洗濯物と乾いた洗濯物がごちゃまぜになって、山のように積まれていた。車の小さなサイドドアから母がそのかごを押し込んできたとき、みんなの視線がそちらに集まった。かごに続いて母がステーションワゴンに乗り込んできて、助手席に座った。

父は押し黙ったまま運転した。カーブに来るとあまりに急ハンドルを切るので、後ろにつないだエアストリームは危険なほど傾きながら疾走した。誰も何も言わない。父の怒りに空気が張り詰めている。まるで呪いにかけられたようだ。父が呪いを解くまで、私たちはしゃべれない。

後部座席に座っているサラと私は、エイミーのひざの上でこっそりじゃんけんを始めた。私たちは動きを小さく抑え、楽しんでいる様子を父にバックミラーで見られないように、手をシートから上に出さないようにした。一試合が終わるたびに私はサラの目をチラッと横目で見て、その心を読もうとした。時々、というよりむしろ神の存在を信じてしまうくらいしょっちゅう、うまく心が読めた。エイミーはまだ三歳にもなっていなかったが、私たちの手の規則正しい動きを目で追っていた。サラと私は空いている手の指でスコアをつけていた。勝っても負けても、ひとことも発しなかった。

ベイブリッジに着くころには、父の怒りは消え始めていた。父はしぶしぶ私たちの機嫌を取り戻そうとした。「よし、じゃあお前たち、忘れ物調べだ。みんな水着は持ってきたか？　毛布はどうだ？　人形は？」私はベッドに寝ているビッグベビーを思い出して胃がギュッと痛んだ。父がクーラーボックスを落としたとき、そこに置きっぱなしにしてしまったのだ。

「ビッグベビー」私は母にしか聞こえないくらいにつぶやいた。ベイブリッジの上では、ターンできる場所はない。それはわかっていた。私がどれぐらいがっかりしているか見極めようと母は振り返った。そして父のほうを見て、「ラス？」と言い、様子をうかがった。

「もう戻らないぞ」残り四人のほうからじわじわと押し寄せてくる同情の波を父ははねつけた。その波が車を飲み込み、前へと進む勢いを弱め、トレーラーを止め、旅全体が方向転換してしまうことを恐れたのだ。

母はまた私を見た。心配そうに眉毛は下がったまま固定されている。決定するのが母だったら戻ってくれることはわかっていた。母が私のために戦ってくれることを願った。

母は今度はさらにゆっくりと、説得するように言ってくれた。「ラス、トレジャー・アイランドで方向転換して、さっと家に帰れないかしら」そして一呼吸置いてから付け加えた。「三か月も留守するのよ」

「サリー、人形のために戻りはしないよ――かんべんしてくれよ。もう四時一五分前だ。もし今戻ったら、七時にはまだこの橋の上だ」

母は父に向かって怒りの目を向け、シートの背もたれに身を投げ出した。もう一度父に掛け合ってほしかった。しかし母があきらめたことはわかっていた。

エイミーは一瞬こちらに、かわいそうに、という視線を投げてきた。二、三分後、母は私のほうを振り返った。「ねえ、ローラちゃん、オレゴンで別の人形を買ってあげるからね」

私は泣き出した。母は後ろを向いて身を乗り出し、私の手をなでた。私は母から身を引いて、横にあるドアのほうを向いた。別の人形をもらうぐらいなら、アメリカ大陸を横断する間ずっと泣いているほうがましだ。いつだって何かを裏切るぐらいなら、みじめな思いをしても忠実でありたいと私は思っていた。自分はそういう人間だと、そのときすでにわかっていた。

私は両腕を枕に窓に寄りかかった。そしてパッとひらめきながら通り過ぎてゆく橋の銀色の棒を数え、三か月がどのぐらい長いか想像しようとした。父を怒らせないよう、声を殺して私は泣いた。日々をちょっとずつ、一瞬一瞬に計り分けたいと思った。そうしたらこれからの日々を、どうやってやり過ごすべきかわかるかもしれない。でも無理だった。橋の銀色の棒は一本一本切り分けられず、ひとつながりに見えた。すがるものはもう何もなかった。三か月は長すぎた。

ヴァカビル〔訳注　北カリフォルニアのソラノ郡にある都市。サンフランシスコから約七二キロ〕を過ぎたあたりでサラが私のひざをポンとたたき、私たちはじゃんけんを再開した。静かに、遅れないように、こぶしを突き出した。頭の中でだけ声を響かせた。

「じゃん、けん、ぽん」「グー、チョキ、パー」

第4章

母はステーションワゴンの助手席にあぐらをかいて座り、ひざの上にパール・バックの『聖書物語』を広げていた。そしてリズミカルにはっきりした声で読んだ。「汝の息子、愛する一人子イサクを連れてモリヤの地に行け」

父の運転は静かだった。片手をハンドルの下の部分に軽く乗せ、もう片手はひざの上に置いていた。アイダホ州、モンタナ州、ワイオミング州にまたがるイエローストーン国立公園からモンタナ州のグレーシャー国立公園まで、私たちは一日中車の中にいた。ステーションワゴンの後ろにつながれたエアストリームは、カーブを曲がるとき少し傾いていた。私たち姉妹は後部座席に三人並んでぐったりと座っていた。長時間に及ぶ缶詰状態、夏の暑さ、エンジンがうなる音、高速道路でのタイヤのなめらかな滑り、母の声。それらすべてが眠りを誘った。私は車のドアに寄りかかっていた。いつも真ん中に押し込まれるエイミーは私にもたれかかっている。その重みから、寝ていることがわかった。私の体も重かったが、頭はしっかりさえていて、母の話に聞き入っていた。

「アブラハムは朝早く起きてロバに鞍を置き、二人の家来と息子のイサクを連れて家を出た」と母は重々しい声で朗読した。

サンフランシスコを出発した日に始めた聖書の音読を、読み終わるまで続けようと母は決めていた。オレゴン、ワシントンとしだいに深まる緑を通り抜けて北上し、アイダホ、モンタナを通って東へと向かうにつれて、読んだ目印にはさんでいる白く細長いしおりは分厚い聖書の「創世記」の中を少しずつ移動していった。

その夏ははるか東のミシガンまで足を延ばし、秋の学校の始業日に間に合うよう父はジグザグコースで西の我が家へと車を走らせた。帰宅してからも母は聖書の音読を日課とし、それから二年間、「ヨハネの黙示録」の直前まで音読は続いた。

毎週日曜日、私は教会の硬い信者席で母の隣に座り、牧師の言葉を必死に理解しようとした。だが私の心にしみこんできたのは、イエスが私を愛している、という考えだけだった。「旧約聖書」にはショックを受けた。言葉はまるで知らない言語のようだったし、あまりに道徳心が強く、厳しい神は私がそれまでに出会った誰よりも頑固だった。それでも私は聖書の世界に引きずりこまれた。母は読みながら時々中断しては、内容を私たちに説明してくれた。生得権とは何か、それがどうやって盗まれるか、神との契約とは何か、それがどうやって破られるか、などなど。母が説明できない部分もあった。

「イサクは言った。「父上、薪が燃えています。でもいけにえにする幼いけものはどこにいるのですか？」」母は一瞬音読を中断し、椅子に座ったまま上半身だけ向きを変えて私たちのほうを振り返った。エイミーは寝ていた。「じゃあ、今日はここまでにしましょう」ページとページの間に絹のマーカーをはさみ、本を大事そうに閉じた。父は母のほうにちらっと目をやった。父はそれほど聖書が好きではなかった。日曜日にも私たちと教会に行かなくなっていた。父が好きだったことといえば車中でのゲームだ。誰が道路標識に書かれた文字からアルファベットのすべての文字を見つけられるか、誰が一番多く州外ナンバープレートを見つけられるか競うゲームだ。母はこれには参加しなかった。ステーションワゴンという狭い空間に缶詰めにされていても、父と何かをしつつ母とも何かをする、あるいはその逆は不可能になってきていた。

私は背もたれに体をあずけながら、心の中で聖書の話を復唱していた。「かわいそうなイサク」。私は肩にもたれてきていたエイミーを押し戻し、体を窓側に向けて広々とした田園風景を見やった。エイミーは突然目を覚ますと私のほうを向いた。しわくちゃな顔で、お願いするような目でこっちを見ている。これまでもこれからも、エイミーが望んでいるのは、ただ誰かに寄りかかって寝ることだけ。

私は首を横に振り、離れろとばかりに片手でエイミーを押した。そして私の陣地とエイミーの陣地を分ける境界線を、無言のまま座席の上に引き直した。

エイミーはサラのほうを向いた。「寄っかかっていい？」

サラは自分側の窓の外を食い入るように見つめていたが、振り返りもせずに首を振った。

母はまた後ろを振り向いて「前にいらっしゃい」と言いながら両手を差し出した。エイミーは頭から突っ込むようにして補助椅子に移った。その様子を見ていたが、あまりにかったるく、イスの背もたれをよじ登るエイミーのおしりを、手を伸ばしてたたく気にもなれなかった。

私は自分の陣地に引きこもり、窓にくっついて、また聖書の話を復習しようとした。神が命じ、アブラハムはそれに従った。私は振り返ってトレーラーを見た。トレーラーの前面に取り付けられた二本のプロパンガスのタンクが、連結部のすぐ後ろでまっすぐに立ったまま素早く上下に揺れていた。エアストリームの丸みを帯びてなめらかな形を見たら、ほっとした気分になった。

この辺りの山がちな道に入ると、ステーションワゴンはせいぜいはうようなペースでしかトレーラーを引っ張れなくなった。木のパネル張りのオールズモビル・ステーションワゴンにエアストリームをつなげているため、全長は約一四メートル。それに荷物をぎっしり詰め込んでいるため、時速七〇キロほどしかスピードが出ず、カーブではさらに遅くなった。この速度は、普段は左車線で飛ばし、前の車を抜くときにしか右車線に入らない父にとってはきつかっただろう〔訳注　日本と反対でアメリカでは一番左が追越車線となる〕。
我が家の車の後ろに車がたまってしまったので、先に行ってもらうため、半円形の砂利の避難所に父は車を寄せた。その横を巨大なRVキャンピングカーが通り過ぎていった。高いところにある横の窓から顔をのぞかせていた同じ年ごろの少年と目が合った。その三か月の旅行で、私はRV車のランクがわかるようになった。我が家のトレーラーは大好きだったが、そうしたRVキャンピングカーに乗っている子供たちを見ると、うらやましいと思わざるをえなかった。車が走っているとき、あの男の子は後部座席を自由に動き回れるのだろう。そしてその子がベッドに横になったり、アニメを見たり、箱から砂糖がけシリアルを出して食べたりしている姿を想像した。

両親がトレーラーで旅したのはそれが初めてではなかった。一九六五年に三六代大統領リンドン・ジョンソンがベトナムへ最初の戦闘部隊を送ったとき、両親はヨーロッパに戻った。その二年前に計画したように徴兵を逃れるためではなかったが、戦争に後押しされたのは事実だった。いつものような気分ではなかった、つまりいつも通りに仕事をする気になれなかったので行った、と父は説明している。母に関して言えば、いつだって普段通りに仕事をする気分になどならなかっただろうが。一九六〇年代中ごろは世の中が混乱していたので、二人は危機感を時代と共有できた。ドイツで車と小さな移動住宅用トレーラーを買い、十か月間、ジプシーのようにヨーロッパ各地を転々とした。その旅の写真――サラが縁なし帽を被り、それに合うウールのコートを着てエッフェル塔の下に立っている写真、黒いカプリパンツをはいた母がアクロポリスでサラの手を握っている写真――を見る限り、それは今よりもキラキラ輝く幸福な時代だった。

この二度目のヨーロッパ滞在から戻ると、両親はベイエリア、最初はオークランドに落ち着いた。それは都市部に住むにはお金の余裕がなかったからで、その後ようやく意気揚々とサンフランシスコに引っ越したのは一九六六年、私が生まれる直前のことだった。

母は父に歴史学で博士号を取るよう説得した。今になって父はことあるごとに、母が学位を取るべきだった、本当に聡明だから、と言う。父は二年間サンフランシスコ州立大学で学位と取ろうと奮闘し、そのかたわらで家族を養うために赤ちゃん用の家具、のちには土地や家を売った。そうこうするうちにエイミーが生まれ、父は大学をドロップアウトし、フルタイムでビジネスの世界に飛び込んだ。本当に自分が得意なのは物を売ることだ、と本人ははっきり自覚していたが、母は商売を心底きらっていた。父ほどの才能がありながら商売の世界に入るのはもったいないと感じていたし、母の目には、お金を稼ぐために聖職を離れた自らの父の決断とダブって見えたに違いない。

母自身は短期間大学院に通ったのち、視線が完全に内側を向くようになってしまった。旧友の大半と連絡を絶ち、人に会うことを拒否し、家を出ることさえあまりしなくなった。エドガー・ケーシーの著書を読むようになったが、そこではキリスト教、予言、霊魂の再生への信念がミックスされていて、母自身のそれまでの人生、関心事にぴったり合っていた。ケーシーは南部の小さな町出身のバプテスト派の牧師で、母の父親と似ていなくもなかった。ケーシーは一九四五年〔訳注　原書では一九四〇年となっているが、実際には四五年〕に亡くなったが、いろいろな意味でニューエイジ運動の父だった。一万四千人に対して催眠状態における情報の引き出し、いわゆるリーディングを行ったり、複雑な宇宙論を展開したり、その人生の物語は一九六〇年代に家族や追随者たちによって書かれた本を通して世に広められた。母はそれらをむさぼるように読んだ。

母は長いこと自分の夢のお告げに従ってきた。そしてそのころ、夢に隠された合図、前兆を探るようになっていた。私たちは新しい家に引っ越すべきだろうか？　父は建物を買うべきだろうか？　娘たちをどの学校に通わせるべきだろうか？　自分が食べるものでさえ夢に影響されていた。そしていろいろなものを除去し続けていた。砂糖はダメ、肉はダメ、卵はダメ、タマネギはダメ。そしてついに食べられるものは二、三の緑の葉物野菜だけになってしまった。一九七〇年代当時、それらを食料品店の冷凍庫奥深くから凍ったかたまりとして買ってきていた。

　母は瞑想をするようになった。そして時おり瞑想中に声が聞こえる、と父にもらすようになった。それでも母は毎日欠かさず瞑想し、自らの恐怖心の中に進んでおぼれていった。

　スピリチュアルな問いかけ、瞑想、自然食、加工食品に対する不信感など、母が興味を示すことはどれも、母が生きている時代と場所の趨勢に合うものだった。エドガー・ケーシーの著書は一九六〇年代後半から七〇年代を通して『ニューヨーク・タイムズ』のベストセラー・リストに居座り続けていた。「精神の病」を病気としてとらえるまさにその考え方が攻撃されていた。トーマス・サーズ〔訳注　一九二〇―。ハンガリー出身の米国の精神科医〕は一九六一年に『精神病の神話』を出版した。イギリスの精神科医R・D・レイン〔訳注　一九二七―一九八九〕は一九六七年に『経験の政治学』を出版して六百万部売り、「正常な社会は無意識のうちに不健全な社会秩序と共謀している」という自身の見解を広めた。本当に健全になるには、瞑想やスピリチュアルな練習を通して、社会的に構築されたエゴを崩壊させなくてはならない、とレインは信じていた。そして彼の考えによると、幻覚は経験の一部であり、その処置にはドラッグや病院への閉じ込めではなく、シャーマンの補助が必要だった。

　両親がこうした書物を読んだかどうかわからないし、読む必要もなかった。アメリカでは一九七二年になるころには伝統的精神医学への反対論が支配的になっていて、両親が暮らしていたサンフランシスコの周辺地域にまで広がり、そこに住んでいた因習にとらわれない人たちの間にも確実に浸透していた。父も母もドラッグを試したことはなかった。母はどのようなものであれ薬を体内に取り込むことをつねに毛ぎらいしていたが、それは偏執的と言ってもいいほどだった。アスピリンも飲まないし、早くもサラが誕生した一九六三年には、医師たちが激しく反対したにも関わらず自然分娩を主張した。こうして出産時にもめたことがしこりとなり、母は医師というものにその後ずっと不信感を抱き、彼らを敵視し続けた。

両親は薬に手を染めなかったかもしれないが、まわりに薬をやっている人はたくさんいた。幻覚剤はごく一般的なものと見なされ、さらにはロマン主義的に解釈されて使用者が増え、人々の精神状態を変えてしまった。バークレーに住む、超自然的芸術に通じた友人に、母に関するアドバイスを求めたことを父は覚えている。この友人は母の幻覚をおおかた柳に風と受け流した。「世界のあちこちにごみが散らばっている」彼は父に言った。「そこに自分をさらしたら、いいものと同時に悪いものも吸収してしまうものなんだ」当時はそういう時代だった。

生まれつき根っから疑い深い父は、何か変だ、異常すぎると感じていた。でもそれが永久に続くとは思いもしなかった。父は母を深く愛していたし、どこかおかしくても自分で治せるという自信があった。妻を家から外に出さなくてはいけない。そして自分はもっと多くの時間を妻と過ごさなくてはいけない。そこで父は不動産を売って、家族みんながしばらく食べていけるだけの十分なお金を作った。そして緊急措置としてこの旅のために三か月も仕事を休んだのだ。家族が世間から切り離されて一緒に固まっていられたら、夏じゅうずっと自分が妻をしっかり見ていられたら、まだ判断がつかない母の問題を解決できる。そう信じていた。

グレーシャー国立公園に到着すると私たちはキャンプの準備に取りかかった。父はエアストリームのてっぺんに積んでいた、緑と白のストライプ模様でキャンバス地の日よけを広げた。さらに金属製のはしごを引き下ろして広げ、地面にしっかりと固定し、それを上り下りしてトレーラーの側面にあるドアから出入りできるようにしてくれた。

母は日よけの下に置かれた折り畳み椅子に座り、何度も読んでボロボロになったエドガー・ケーシーの『川がある』を読んでいた。一方父は自分と娘たちのためにハンバーガーを焼いた。その後私たちはキャンプファイヤーを囲んで、キャンプ用の鮮やかな黄色いプラスチック皿に乗せてそれを食べた。ハンバーガー用のパンは全粒粉のイングリシュマフィンでなくてはならなかった。一般的なハンバーガー用のパンを含め、母が精白パンを買おうとしなかったからだ。ただし母は私たちを、自分用のもっと徹底したメニューに付き合わせようとはしなかった。母もキャンプファイヤーのまわりにやって来て輪に加わったが、自分用のマフィンとトレーラーにある小さなコンロで火にかけた冷凍ホウレンソウしか食べなかった。

夜キャンプファイヤーを囲んで座っていると、男の人が何人か通りがかりに足を止めて父としゃべった。父はそうしたキャンプでの気軽な交流の輪に加わった。みんなは道路やキャンプ場について情報交換をしていた。どこだとガスが使えて、どこだと使えないとか、エアストリームとRVではどちらがいいか、など。ここグレーシャーならではのハイイログマの話も出た。

「ハイイログマにかかっちゃ、エアストリームなんてこうですよ」男性のうちの一人はそう言って、ビールの缶を高く掲げて手で握りつぶした。

その後トレーラーの中で私たち姉妹は母と一緒に、サラと私が使っているベッドの横でひざまずいた。そして神のご加護を祈る人たちの名をスラスラと口にした。おばあちゃん、おじいちゃん、サラ、エイミー、ママ、パパ。そして一緒に「主の祈り」を暗唱した。私たちは力強く「天にましますわれらが父よ」と始めた。サラと私は母の言葉をすぐあとから追いかけたが、時々追いつけないで言葉が抜けた。エイミーはつっかえつっかえで、石から石へとポンポン飛びながら川を渡る人みたいに、たまに知っている言葉があるとさっとその言葉を口にした。「来世」「日々の糧」「我らの罪を許したまえ」「永遠に」といった祈りに出てくる言葉が辺りを飛び交い、最後にはみんな一緒に「アーメン」でしっかりと締めくくった。寝に行こうとして立ち上がると、私たちのひざにアルミの床の十字模様が写っていた。

サラと私は幅九〇センチぐらいのクッションの付いた寝台に寝たが、体をもぞもぞ動かすゆとりもなかった。エイミーは私たちの頭のすぐ上にぶら下がっているつりさげ式ベッドに寝た。それはエイミーが寝ると重みでかなり下がるので、ついつい手を上に伸ばして、ハンモックのしなやかな人工レザーの下からエイミーをくすぐったりつっついたりしてしまった。父と母は階上の、私たちが時々御飯を食べる机と作り付けのベンチの上に、折り畳み式ベッドを広げて寝ていた。

ベッドに横になっていると、サラの規則正しい寝息が聞こえたし、外のキャンプファイヤーのところにいる両親のささやき声も途切れ途切れに聞こえてきた。警備員たちがキャンプ場を車で巡回していた。そのトラックのライトを受けてトレーラーの中まで明るくなり、カーブしている低い天井が一瞬照らし出された。アルミ製のなめらかな一枚貝。そこに打ち込まれた何本もの太い鋲も見えた。そして光は通り過ぎていった。

ドアの取っ手がガタッという音が聞こえ、灯油のにおいがした。両親がランプを手に入ってきたのだ。二人は床《とこ》につくまでひそひそしゃべっていた。そして父がランプの芯につながっているつまみを回すと、黄色い光はじょじょに弱くなっていった。家族みんながそばにいるし、エアストリームという貝殻に守られている。私はそう思って安心して眠りについた。

朝、目が覚めた。まだ眠いし、髪がくしゃくしゃだ。トレーラーのドアを押し開け、ヒヤッとする空気の中へと階段を下りた。松のにおいがする。きっと——もし視線を上げたら——山脈が見えたはずだ。でも覚えているのは、トレーラーを停めていたところに近い切り株の多い野原だけだ。毎日午後にそこでキックボールをしたが、背の高い草が生え始めていた。もう少し遠くに目をやると、横長のログハウスがあった。そこは片側は男性用、もう片側は女性用のトイレと洗面所とシャワールームになっていた。私は身を切るような寒さの中、片手に歯ブラシを握りしめ、母のあとについて洗面所に行った。そうした場所では当然水はぬるむことなどなく、手を洗うと指の感覚がなくなった。その寒さのせいでごわごわになった小型タオルで母は私の顔をこすってくれたが、おかげで眠気がふき飛んで目がさえた。

その夏私たちは三か月間、国を横断してキャンプ生活を続けた。ＫＯＡ〔訳注 一九六〇年代に設立されたフランチャイズのキャンプ場〕あるいは国立公園でキャンプを張り、本当は中西部の一番はじでしかないが、我が家にとっての「東部」まで足を延ばした。息をのむような美しい田園風景を通り抜けた。が、私は覚えていない。私の記憶に残っているのは日々のリズムだ。車中の様子、母の声、トレーラーの中の息苦しさ、国立公園の松のにおい、すでに始まっていた父母の互いへのかすかな反発。

父によると、ある朝目覚めると、トレーラーのドアに長いひっかき傷がついていた。それはクマが残したものだったが、キャンプ場のみんなは寄ってたかってあれこれ空想をめぐらせた。だが私はそれも覚えていない。

それでも一枚の写真が残っている。ワイオミング州を流れるスネーク川に浮かんだ筏のはじに私たち姉妹が母と一緒に座っている写真だ。私は母の肩に頭をあずけている。サラは横を向いているが、オーバーバイト〔訳注　下の前歯が上の前歯より奥でかみ合う状態〕ですでに前歯が出ている。まだ三歳だったエイミーは母の腕に抱かれ、カメラをまっすぐに見てニコッとしている。母のサングラスは丸く、ジョン・レノンみたいだ。夏には暑すぎるように思える白い綿のセーターを着た母はとてもやせている。かぎ針編みのベレー帽をかぶり、金縁の青い大きな十字架をのど元にぶら下げている。少し微笑んでカメラを見ているが、サングラスで視線はぼやけている。私たち姉妹はTシャツの上に深緑色のライフジャケットをひもでしばりつけているが、母は着用していない。私たちは母にひもでつながれていたが、母は何にもつながれていなかった。

父はそれ以前から考えていたキックボールの総当たり戦の組み合わせをグレーシャーに来て完成させたので、サラとエイミーと私は順番に、同じ回数ずつ試合をすることができた。父は切り株の点在する野原に描いたダイヤモンドの真ん中に立ち、形がいびつになったボウルに向かってゴムボールを投げた。ボールは不規則にバウンドし、それからまっすぐにホームベースのほうに転がってきた。私はすぐに走り出せるように一歩下がり、左方向にボールを蹴った。父は生き生きと、飛んできたボールに飛びついた。体を動かしたり、競争したりすると、体内から無限にエネルギーが湧き出てくるのだ。バウンドに合わせてボールをキャッチし、体勢を立て直し、向きを変え、私より早く一塁にかけこんだ。

三度目のとき、私の蹴ったボールはすごい勢いで飛んでゆき、父が手を伸ばしても届かないところを抜けていった。父は横を向き、両手を腰に当てがい、ボールが通り過ぎるとき低く口笛を吹いて言った。「うまいぞ、ローラ」私はベース間を喜び勇んで走った。父にほめられること、それが唯一、私の望むごほうびだった。

私はホームランを打ったのち、用を足しにトレーラーに戻った。すると父と母用の折り畳みベッドの上の平らなスペースで、母が座禅を組んでいた。背筋をまっすぐに伸ばしていたので、頭のてっぺんが低い天井に届きそうだった。目を閉じてじっと動かない。トレーラーは夏の熱気を閉じ込め、芽が出そうな朝だった。しかし母はまったく気にならないようだ。

瞑想中は邪魔すべきでないと知っていたので、声はかけなかった。私が階段を上ってゆくと母は目を開けた。

「瞑想ってどうやってするの?」と私がたずねると、母は答えた。

「自分の呼吸を意識して、頭から思考を全部追い払う努力をするの。何も考えちゃだめ。そこが難しいところね」

私もやってみたいと言うと、母はベッドの自分の隣に私を上らせてくれた。母の真似をして両足を組み、両手のひらを上に向けてひざの上にそっと乗せた。公園にいたふくよかなブッダのように親指と中指をくっつけてみた。そして目を閉じて考えた。「考えちゃだめ、考えちゃだめ、考えちゃだめ」そこまでは簡単だった。

私はまったく動かず、体内へ、そして体外への空気の流れを感じようとした。でも全然わからない。片手を素早く口元に持っていったけれど、空気を感じなかった。目を開けて母を見た。母はどこか別の世界にいた。ひざに置いた両手のようにやさしく穏やかに、まぶたが目の上に覆いかぶさっている。胸は膨らんではしぼみ、重そうな金の十字架のネックレスを持ち上げては落としている。自分の胸元を見下ろしてみたが、何の変化もなかった。胸もなければ動きもなく、息もしていないようだった。

外からサラがボールを蹴ったやわらかな音、続いて砂利の上を急いで走る音が聞こえてきた。次は私の番だが、今回はパスすることにしよう。

また目を閉じた。今度は開かないようにしっかりと。そして考えた。「息をして、息をして、息をして」空気を探したが、やはり見つからない。

長い時間が経った。ベッドの隣に置かれた小型冷蔵庫がブーンと音を立てた。一匹のハエが出口を求めて、私の頭の後ろの窓にかかったスクリーン上を飛んでいた。着地して少しの間、静かに歩いていたが、その後飛び上がって再びブンブン言いだした。低く途切れないその音に隠れるように、スクリーンのところからカの羽音も聞こえた。トイレに行きたくなってきた。

母は目を開けた。

「息が感じられない」と私は言った。

母はうなずいた。「たくさん練習しないといけないの。何年もかかるのよ」私の言いたいことがわかってないなと思ったが、黙っていた。

それから数日して、私たちはゆっくりと家のほうとへ向かい始めた。その車の中で私は自分自身をよく観察してみた。いつもは息をしているに違いない。きっとそれについて考えるときだけ止まるのだろう。ステーションワゴンの後部座席で姉妹に見られないように窓のほうに体を向け、さっと手を口のところに持っていき、逃げる前に息をキャッチしようとした。でも何も感じなかった。トレーラーの隣に立ち、自分の姿を横目でチラッと盗み見ようとしたが、エアストリームのアルミのボディに映った姿はぼやけていた。何度やっても同じで、胸は動かない。片手を口に当てておいて六〇まで数えたけれども、息は出ていかなかった。息をしないのに生きている。そこまでいくと私は不安になるのと同じぐらい興味をそそられた。必然的に、私は他の人たちと違う、という結論に達した。奇跡とか、選ばれし者とか、すべて聖書からの受け売りだったのだろう。他人と一線を画すというのは素晴らしいことに思えた。ひょっとすると神聖なのかもしれない、とさえ思った。

私は機会をとらえてサラにたずねてみた。「あたし、息をしてないと思うんだ」この言葉を発したとたん、まぬけだと思われるな、と感じた。

「何考えてんの？　バカだね。息してるに決まってるじゃん。してなかったら生きてないよ」

姉が正しいことははっきりしていた。でも心の中では納得していなかった。私はテストし続けた。しかし結果は心の中だけにとどめておいた。怖さ半分、壮大な妄想半分で、もっと何かの兆候が現れないかと、私はカリフォルニアに帰るまで期待して待ち続けた。


帰宅すると、私が置いていったそのままの場所、ベッドの上でビッグベビーが横になって私を待っていた。ただ、知らない人形のような気がした。それから二、三か月後、私たちは新しいアパートに引っ越した。そのごたごたでビッグベビーはどこかにいってしまった。しばらくして見つかったが、クローゼットにあった段ボール箱の一番下に、裸でほっぽり出されていた。それをちらっと見ただけで私は頭が狂いそうになった。その柔らかなおなかに顔をうずめ、泣いて泣いて泣きじゃくった。ひどく落ち込んだが、それはしばらくビッグベビーがいなくなっていたからではなく、自分が彼女を見捨てていたからだった。

第5章

新しいアパートはウエスト・クレイ・パークにあった。それは三ブロックにわたる袋小路になった区域で、二十四番大通りから二ブロック分、坂を下って行くと、その道沿いには美しく、それぞれ違った趣の家が立ち並び、前庭には木が植えられ花が咲き誇っていた。その道はカーブして二十二番大通りに入り、レイク・ストリートへと向かう。その辺りには以前住んでいたところよりも裕福な人が多かった。私たちは早くも場違いな気がしていた。アパートに住んでいるのも、公立学校にいっているのも私たちだけだった。そのアパートは前に住んでいた家よりずっと狭かったけれど、今度は建物全体のオーナーになったので、社会の階段を一段上ったと言える。全部で六世帯が入居でき、そこに住む人たちと壁、天井を共有していた。この建物を買ったのは父にしてみれば大胆だった。十二番大通りの家も、繁華街にある別の建物の部屋も、我が家が所有していたほかの物件もすべて借入金による投機買いだった。そうなると借金がかさむが、カリフォルニアでは不動産はそうやって回っている。少しの借金しかなかったところにプラスで借金をし、その後すべての相場が上がるのを待つのだ。

引っ越す前日に私は初めてそのアパートを見た。家具は付いていなかった。空色のじゅうたんが細長い玄関広間からリビングを通り、ゴールデン・ゲート・ブリッジを見下ろす出窓の下まできっちりと敷き詰められていた。ペンキを塗ったあとだったので窓が問題なく開け閉めできるか確認するなど、父と母があちこちチェックしている間に、サラと私はその直線ルートを走って何往復もしたり、横の窓から腕を差し出したり、足裏の薄い青いケッズを履いて新しいアパートの広々としたスペースで飛んだり跳ねたりした。私たちは全速力で走っては天井から床まで届く背の高い窓の一歩手前で止まる、という危険な遊びを何度も繰り返し、ガラス窓に指紋を残した。

この最高に楽しい時間に対し、私たちはそれなりの代償を払うはめになった。あとになって発見されたのだが、私たちのどちらか、あるいは両方が犬のフンを踏み、それをくっつけたまま行ったり来たりして、新しいカーペットのあちこちに痕跡を残してしまったのだ。それがサラなのか、私なのか、それとも両方なのかは定かでない。しかしサラが責めを負い、私は知らないうちにその事件をすり抜けてしまった。このパターンはその後も繰り返されることになる。カーペットはクリーニングしなくてはならず、父はカンカンに怒った。そのアパートには、入居前から汚点がついてしまったのだ。

ゴールデン・ゲート・ブリッジの眺めは素晴らしく、夕陽が沈むときにはみんなでリビングに集まった。赤い太陽の光がドラマチックに湾に反射し、その後夕陽はしだいに沈んでゆき、夜のとばりが下りた。時おり昼間に父から「おい、お前たち、来て見てごらん」と声がかかった。父のそばにかけ寄ると、タンカーやはしけ船、そしてほんのたまにクルーズ船がどれもライトアップしてゴールデン・ゲートをくぐり、滑るように航行していった。父は背の高い窓枠にもたれかかって立っていた。私たちは橋の下を船が通り過ぎるのを待った。私たち姉妹はその静まりかえった雰囲気に飽きると、サッと元やっていた遊びに戻った。父はたいていそこにとどまり、上げた右腕に体重をかけて窓枠にもたれ、左側のおしりを突き出した格好で、船が湾の外に出るまで見送っていた。

ある日の晩、夕食の席でサラは「勝負」とばかりに私に向かって無言でフォークをまっすぐ立ててみせた。私もそれにのった、という合図で微笑み、口に入れられる限界だろうと思う大きさに厚切りのステーキを切り、フォークの上に乗せた。頭の中で数を数え、「位置について、ヨーイ、ドン」と一緒に言う代わりにそれを前に突き出した。そして口に入れると長くゆっくりそれを嚙み始めた。これは速さを競うゲームではない。我慢比べだ。笑わずに相手より長く嚙んでいられたほうが勝ちとなる。この公平なゲームでは私でも年上の姉に勝利するチャンスがある。

スイス・ステーキは母の得意料理の一つで、私も大好きだった。トマトもピーマンもタマネギも、そして肉それ自体も、すべて一緒に煮込んだその味がたまらなかった。肉は柔らかいが繊維質でもあり、長いこと嚙む必要があった。そのゲームはずいぶん前にふとしたきっかけで生まれた。テーブルをはさんで座っていたサラと私の目が合い、互いがバカみたいに嚙み続けているのを見て、思わずクスクス笑ってしまったのだ。

嚙みながら私は母がこっちを見ていないか、いやな顔をしていないか心配で、ちらっとそちらに目をやった。母は父の肩越しに窓の外をじっと見ていた。顔が青白かったので目がやけに青く見えた。母が何を見ているのか確かめたくて、少し前かがみになった。ゴールデン・ゲート・ブリッジのオレンジ色の塔のてっぺんが霧の向こうにちらっと見えた。私は何も考えずに飲み込んでしまった。そして自分がしてしまったことに気付き顔を上げると、サラの目は勝ったという喜びに輝いていた。ゆっくり嚙むのをやめると、その笑みはジワリと口元にまで広がった。長いことサラに悦に入ってほしくなかったので、私はさっと別の肉片をフォークで刺し、二回戦を始めた。

毎晩、御飯時には長い楕円形のテーブルをみんなで囲んだ。母が台所へと続く自在ドアの近くの上手に座り、父がその正面、橋を見下ろす背の高い窓を背に座った。サラとエイミーと私は二人の間に散らばった。そのアパートに越してきてもう半年以上になるが、まだそこに違和感を覚えていた。その机も、背もたれの高い椅子も、その部屋自体も、三歳、六歳、九歳だった私たちにはまだふさわしくない気がしていた。

その晩はいつもより早め、太陽が沈むときに晩御飯を食べたので、食べ終わると父はテレビの前に腰を下ろし、再びテレビを食入るように見つめた。画面の映像はずっと同じだった——恐ろしげな老人たちがマイクに乗り出す、という映像がずっと続いていた。彼らの単調で低い声、かしこまっているがいつもかろうじて隠している怒りのこもった声が、毎晩家の中に流れていた。ウォーターゲート事件。それほどつまらないものはそれまで見たことがなかったが、父はそれを楽しんでいた。父はどうせ最後には無罪放免になる人——彼が正しいなら世界は崩壊するに違いないが——のように無情にほくそ笑んで観ていた。

時おり私は父が座っている椅子の腕に座り、父に付き合おうとした。「どっちが勝ちそうなの、パパ?」すると父はこちらを向き、ほんの一瞬私の顔を見つめてから答えた。「こっちさ。きっとこっちさ」そして父はまた視線をテレビに戻し、画面に釘付けになった。

夕飯の席でサラと私がまた嚙みゲームを始めたとき、父は母にその日の出来事を報告していた。会話は私の頭上を通過してゆき、リズミカルに何度も繰り返される「彼は○○と言った」「それでぼくは○○と言った」「そうしたら彼はぼくに○○と言った」というフレーズだけが心地よく耳に入ってきた。これらのセリフは言い争いをしたこと、父が仕事上ある交渉をし、それがまとまらなかったことを物語っていた。

サラと私はまれに見る長い戦いの終わりをそろそろ迎えようとしていた。互いに視線がぶつかり、わざと大げさに嚙みながら、クスクス笑わないよう必死にこらえた。視界のはじのほうにサラと母の間に座っているエイミーが見えた。ちょうど目の前の皿を空にしたところだ。椅子の中でモジモジし、私の集中力を途切れさせようと、白目をむいた顔をこちらに向けてきた。私はそんなことに惑わされず、サラの視線を受け止めた。

あまりに噛み続けてあごが痛かった。口には小さくなった肉片が残っていたが、もう味は全然しなかった。そのとき、とうとうサラの形相が崩れた。二人ともたがが外れたようにクスクス笑い出した。そして同時に、顔を隠すように下を向いた。

笑い出してすぐ、間が悪かったことに気付いた。私の頭上を行き交っていた会話の内容はすでに変化していた。母はもう、ただおとなしく聞いてはいなかった。そのころ母の注意力はしょっちゅう散漫になっていたが、そのときは何かが母の意識をとらえていた。母はしっかり覚醒していた。母が覚醒すると私も覚醒する。警戒し、注意し、用心した。そして椅子の中で居ずまいを正した。

母は父を激しく詰問した。「ホーキンスって誰なの？　今までそんな名前、あなたから聞いたことなかったわよね」

「普通の男だよ、サリー。仕事関係のヤツさ」と父は答えた。

「そう。あまりいい人には思えないわね」

「サリー、彼がいい人かどうかなんてわからないさ。ただ彼にある物件を売ろうとしているだけなんだから」

「その人に売るべきじゃないと思うわ」ものすごい早口で、声もどんどん高くなる。「絶対にその人に売るべきじゃないわ」

「どんなに大声出そうと勝手だけど、不動産の話なんだ。取引相手なんてこっちは選べる立場にないんだよ」父も爆発した。フォークをステーキに突き立て、我を忘れて怒りをぶちまけ、その後、押し黙った。

父は乱暴に肉を噛んだので、歯をぐっと食いしばると、ほおひげが跳ね上がるほどだった。母は父をじっと見ていた。食べる手を止めて、冷静な顔をしている。私はテーブルの向こうのサラの注意を引こうとした。でもサラの視線は私の前を通り過ぎて父に注がれた。

「ねえ、彼とは取引してほしくないの」母はわずかに首を横に振ったかと思うと、急に頭を前後に振った。「彼はどこか変よ」

父は肉をゴクッと飲み込んだ。「サリー、きみは彼を知らないだろう」

「そんな人のこと、知る必要なんてないわ」母はゆっくりと言った。「私にはわかるの」

私はフォークで皿の上のグリーンピースを一列に並べた。手に握ったフォークは重かった。ずっしりとした銀製だが、切れ味が悪く光沢はなかった。白い皿に豆の緑色が映えた。押すとそれらはコロコロ転がり、跳ねた。ほぼ完全な球形の豆たちは、皿の上で模様を描いていた。双子になったり、三つ子になったり、また一列に並んだり。

父は椅子に深く腰かけた。わずかに両肩を落としていた。父は皿に向かって鋭い口調でしゃべった。「そりゃすごいな、サル。すごすぎる」父は再びまっすぐに母を見つめた。「きみが悪い予感がするたびに、変な悪夢を見るたびに、客を手放すわけにはいかないんだ。すぐに誰かに持っていかれちまうんだよ」

私は母を見た。父が食べる音以外、食卓は静けさに包まれていた。父のフォークが皿の上でカチャカチャ音を立てた。母はピクリともしない。優美な顔はこわばり、父だけをじっと見つめている。

私はナイフの上にグリーンピースを二、三個乗せて、もう一度視線を上げて母を見て、気を引こうとした。それは昔からよくやる母への合図だった。母にニッコリして「私はハチミツをかけてグリーンピースを食べるわよ。小さいころからずっとそう。おもしろい味になるんだけど、ナイフから落ちないのよ」と言ってほしかった。でも母は動かなかい。

「サリー、もう夕食は終わりにしないか?」と父は言ったが、まだ自分のステーキをガツガツ食べていた。母は動きもしゃべりもしない。私は母を見ていたが、母の目は父に吸い付けられていた。母はとてもやせていたので、ほお骨が飛び出していた。口はギュッと結んでいたが、上唇の下に歯のラインが浮き出ていた。私は気付かなかったが、母は厳しい表情を浮かべていたらしい。こぶしを握った手は皿の両側に置かれている。その右手にはフォークが握られていた。

父の隣に座っていたサラは食べ物をゆっくり口に運んだ。まっすぐな黒髪が顔の両側にかかり、ベールとなってその目を隠していた。とても小刻みに口を動かし、念入りに噛み、そして飲み込んだ。

その静けさを破ったのは父だった。再び顔を上げて母の冷たい視線をまともに受け止めた。そしてカーブしたテーブルの角《かど》に両手をぱっと置き、椅子を下げた。「ごちそうさま」

それにつられるように母も突然パッと背筋を伸ばし、父のほうに手を伸ばしてその動きを阻止するかのようにテーブルに前のめりになった。次の瞬間、その体にエネルギーが満ち、こぶしを振りあげると、父めがけてまっすぐに重いフォークを投げつけた。

その瞬間、恐怖の色を浮かべたサラの目と目が合った。二人とも目でフォークの行方を追った。細身で機敏な父は間一髪、さっと体を後ろに反らした。バランスを失いかけたが椅子の腕で体を支えた。フォークは父をかすめるように飛んでゆき、父の背後にあった陶器用の棚に飛び込んだ。その中には母が集めたカットグラスが収められていた。棚の薄いガラス扉は粉々に割れた。私は椅子で身を硬くしていた。両手で椅子の左右のへりをギュッとつかみ、硬い床に飛び散った長かったり、とがっていたり、カーブしていたりするガラスの破片を見て見ぬふりをしていた。

その後、みんなリビングに座っていたが、母のすすり泣く声だけが時々静けさを破った。母は大きなひじかけ椅子の一つに座っていた。両手でひざを抱えこんでギュッと胸につけ、顔をひざにうずめている。父は前かがみになって緑色の長椅子に腰を下ろし、両ひじを両ひざにつき、床を見下ろしていた。その後父は私に視線を投げかけてきた。私は床に正座し、一本の指で小型じゅうたんの模様をなぞっていた。十二番街にあった前のアパートから持ってきたじゅうたんだ。母はその色を真夜中の青と呼んでいた。それに描かれた模様は巨大な円形の迷路になって、部屋の中に広がっていた。物心ついたころから私はその模様をなぞっていた。円の外側のはじから始め、人差し指を線上に走らせたものだった。行き止まりに来ると、私自身が反対方向に向きを変えてもと来た道を戻り、広い通りに出るまで続ける。そして曲がりくねった道を、ゆっくりと中心に向かって進むのだ。

「ローラ、お母さんを抱きしめてきてあげなさい」父は静かにそう言って頭で母のほうを指した。

大きなすすり泣きがその部屋に響いていた。私は信じられない気持ちで父を見やった。私は母を許す心の準備はできていなくて、ましてや触れようという気にはなれなかった。そのすすり泣きは母を恐ろしく、異様な存在にしていた。父が母になぜ同情するのか、なぜ母のターゲットであった父が母を許そうとしているのか、さらになぜ母をなぐさめるために私をつかわそうとしているのか、理解できなかった。

父はもう一度私のほうを向いてうなずいた。今回はもっとしっかりと。父にじっと見られて私はのろのろとじゅうたんから立ち上がり、母のところに行った。そして母の両肩に指先を置き、いいかげんにハグした。母は顔を上げてその血走った目を私に向けた。私は泣き出した。母は左右のひざを開いて私をその間に引き寄せた。母は前後に体を揺すりながら号泣し、私も一緒に揺さぶられた。「大丈夫。何も心配することはないわ」母は何度も何度もささやいていた。母の体にはいやというほど慣れていた。私は揺すられなでられるままに身を任せていた。私の体を揺することで母の気持ちは落ち着いた。でも私は「大丈夫」ではなかった。私の気持ちは母のそれとは対照的に、心の中の暗い呪文の上にしっかりと縛りつけられていた。

第6章

その年、母はリビングの窓辺に置かれた背もたれの高いひじかけ椅子に、ひざを抱えて何時間もずっと座っていた。何度も読んでくたびれたペーパーバック——テレパシー、エドガー・ケーシー、超越瞑想に関する本——が椅子のひじに開いたまま置かれていた。母は再生、ウイジャ盤〔訳注 霊界と交信するためのボード〕、消えたアトランティス島など、超常現象について学んでいた。ケーシーの本は何度も繰り返し読んでいた。初めて彼の本を読んで、その言葉がページから飛び出してきたとき、さらにはその言葉が直接自分に語りかけてくるように思えたとき、母がどう感じたかは想像できる。それは母にとって、それまでに知っていた何よりもずっと激しくパワフルだったし、間も開けずにしょっちゅう何度もそれと接したので、最終的には覚えてしまって読む必要もなくなったのだろう。そうした一連の言葉が母の頭に居座り続けた。その後、母は自分の思考のうちのバラ色に輝く部分を追い求める日々を過ごした。

木を見て森を見ない、という問題ではなかった。なぜなら松の葉も枝も幹も、そして森も、母はすべて見ていたから。さらに森の天蓋から光が差し込む様子も見ていた。その後さらに深く、言葉にされていない意味まで読み取るようになった。木と光とのつながり、枝と葉とのつながりといったような。すべてが明らかになった。でも言葉にはできない。なぜなら問題があるから。言葉のスピードより思考のスピードのほうがずっと速く、感覚は思考より早く、光のスピードはそれよりさらに速いという問題だ。そして言葉は希望を失って後ろからのそのそとついてくる。音は聞こえ、目も見えた。光が差し込み、近くから声も聞こえた。散らかった部屋を見渡したとき、母が目にするすべては意味をもって警戒していた。自分が選んだカーペットのロイヤルブルーの色も、窓越しに見える橋のオレンジ色も、湾に立ち上り始めた霧の色も。色の世界はあまりに大胆で、音はあまりに鋭く、すべての感覚がひどく高ぶった。時に美しく、時に恐ろしかった。午後になって霧が立ち込め、きらめく光に白い靄がかかるときのほうが、母にとっては気が楽だったのだろうか？

その部屋のすべての物から力の波が流れ出ているのを母は感じた。自分が着ている服、自分が食べた物、人からもらった物、自分が人にあげた物などすべての物から。母のまわりにあるたくさんの物はあまりに複雑な流れを生み出していたので、時おり母は部屋の中で動けなくなった。窓辺に立ちたいと思っても、体が動かなかった。その椅子にしっかりと抱え込まれていたのだ。

母にとってゴミは人間の弱みで、郵便物は永遠の重荷だった。請求書、宣伝チラシ、ダイレクトメール、そして新聞。それらは毎日休みなくやって来るのに、母は何一つ捨てられなかった。封筒の表に黒インキではっきりとミセス・ラッセル・B・フリンと書いてある。そうするとそれらをゴミ箱に捨てて、どこかに持って行ってもらうことがどうしてもできなかった。それをすると、自分へとまっすぐに戻る道、自分の中核をなす部分への通路が開かれてしまうから。もし物体が破壊されないならば、自分が触れた物がいつまでももち続ける影響力をどうやって消すことができよう？　前方にも、後方にも、私たちは途切れることのない鎖でつながっている。私たちが触れる物にかつて触れたことのある人たちと、さらにあとからそれに触れる人たちと。こうして悪が循環する。こうして世界中に影響が及ぶのだ。

母の視界のはじで何かがはためいた。母はさっと左方向に顔を向ける。ハチドリだ。窓の下のほうにある成長したスイカズラの実を食べにきたのだ。母はそのエメラルド色の体、素早くパタパタ動く羽の内側にあるしっかりとした体の線を見る。母は鳥たちを待っていた。もう暖かい季節になってきたので、毎日飛んでくるのだ。それはメッセンジャー。いつまでも立ち去らず、宙に浮いて、合図を出していた。

母にとってここに引っ越してきたのは正解だった。ハチドリも来るし、橋も見える。それが証拠。母はここで自分が取り囲まれていることを知っていた。この家、この部屋、この椅子、この町、それらは母のとりで。母は見えない力から巧みに逃れなくてはならない。つながりを断ち切らなくてはいけない。過去ははがれ落ちつつあったけれど、硬直したつながりの骨組みはそのままになっていた。そのつながりはしかたなく築いたのだ。視界に入ったり消えたりする橋、毎日霧に包まれる橋。それが開通しテストドライブが行われたのは一九三七年五月十日、ちょうど母が生まれた日だ。これは偶然の一致か？　いや。橋と母はつながっている。日々母は自分の背骨を走る車の重さに耐えていた。日々車は母に圧力をかけ、いい車は母を元気づけ、悪い車は母を疲れさせた。

以前は母の見えないところで、今でも他の人々からは見えないところで、戦いは行われていた。それを確認したのは夢の中。テレビで。新聞で。母はつねに戦いを感じていた。構造を、物の背後にある形を感じていた。そしてようやくわかった。世界は悪意ある力の奴隷となっている、と。証拠。街中で若者と老人がケンカをしている。証拠。催涙ガス。暴動。暗殺。証拠。そして火災。戦争。赤ん坊たちが明るいライトに照らされて裸で走り回っている。これも証拠だ。

自分の正体は誰にもバレていない。そう考えると母の口元にかすかに笑みが走った。ケーシーだってここまでは来なかった。最後に彼は弱くなった。自分のほうが強い。かつてのケーシーよりも強くなった。自分は中心までやってきた。一番の中心に。そして彼らが話しかけてくる。お前は誰だ、と。

最初、母は抵抗した。誰がしゃべっているのかわからなかったから。彼らはしつこかったしショッキングなことを言うので恐ろしかった。でももう母はより高い声、母をほめる声を他の声から聞き分けることができるようになった。他の声は聞くに耐えないささやき声で、母を、母のとるに足りない人生をあざ笑った。最初母はそうした音やおしゃべりを前に、自分がバラバラになってしまう、と思った。絶え間ないいやがらせ。でもとうとうそのひそひそしたささやき声をしっかりつかんでしぼませて、つまみ出した。まるで親指と人差し指の間で伸びるガムのように。そして二指の間隔を広げていってそれをとても細く伸ばしたら、母でなくそれがバラバラになった。これが母の仕事だった。母の使命。時間。それは時間を要した。暗闇。そして静寂。子供たちは学校に行っていなくてはならない。光が入らないようにシェードを下ろしておかなくてはならない。そして家を包み込んでくれる霧が必要だ。

母の視線は窓の下で羽ばたいているハチドリに釘付けになっていた。母は椅子の中で前後左右に揺れた。両手を胸の前で交差させてギュッと自分を抱きしめた。その動作によって母は自分の力の源に近づいた。母は声に耳を傾けた。そしてゆらゆら揺れながら自分の前のスペースに移動した。揺れながら、漏れ入る光の中を通って空いているスペースへ。鳥を家の中に入れよう、と母は思った。鳥を家に入れよう。


その当時、父の友人ジョーは結婚して二女の父親になり、サンフランシスコから北に一時間ほど行ったサンタローザに住んでいた。彼は母の状態について父が信頼して相談できる唯一の人間だった。二週に一度、二人はサンタローザとサンフランシスコの真ん中にあるバーで会っていた。当時話した内容についてはジョーが私に教えてくれた。父は万策尽きかけていた。その選択肢も狭まってきていたが、どれもいい方法ではないように思えた。ジョーはうなずきながら父の話に耳を傾けた。明らかに父は、すでに直観的に決断を下していた。父がゆっくりと旋回しながらその決断に近づいてゆくのをジョーは待った。

私は二人がバーの隅の薄暗いブースに陣取り、ダークグリーンのボトルに入ったハイネケンを飲んでいる場面を想像した。

「サリーは頭がどうかしている」と父が言う。何度も、いろんな言い方で言うがジョーは返事をしない。そのころにはもう双方とも、夫が妻についてそのセリフを吐くときに普通意味すること——頭にくる、意味不明だ——以外にも、それが事実を、冷たく厳しい現実を物語っていることを知っている。

「ぼくが彼女のすべての怒りのターゲットになってるんだ。もしぼくが家を出たら、彼女は落ち着くかもしれない」

ジョーはうなずく。

もし自分が家を出たら、その二年前にコロラドに引っ越していた妻の家族、つまりその両親や兄弟が動いてくれるのではないかという希望を父はまた口にする。妻は自分の両親と毎週電話で話をしている。それまでは娘の精神面に問題があるとは思いもせず、何かにつけ夫婦間の問題のせいにしていた両親が介入する。そうしたら自分にはどうにもできなかった問題にもうまく対処してくれるだろう。「ここに来てください。専門家に診てもらうよう彼女を説得してください」

父はもう何も信じていない、というわけではなかったし——まだ心の底から信じていた——、専門家に診てもらうよう誰かが母を説得することも可能だと信じていた。初めて出会ったころ、母は揺るぎない信念をもった頑固な女性だった。病気がすすむにつれ、ますます人の言うことを聞かなくなった。それまでの二年間、誰かに診てもらうよう、父は母を促し、母に請い、求めてきた。でも何も母を動かすことはできなかった。一度、たった一度だけ、私たちが通っていた教会の牧師に来てもらって話をするよう父は母を説得したことがあった。その牧師はリビングの長椅子に十五分腰かけて母と向き合い、さりげなく夫婦カウンセリングを受けるよう勧めた。母は爆発し、牧師を追い立ててドアの外へと追い出してしまった。その後、私たちは教会に行くのをやめ、最後に残っていた扉も閉ざされた。家族以外で母が接触していた最後の人たちとのつながりも断たれた。

父は最後通牒を突き付けられた。絶体絶命の二択、誰かの助けを借りて家をきれいにするか、あるいは自分が出ていくか。あの事件から丸一年経っていて、母はリビングの椅子からほとんど起き上がらなくなっていた。

でもまだ問題があった。

「娘たちを置いて行けない」父は首を振る。「とんでもない。どうやって娘たちをあそこに置いていけるんだ？」まるでジョーがそれに対して何かしらの答えを知っているかのように父はたずねる。

私たちを連れて家を出るのは現実的な選択肢ではなかった。父は今、私たちにこう説明している。「まだそのころ彼女は、きみたちと一緒だととても調子が良かったんだ。当時、彼女からきみたちを取り上げるなんて想像もつかなかった」

でも私たちを連れていけないと感じた一番の理由は、当時まだ私たちが父より母になついていたからだった。母も、父も、そして私たちもそれはわかっていた。

さらにすべての希望が粉々に砕け散るまで投げかけるべき、堂々めぐりの無気力な疑問が頭をもたげる。

「本当に彼女はすごく賢いんだ。だからこの状態から脱け出さなきゃいけない。そう思わないか？」

ジョーはいくつかもっともな提案をする。時間、医者、病院、薬。

「彼女はぼくと知り合ってから、あのくそアスピリンだって飲んだことがないんだ。一体誰が薬を飲むよう彼女を説得できるっていうんだ?」

バーを出る前、会計待ちでカウンターに寄りかかりながら、父はジョーのほうを振り返って言う。「彼女を金で困らせはしないよ。それはぼくがずっと面倒を見る」

このころの私の記憶はあいまいだ。一番記憶に残っているのは、アパートが散らかっていたこと、母がいつも家にいたこと、そして父がいつも怒っていたことだ。散らかっているのはとくに気にならなかった。でも父が仕事から帰ると、山積みになった新聞、その日私たちが使いそのまま放っておいたゲームやおもちゃ、リビングに置きっぱなしのおやつ用の皿、台所のシンクに積まれたもっとたくさんの皿が、突然いけないものに見えた。「このゴミの山を片付けろ」と父に命令されて、私たちは走り回って人形を拾ったり、モノポリー用のお金を集めたり、雑誌や新聞をテレビの下の台にしまったりした。父はそれを長椅子に座ってにらむように見ていた。でもその程度の片付けではなぐさめにしかならなかった。まだ相当散らかっていて、父の怒りも収まらなかった。

時おり父はケガをして帰ってきた。高校時代にスポーツをしていて何度も足首の骨を折ったり、捻挫したりしていたので、かつてレントゲン写真を見ていた医学生たちは、絶対にこの患者は歩けないと思ったほどだった。それでも父は自分より十~十五歳も若い人たちと、そのブロックを下ったところにある運動場でピックアップ・バスケットボールをするのをやめなかった。それは体力を消耗させ、スピードを要する荒々しいゲームだが、ファウルは存在しない。つねに誰かに片足をケガさせられていた父は、自分の心の痛みを体のケガに巧みにすり替えていた。

父は湯気の立つ湯の入った浅い鍋を自分の前に置いて台所で座っていた。私はリビングからその様子を見ていた。父はつま先を引っ張って両足の靴下を同時に脱ぎ、そこで一瞬ためらった。それからゆっくりと、体にフィットし伸び縮みするスポーツ用の添え木を取り外した。添え木が当たっていた部分の肌は周りから浮いていた。そこだけ真っ白で、足のそれ以外の部分を覆っている黒い毛がそこには生えていなかった。私は痛むか聞きたい衝動を抑えた。父の場合、痛みがあるとまた違う種類の怒りが込み上げてくることを私は経験から知っていた。熱い湯の中に両足をつけたとき、父が大きな声を上げたので私は思わず飛び上がってしまった。足首まわりの腫れた皮膚は真っ赤になった。次に両足を別の平鍋にはった冷水に移した。すると肌は青紫色になった。

奇妙に思われるかもしれないが、母はどこかおかしい、と気付いていた記憶はない。おそらく唯一母が変わらなかったのは、母であり続けた点だったからだろう。そんな状態でも母は毎日私たち姉妹を学校に送り出してくれた。たぶんそれまでより遅かったけれど、それでも送り出してくれた。毎日、母が作ってくれたランチを手に持って裏の玄関から出ていくときには、「今日は学校でいい子にするのよ」と言われたものだった。まるで全然いい子じゃないかのように。帰宅すると母はリビングの、母の椅子にいた。待ってくれている、と私は思っていた。当時はまだ私の通信簿をじっくり見てくれたし、学校の自習課題の手伝いもしてくれた。私はバレエを習っていたが、発表会にも来てくれた。夏には乗馬のレッスンのためにサラと私を毎週公園まで車で送ってくれた。晩御飯は作ってくれたし、相変わらず毎晩聖書の一部を音読してくれていた。そのころはまだ、その年の内に最後まで読み終わろうという気でいたのだ。中でもいくつかの話は、繰り返し何度も読んでくれた。新しいアパートで、私たち三人姉妹は母を囲むようにリビングの床に座り、母が読んでくれる創世記の「ヤコブのはしご」を聞いた。その話について母がどんな説明をしたか正確には覚えていないが、それが母にとってとても大事な話だったことは覚えている。ヤコブが空へと続くはしごを登ってゆき一晩中天使と格闘するイメージは、今でも私の脳裏に焼き付いている。

毎晩母は、私とエイミーが使っていた部屋の二段ベッドの横で私たちと一緒にひざまずき、一緒に主の祈りを唱えた。母は私たちにキスをし、灯りを消した。そうした日課を怠ることは決してなかったし、その怒りは、はたから見ると恐ろしかったが、父だけに向けられていた。母は決して私たちに向かって怒鳴りはしなかった。そのころは。

でも、一年生と二年生のときに学校で撮った私の写真を並べてみると、違いがはっきりする。一年のときは自信に満ちたニコニコ顔だ。白いブラウスに赤いジャンパーを着て、まっすぐにカメラを見ている。だが二年のときの私は笑っていない。写真撮影用に母が私にかわいい格好をさせようと努力した形跡もない。ネイビーブルーのブラウスは首のところのボタンが外れていて、私の青白い肌にだらんと垂れ下がっている。顔はややうつむき加減で横を向いている。目は大きすぎるように見えるし、顔全体を圧迫している感がある。

父と母の間の亀裂はさらに深まった。深まるな、というほうが無理だった。母が誰かに助けてもらう、という問題をめぐってもう何年も二人は口論を続けていた。父が強引に押せば押すほど母は後退し、ずっと父を疑いの目で見つめていた。

二人が一緒にいる間はずっと、毎朝目覚めては互いに自分の見た夢について話をしていた。そのころには母は、自分の夢も父の夢も、決断を導き出すために使うようになっていた。当時を振り返って父は、自分の夢はとても暗く、しょっちゅう悪魔も登場していたと言う。そして母に続いて自分まで正気を失ってしまうのではないかと恐れた。何よりもその恐れが、父を家の外へと押し出した。ある朝父は母に、もう夢について話はしない、と宣言した。それについて考える気もない、と。それから十五年間、夢を思い出すこともなかった、と父は語っている。

父にとってはとんでもない話だが、母のほうがもっと怖がっていたに違いない。のちに母は私に、父は悪魔だと思う、と言った。いや正確に言うとそうは言わなかった。母は「悪魔」という言葉は使わなかった。父は悪の側にいる、と言ったのだ。ワルといった軽いものでなく、悪魔の手先の中で高位にいる、と。どうしてそんなふうになってしまったのか？　十二年も連れ添ってきた自分の夫が悪魔の仲間だと、なぜ信じるようになったのか？

たぶんそれはある朝、父が仕事に行くために着替えているのを、母がベッドから見ていたときに始まったのだろう。クローゼットからスーツを選ぶ父を母は目で追っている。父は首の回りに細いネクタイを巻く。母は父のあご、目を細めて見る様子、ネクタイを結ぶときの手の形を観察している。突然母は怖くなってガタガタ震え、前のめりになる。振り返った父の顔は硬いマスクになっている。その後ろは空洞。マスクだけが宙に浮かんでいる。父が屈んで母の額に軽くキスをする間、母はじっとしていることしかできない。父は向こうを向いて部屋から出ていく。

父は夢を見ても黙っている。父は猛烈に怒りながら仕事に出かけ、黙って帰宅し、その気難しい空気を家の中にまき散らす。父はニュースを見る。子供たちに向かって怒鳴る。仕事における契約への欲望は、カビ臭い膜のように父の体にまとわりついている。父の声は金属的で、荒々しく、遠くから、まるで別室からしゃべっているかのようだ。きみには助けが必要だ、と母から離れたところで言う。ひじょうに長い間、父の魂のために戦ってきた母。耳をすまし父のために通訳してきた母。何かを暗示していないかと二人の夢を読み解いてきた母。何年も二人のために、みんなのためにその仕事をしてきた母。そして今、父の一つ一つのしぐさ、足取りがそれを裏付けている――父は一線を超えた。

そんな状態でも、ひとたび母が正気になれば、時には父の昔の顔が母の頭によみがえったのだろうか？　二人が話し合う朝はまだあったのだろうか？　母が父のほうを向いて自分がどれほど怖いか語る夜はあったのだろうか？　二人が愛し合って体を寄せ合うことはまだあったのだろうか？

玄関のドアが父の後ろで閉まる。母は上半身を起こす。恐怖に包まれて母はベッドのはじでゆっくりと体を揺する。父は取引をした。そして一線を越えてしまった。父は反対側にいる。もし自分が抵抗しなければ、自分、そして子供たちがやられる。母は自分にできる唯一のことをする。父に対して鉄のよろいを身に着け、子供たちを近くに引き寄せ、戦いに備える。


父は最後のころの一場面を覚えている。一九七四年の春の暮れ、ゴールデン・ゲート・パークのベンチに母と座っている。娘たちは学校に行っていて、自分は仕事から帰ってきていた。実際のところその年、父はそれほど仕事をしていなかったし、何か月も契約はゼロで一円も稼いでいなかった。

「サリー、これからどうなるか、ぼくにははっきりわかるよ」母は父を見ない。「まず、きみはぼくを失う。それからぼくが子供たちを引き取る」母の顔がわずかに動き、父を一瞬見据えた。「きみは家を失う」父はさらに続ける。「きみはテンダーロイン〔訳注　サンフランシスコのダウンタウンの中でも治安の悪い一帯〕にぼくが所有している建物の一つに住むことになる」

母は首を横に振った。笑い出しそうな顔をしている。反論はしなかった。父の言葉はすべて的外れだった。母の心はまったく違うものに奪われていた。その後しっかりと父のほうを向き、一瞬父をキッと見て、鋭く言い放った。「あんたなんかに、誰が娘たちを渡すもんですか」

ついに家を出る日、父は何度も往復して車にいくつものスーツケースを運び込んだ。最後に父が後ろ手に玄関のドアを閉めたのち、母は私たちのほうを見て言った。「ひどい悪人が出ていったわ」その言葉に私はびっくりしたが、母を疑いはしなかった。母への疑いはまだ私の心に組み込まれていなかった。そしてひとたび母がその言葉を発したら、母がそう表現したら、それが真実に思えた。長い間父はあまり感じがよくなかったし、私たちを置いて出ていこうとしていた――それは悪いことだった。

母はいつもの背もたれの高い金色のひじかけ椅子に背筋を伸ばして座り、ほとんど憎しみも見せずに話した。穏やかだったが、当時の状況から考えると驚くほどの穏やかさだった。私たち姉妹は母と向き合い、リビングの長椅子に並んで座っていた。それは二年生から三年生に上がる前の夏休みの、初日の出来事だった。それまでの何日かにどんなことが起こったか、記憶はない。しょっちゅうケンカをしていたのか――していたのは間違いないが――、あるいは父が出ていくことを前もって知っていたのか、覚えていない。唯一記憶にあるのは次のような場面だ――父が車に次々とスーツケースを運び入れている間、私たち姉妹は静かに長椅子に座っていた。父は戻ってきて私たち一人一人の額にお別れのキスをした。私は父の目を見なかった。実際、母のとぐろを巻くような怒りは、私が父に対して少しでも同情しようものなら、それを切り捨てた。何でもかんでも切り捨てた。

ドアが閉まる音がしたので私は身をよじって背後にあった窓から外を見た。父の後頭部が見えた。道路につながる階段を下りてゆく父は、ひじ当てをしたレモン色のコーデュロイのジャケットを着て、少し首を前にかしげて歩いていた。その瞬間、私は父の頭のてっぺんに斑点を見た。三十四歳にして、頭皮が見え始めていたのだ。

「ひどい悪人」母は頭を素早く振りながらその言葉を繰り返した。黒っぽい髪のゆるやかなカールが揺れた。「この夏、私たちは過去を消しましょう」父の車が出ていったあとで母はそう言った。そして片腕を上げ、手に持った空想の黒板消しを空中で左右に動かした。「黒板をきれいにしましょう」

その日私たちは長時間そこに座っていた。母は私たちの生活の新しい決まりについて話した。家にいること、他の人たちとのつながりを断ち切ること。そして自分たちが食べるもの、着るものに気をつけること。

街の反対側にある、一週間前に借りた一ベッドルームのアパートで、父は二日間泣いた。ポロッと涙をこぼす以上に泣いた姿を見せたことがなかった父が、泣いた。

リビングの長椅子の私が座っている場所から、水のもう一つの姿とも言える霧が湾に流れ込んでくるのが見えた。霧が立ち込めてくるとき、どこが最初でどこが最後かがわかった。それが私たちのほうにゆっくり向かってくる途中で形が変わる様子を眺めた。最初に橋が消え、その後プレシディオの木々が、次に眼下の家や通りが消えた。そして突然、何も見えなくなった。霧はまさに空中に立ち込める白い憂鬱だった。二声の霧笛の悲しげな音が、時おり霧を切り裂くようにして聞こえてきた。それは午後じゅうずっと低く、より低く、うめくような音で鳴り響いた。遠近感の感じられない空間を見つめていると、世界全体がこんなふうで、白い覆いをかけられ靄がかかったようにぼんやりとしている、という錯覚に陥った。

第2部　底なし沼

第7章

父が去ったのち、すべてのシェードが下ろされ、前庭のアカシアの木は窓を見下ろすほどに成長した。母は一時期何か月も家にこもっていたし、丸三年、誰も我が家に足を踏み入れなかった。昼はいつのまにか夜になり、夜はまた昼になった。寝る時間は遅くなり、食事時間はめちゃくちゃになった。そして家はどんどん汚くなっていった。母の症状はどんどん重くなり、躁病的になり私たちの動きをいちいち見張っているときと、逆に無感覚になり自分の部屋、あるいは自分の頭の中の拡大した宇宙に引きこもっているときが交互に訪れるようになった。

その三年間の記憶は私の人生のそれ以外の時期から切り離されている。くっきりとしたイメージが浮かぶが、さまざまな問題が一列につながり、いくつかの場面が繰り返される傾向にある。秩序だてようとしても、つかみどころがない。私の記憶は凝縮されている。まるでその三年間に家の中で起きたことすべてが、一つのもの、一つの長く救いようのない悪夢であるかのように。

「霧」だと言いたい。「影」と言ってもいい。空気が濃く、水面下にいるように動きが鈍いと言いたい。手足を動かすのはひと苦労だと言いたい。私たちみんなが廊下でささやく声を聞いたと言いたい。だがもちろん、そのどれも真実ではない。母には声が聞こえていたが、私たちには母が返答するささやき声、母の唇から飛び出すカラカラした笑い声、寝室のドアの向こうから漏れる口を覆ったようなすすり泣きの声が聞こえただけ、私たちのまわりで高まる母の怒りの波を感じただけだった。

一歩家から外に出ると、私の生活はそれまでと変わらぬペースで進んでいた。週末は父と過ごし、長期休暇には海に行った。九月の暑い日々、涼しくなった秋の日々。三年生、ピレリ先生。四年生、ストーヴァー先生、五年生、コリンズ先生。貨幣鋳造所への遠足、フェリーで行ったエンジェル島。筆記体、分数、キックボール、ドッジボール、休み時間に男子に追いかけられたこと。リサ・アデルソン、ローリー・モリ、苗字は忘れたが、フィオナ。その子を私たちは汚い者呼ばわりして、仲間のはじっこに位置づけていた。なぜなら彼女はエホバの証人の信者で、「忠誠の誓い」も言えないし、誕生会にも行けなかったから。校庭の舗道に私たちが落としたランチの食べ残しをカモメがつまんでいった。雨の日にはスクールバスに乗り込み、三人で固まって一つの座席に座り、濡れたビニールのレインコートを摺り寄せ合った。雨粒がたたきつける窓越しに雷を見た。バスから降りると親友のリサと腕を組んで水たまりの中を水しぶきを上げながら歩いた。放課後の長い午後を過ごしたリサの家が、私の隠れ家となった。

でも我が家では、時間はそれまでのように流れてはくれなかった。まるで母の病気の深刻さが家の骨組みまで揺るがしているかのように。

進歩したことと言えば、母の病気に私が気付いたことで、その一歩前進した状態に私は今でもすがりついている。父が去った最初の夏には、それはただ不吉な予感であり、まだ形を成さない恐怖心だった。私はまだ母の感覚というメガネを通して世界を見ていた。レンズのゆがみは私を困らせたが、私はおかしいことを「おかしい」と言う言葉を持っていなかった。

私たちのそれまでの生活を白紙に戻し、過去を消し、人とのつながりをすべて断ち切ろうとしている母。

そんな母のいる家に閉じ込められた私たち姉妹は、変わらない物語の世界にしがみつこうとした。人形ごっこをし、何かを失ったり、見捨てられたり、逃亡したりするストーリーを繰り返し紡ぎ出しては日々を過ごした。すべてのストーリーの始まりはこうだった。まず私かサラが「私たち、みなしごってことね」と言う。病気、電車の衝突、あるいは内戦で両親を亡くした設定にするのだ。

エイミーだけは、みなしごはいやだと言った。でもそのころ、そもそも私たちと遊べるだけでエイミーにとってはラッキーだった。それ以前はサラと私が仮装舞踏会に行く人形を着飾らせ、ダイニングの寄木張りの床の上でくるくる回らせて空想上のパートナーと踊らせるのを、エイミーはただ見ているだけだった。彼女を仲間に入れて、遊びも変わった。

私たち三人はエイミーと私が一緒に使っている部屋に集まった。三人ともまだナイトガウンのままだったが、その夏少なくとも数日は着替えず晩までナイトガウンのままでいた。私たちはめったに家から出なかった。母に至ってはまったく外出しなかった。私たちの若草物語の人形――クリスマスに祖母のサディーが送ってくれた――が目の前の床に散らばっていて、そのロングドレスが足のまわりに扇のように広がっていた。人形たちはビクトリア様式のドレスを着て、ペチコート、エプロン、ストッキングを身に着けていた。髪はロングで、ブラッシングしたりスタイルを変えたりすることができた。彼女たちは、それ以前に私たちのおもちゃ軍団を形成していた人形やぬいぐるみたちの座を奪った。すでにビッグベビーとは永久にさよならしていて、ごっこ遊びのすべての舞台を「むかしむかし」にするブームが始まっていた。

メグ人形はサラのもの、エイミー人形はエイミーのもの、ジョー人形は私のものだった。

淡いピンクのドレスを着たベス人形は人数的には母のもの、ということになるが、厄介者扱いされていた。悲しい運命が待ち受けているからだ。

「やりたければベスをやってもいいよ」私はエイミーに言った。

「ベスはいや。みんなベスを死なせるもん」

「ううん」私はサラをちらっと見た。「そんなことしないよ」ベスの目を見えなくしてもいい、と思った。足を悪くしてもいいかもしれない。

エイミーはサラを見た。

「約束するって」サラは答えた。

六歳という年齢差のせいで、サラはエイミーの母親のようだった。私とエイミーはたいして離れていなかった。だから私はエイミーに寛大になれなかった。

エイミーと私は、何度も洗濯して色あせた、ピンクと白のゆったりしたナイロン製ワンピースを着ていた。母はいつも何かが気に入ると二つ買うのでおそろいなのだが、まだ買ったばかりで私が小さいほう、サラが大きいほうを着ているうちはよかった。大きなほうが私にとって窮屈になり、それでもまだ母が私とエイミーに無理にそれを着させようとすると、おそろいをうれしいとは思わなくなった。

サラのナイトガウンは立つとようやくひざが隠れるぐらいだった。私たち三人の身長差はそれまでずっと同じだった。サラは私の頭の上に余裕であごを乗せられたし、私はエイミーに対して同じことができた。しかしその夏、サラはぐんと背が伸びた。私の背はもうサラの肩までしか届かなかった。エイミーは私と同じで、手足が太くおなかが出た赤ちゃん体型仲間だったが、サラはそうではなかった。さらに悪いことにサラの胸は成長しつつあった。サラを私たちの遊びに引き込むことはすでにだんだん難しくなってきていた。妹たちと人形ごっこをするのはもう幼稚っぽいとサラ自身も思っていた。サラをつなぎ止めておくには、遊びをとびきりおもしろくしなければならなかった。

「孤児院の女の院長はすごく意地悪だから、逃げ出して西部に行かなきゃいけないの」と私は言った。サラと私は大草原に心を奪われていた。私たちは『大草原の小さな家』を競い合うようにして読んでいた。クレメント通りの書店は、そのころまだ母の許可が出ていた数少ない外出先の一つだった。

私は西部への旅に備えて本物の食糧を調達するという考えにとらわれた。そして遊びを中断して台所に走っていった。廊下に出るとラジオの音が聞こえた。チャーリー・プライド〔訳注 一九三八―。黒人でありながらカントリー界で大成功した歌手〕が「グッドモーニングエンジェルキス」を歌っていて、そのうしろからミシンの音が聞こえてきた。気付くと私も一緒に口ずさんでいた。「家に帰ったら悪魔のように彼女を愛せ」母はラジオをつけっぱなしにしていたが、たいていいつもカントリーミュージックの局だった。

昨晩の夕食の皿がキッチンの流しいっぱいに山積みにされていた。ホイート・チェックスやスペシャルKなどシリアルの箱や牛乳パックは空なのに捨てられていなくて、カウンター上に散らかっていた。ゴミ箱からは中身があふれ出していた。すみっこでは何匹かの小バエが果物皿の上を飛び回っていた。トーストされたが忘れられたひとかけらのパンが、なめらかな銀色のトースターの空洞の中で食べられるのを待っていた。

私は椅子を持ってきて棚からいくつか箱を引っ張りだした。小麦粉、砂糖、塩は腐らない。私はビニール袋にそれらを流し入れ、ベッドルームに持って帰った。

サラのモデルホース〔訳注 ミニチュアの置物の馬〕のコレクションから一番強く見える二頭をピックアップした。人形の着せ替え用の服すべてをくるみ、塩と砂糖の袋を詰め込み、最後に若草物語人形を、エイミーのサーカスワゴン〔訳注 サーカスで動物を運ぶための馬車で外側に華麗な装飾が施してある〕の後部にピシッと立てた。

サラは馬たちを前進させた。私はワゴンを押した。エイミーは私たちの前をひざ立ちで急いで進み、廊下の邪魔なものをどけて道を作った。父がいなくなった今、家の散らかりぶりに待ったをかける者はいなかった。私たち姉妹は掃除をしなかった。以前はいつも母が家事すべてをこなしていた。物が散らかっているのを母が好かないことを私たちは知っていた。我が家の規則は複雑で、つねに変化していた。しかし「何も捨てない」という決まりはしっかり生き残っていた。

私たちはミシシッピ川の河川敷でキャンプをすることにした。春になる前に——氷が解ける前に——川を渡らなくてはならない。ミシシッピ川がどこの州に属するか、サラと私の間で意見が割れて、遊びはそこで止まってしまった。私は本当のことが知りたかったし細かな歴史も気になったので、ダイニングに行って母に聞くことにした。

母はダイニングテーブルのはじに座り、下を向いてミシンに覆いかぶさるようにしていた。母は白いパイル地のバスローブを着て前のチャックを上まで上げていた。一年で母は肉付きがよくなっていた。髪は首のあたりでカールしていたが、かつてのようなスタイリッシュさはなく、ただ伸びすぎていた。初めての白髪が分け目のところから何本か固まって出てきていた。丸いジョン・レノンメガネ、あるいはそれを選んだ感性がどこにいってしまったかはわからなかったが、母はグレーでプラスチックの縁のメガネをかけるようになっていた。それはすぐずり落ちるようで、母の目だけでなく、目の下の肌も拡大していた。その肌は荒れてむくんでいた。母は自分の手入れをすることをやめていたが、手入れをしないどころの話ではなかった。その数年で母の体には大きな変化が起きていた。ほぼ一夜にして、といっていいほど急に、人目を引く若い女性からぶざまな年齢不詳の人へと変貌を遂げ、その先二十五年間その状態が変わることはなかった。

シェードがいつも降ろされているため部屋は薄暗いが、ミシンの小さな灯りが母の前にある布を直接丸く照らしていた。母の足はミシンのペダルの上で規則正しく上下する。針は小気味よい速さで進み、その後母がペダルから足を上げるとペースダウンする。母は右手でダイヤルを回し、針を引き上げる。そして布を回転させてまた針を下ろし、ペダルを踏んで同じ縫い目の上を急ぎ逆走させる。

テーブルの上は母の裁縫道具で埋め尽くされている。まず布の山。その一部には薄い型紙が針で留められている。さらにボビン、指ぬき、縫い針の入ったプラスチックケース、真っすぐな針が飛び出しているクッションのような針刺し、まだ厚紙にくっついたままのたくさんのボタンやスナップ、靴ひものようにくるくる巻かれている白く太いゴムの束。それを母は私たち用のお手製のズボンのウエスト部分に縫いこむのだ。

さらに糸巻に巻いた糸をしまっておく大きく透明なプラスチック製の箱も置かれている。私はもっと幼かったころ、糸で遊ぶのが好きだった。箱の中の糸巻の場所を入れ替えて、それまでと違う色の並び順にしたり、虹色の配列にしたりした。さらに小さく仕切られた部分にも手を出し、母が集めたボタン——べっこう製、骨製、金属製、金製、真鍮製、銀製——をいじったものだった。今ではその箱は、あくびをするように机の上で大きく口を開けている。糸巻の半分ぐらいは箱から飛び出し、布の下にもぐったり、テーブルの下に落ちたりしている。そしてそこでほどけて、ゴムの切れはしや、母が時々ブラウスにかけるジグザグミシン用の黒い糸と絡み合っている。太く黒いしつけ糸はすでに黄色い巻尺と絡み、食事用に使っていた細長いフォーマルテーブルのはじまで伸びていた。

「時と場合によるかしらね」と母は言った。ミシシッピ川に関する私の質問への答えだ。母は重たそうに椅子から立ち上ると、ダイニングの隅の床の上に山積みになっていたたくさんの本の中から『ニューヨークタイムズ・アトラス』を掘り出した。そしてアメリカの真ん中をまっすぐに南下してゆくミシシッピ川の太く青い線を指でたどり、さらにイリノイ州南部の川べりの町を指差した。母の生まれ故郷だ。渡るならそこだ、と私は決めた。

私はリビングを通って部屋に戻る途中、流れていたロレッタ・リン〔訳注　一九三四―。六〇、七〇年代にヒット曲を連発した米国を代表するカントリー歌手〕の

「炭鉱夫の娘」に合わせて二番の歌詞をちょっと口ずさんだ。父が出ていってから、我が家にはいつもこのなじみのない新しい音楽——コンウェイ・トゥイッティー〔訳注　一九三三―、米国のカントリー歌手〕、ドリー・パートン〔訳注　一九四六―、米国のカントリー歌手、ソングライター〕、グレーン・キャンベル〔訳注　一九三六―、米国のカントリー歌手〕——が流れていた。異国的で、鼻声で歌われ、耳慣れず、悲しげな歌。この音楽はアメリカのどこかから流れてきていたが、私にとってはなじみのない暮らしを歌ったものだった。歌手たちは豊かな低い声でゆっくりと不平の文句を朗々と響かせていた。まるで一つ一つを炭鉱から手でつまみ出されなければならないかのように、母音を伸ばして発音していた。それは楽しげな歌ではなかった。しかし歌詞は素晴らしく、歌は物語になっていて一緒に歌いやすかった。次にどんな歌詞が来るかだいたい想像がつく。歌手たちは一息がどれほど長くても韻を踏んだ。ただ、私は「ハード hard」を「タイアード tired」と韻を踏ませようとして舌がもつれたが。

母はその夏まったく家を出ないと心に決めていたので、サラと私が食料品の買い出しをした。二、三日に一度、私たちは家から五ブロックのところにある家族経営の店に行き、一回で運びきれる最大限まで買い物をした。サラは十一歳、私は七歳だった。私たちが外出用の服に着替えている間に、母は計算機用の紙に買い物リストを書いた。私たちはポリエステルの上着にウエストがゴムのズボン、という母手作りの服を着た。そしてリビングやベッドルームの山の中からテニスシューズを探し出した。ブラッシングしても髪がとけないときは頭にバンダナを巻いて隠した。

店ではサラが手にリストを持ち、同時に二、三の品物を私が探しに行った。そしてまたカートの後ろで一緒にリストを見て相談した。いつも必ずいくつかは見つけられない品物があった。そうすると通路で小声で話し合い、助けを求めるべきかどうか慎重に考えた。オーナー、肉屋、レジの人たち、みんな私たちのことを知っていた。以前から、母が私たちの誰かを連れて買い物をしていたときから、母のことも知っていた。みんないつも私たちに優しかった。だがこれが逆に屈辱的だった。

誰かに聞くのは賭けだった。なぜならオーナーならリスト上の品物など簡単に見つけられるだろうが、母が求めているメーカーのものを手に入れることがどれほど重要か、彼には理解できないからである。理由はわからないが、ハンツのトマトペーストは良いがデルモンテはだめ。だから私たちはすべて自力で見つけ、手伝いましょうか、と声をかけられないうちに店から出ようとしていた。

私たち二人は冷凍野菜コーナーの前に立った。上部にガラスの引き戸のついた横長で金属製の冷凍庫は、いつも補充が行き届いているわけではなかった。つまり母お気に入りの冷凍ホウレンソウ、ブロッコリー、ミックスベジタブルの箱はずっと下のほうにあるということだ。サラも私もそこまでは手が届かなかった。そこで通路から誰もいなくなるのを待ってから、私が鉄棒で前回りをするときのように、足を空中でぶらぶらさせた状態で、その冷凍庫に頭から突っ込む。金属製の枠がウエストで私を二分する格好だ。そして私の体全部が内側に落ちないように、サラが私のズボンのゴムを背中のところでつかんでいた。

レジではそのオーナーが一つずつ打ちこむのを私たちは注意深く見守った。私の目は彼の手とレジの機械の間を行ったり来たりする。合計金額が出ると、サラは母から手渡されたクシャクシャになった札を引っ張り出す。足りない。まただ。

私はサラを見て、次に目の前の食べ物の山を見て、何を棚に戻しても大丈夫か判断しようとした。でもそれはサラの仕事だった。リストを持っているのも、お金を持っているのもサラだから。サラは五〇〇グラムのスパゲティーを取り出して再びカゴに戻し、食洗機用の洗剤を手にとって迷った。そしてツナ缶を取り出して「これで大丈夫ですか?」とたずねた(チキン・オブ・ザ・シー社のもの。バンブル・ビー社のものは絶対にダメだった)。

オーナーはサラからツナ缶を受け取ると、カウンターの上に置いて私たちのほうに押し戻した。「いいよ。お母さんに、二ドル四五セント〔訳注 一九七四年当時一ドルは約三〇〇円〕お貸ししておくと伝えてくれ。今度でいいからね」

私は不安になってサラを見た。お金を借りるなんてもっと悪いことに思えた。借金するのだ。

オーナーの袋詰めは時間がかかった。すべての品物を慎重に複数の袋に分配してくれるからだ。二リットルの牛乳パックを二つの袋に分散させ、袋を一つ一つ持ち上げて重さを確かめる。その作業が終わって置かれた袋のうち、三つはサラ、二つは私用だ。

彼は二つの袋をゆっくり渡してくれた。「大丈夫かい?」そう聞かれた。私たちは彼の目にどう映っていたのだろうか? 恥ずかしがり屋で、面長の少女たち。ひどく無口で、口を堅く閉ざしている。私はぼそぼそと「大丈夫」と言った。彼の凝視から逃れようとモジモジし、紙袋に顔を隠すようにして答えた。

私たちはできるだけ急いで五ブロックを歩いて戻った。一歩踏み出すごとに紙袋がはねてそのギザギザになった縁の部分があごを切りつけてくる。ざらざらした茶色の紙袋をつかんでいるため、指もマヒしてくる。だから半ブロックごとに足を止めて、誰かの家の玄関の階段で一息ついた。その後二人で袋を交換して、また歩き始めた。

家につくと、ドアに鍵を差し、中に入ったとたんにすぐドアを閉める。共有廊下に誰かいたとき家の中をのぞかれないようにするためだ。そしてようやくほっと息をつく。私たちは同じアパートに住むどの人たちとも親しかった。高齢のフランクス夫人は上の階に住んでいたが、時々私たち姉妹をお茶に呼んでくれた。でももう誰も我が家に招き入れられる状態でなくなっていたので、誰かに会うときごちなくなってしまった。袋の重さなど、私たちに注がれる人々の目のプレッシャーに比べれば何でもなかった。外に出ると、自分たちの生活が奇妙でどこかおかしいことをいやでも思い知らされた。家じゅうが散らかっていること、サラと私が食べ物の買い出しをしていること、それも牛乳一本だけ、というのでなく食べ物全部を買っていること、いつも家の中にいること、近所から文句が来るような奇妙なカントリーミュージックがかかっていること、など。そして母。母は人とは違っていた。それはわかっていた。でもどう人と違うのか、正確に説明することはできなかった。ただ、母が人から隠したい存在であること、外の人たちから私たちの生活を隠すにはつねに警戒を怠ってはならないことだけはわかっていた。サラは私よりもっと痛切にそうしたことを感じていたに違いない。彼女はどんどん思春期に近づいていて、自分を束縛するものから逃れようとしていた。私はサラについていこうと必死で、人より早く世間の冷たい目を受け止めていた。

ひとたび家の中に入ると、私はリビングの窓の前にある大きな椅子に直行し、読書に没頭した。その夏、姉妹たちと人形ごっこをしていないときは、その椅子に埋もれていた。片方のひじかけに頭をのせ、片足をもう一方のひじかけに投げ出して、子供向け古典文学を吸収し、私たちの遊びに使えるストーリーを仕入れた。

私は初めて本を手にした人のように読書に熱中した。本と現実世界の間の境目はまだはっきりしていなかった。どんなところであれ、目の前に広がるみずみずしく美しい世界に私はのめり込んでいった――『シャルロッテの蜘蛛の糸』『黒毛の馬』『ハイジ』『若草物語』。本は楽しいだけでなく、悲しさにも満ちていた。小さいころから本を読んでは泣いていた。ある日の長い午後、椅子に丸まり、ベスが亡くなったあとの『若草物語』のラスト三分の一を涙ながらに読んでいたのを覚えている。それ以前に実際の生活で喪失感を味わったときのように、作中の喪失感がリアルに胸にしみた。あるいは現実よりも鮮明だったかもしれない。

その夏の大半、私は『大草原の小さな家』シリーズ〔訳注　ローラ・インガルス・ワイルダーによる半自叙伝的小説シリーズ〕を読んでいた。サラと私はその本を二冊買い、どちらが正しい順序でその本を読むかくじ引きをした。母が爪楊枝を半分に折り、先が見えないように握ってくれて、それを私たちが引くのだ。私が読んでいた巻の表紙には裸足の少女が背の高い草の間をかけ抜けてゆく場面が描かれていた。サラのほうでは、真っ赤なドレスを着た少女がサドルもつけずに馬に乗っていた。彼女は身を低くし、前のめりになって、ギャロップする種馬の背にまたがっている。『大草原の小さな家』は私が引き込まれたその他の本のように悲劇にどっぷりつかってはいなかったが、私の心をがっちりとらえた。主人公、それは筆者自身なのだが、ローラという名で三人姉妹の真ん中で、私と同じく茶色い髪だった。『大きな森の小さな家』〔訳注　上記シリーズの第一作〕は私が読んだ最初の「章ごとに区切られた」本だった。それを読み終ったのち、両親に、そして聞かれると誰にでも、大きくなったら作家になる、と宣言した。それを証明するために、私はノートに小さな物語を書き始めた。

人形遊びは何週間も続いていた。私たちがミシシッピ川を渡っている間に氷が解け始めたが、ギリギリのところで何とか渡り切った。大草原に洞穴の家を作り、穀類を植え、それをイナゴに食べられ、不毛の冬を乗り切り、さらに西を目指した。荷馬車がカリフォルニアに到着するまでに、夏の大半を要した。リビングでは太平洋を望む出窓の前の場所を私たちが占領した。緑色の長椅子の足元に、物をどかしてスペースを作った。サラはものさしを使って農場の境界線を書き、カーペット上にうまく平らな出入口をつけた。それは飛行機から見た農場のようだった。私が持ってきたリンカーン丸太〔訳注　米国の丸木組み立て玩具〕を使ってみんなで丸太小屋を建てたが、大きさはまるで見当違いだった。人形たちはリンカーン丸太の家には大きすぎた。しかし隣にあるパッチワークのような畑と丸太小屋はぴったり釣り合って見えた。それは嵐に耐えられるほど頑丈だった。

第8章

金曜の夜になると、週末を一緒に過ごすために父が私たちを迎えに来てくれた。私はリビングの窓から父のクリーム色のメルセデスが来ないかと見張っていた。ときどき約束より遅れることがあった。その間《かん》私は車を数えて時間を潰した。「今から十台目がパパの車」そう予測したのに十台通り過ぎてもまだ父の車が来ないと、私はもっと大きい数で試した。と言うより、言い当てよう、目を閉じて数が頭に浮かぶのを待つことで超能力を働かせよう、としたのだ。

たいがいもう待ちくたびれて本に手を伸ばしたころ、あるいは宿題をしようと自分の部屋にブラブラ戻ったころ、父はやって来た。私たち三人は週末用の洋服でパンパンになったリュックサックを背負い、走って道路に下りていった。父は決して上がってこなかった。それでいい。両親の間のいさかいを避けるには、二人を離しておくのが一番だった。

まだ私たちにはなじみの薄い、父の住むサンフランシスコの一画に向かう車中、その一週間の様子を父に聞かれた。外で遊んでいるか、外出しているか、父は知りたがった。外に出ていると言ったほうが父の気分がずっと良くなるのは明らかだったので、外出していなくてもいつも「うん」と答えておいた。

「きみたちのママはどうしてる?」と父はたずねた。「きみたちの」と「ママ」という二語をつなげて言うのが辛くなったかのように、前半にアクセントを置いて、言いよどみながら絞り出していた。父はいつも母をそう呼んでいた――「きみたちのママ」。しかし父が舞台から退場したために、その言葉の意味も変わってしまった。父と母を結びつけていた絆は消滅するかもしれなかった。母は急速に父の妻から脱却しつつあった。しかし母は永遠に私たちの母だった。そのことに変わりはない。今ではもっとその感が強まった。どのようなものであれ父の言葉に込められた不安や緊張を、私たちは知らず知らずのうちに感じていた。

「調子いいよ」と私は答えた。あるいはサラが答えることもあった。そしてエイミーは黙っていた。なぜならエイミーは経験から、私たちがしゃべってほしくないと思っていることを知っていたから。私たちは三人で話し合ったことなどなかったが、両親が戦争状態にあり、自分たちが懸案の領域だということは承知していた。そして双方に流す情報が少なければ少ないほど、私たちにとってスムーズに事が運ぶことも知っていた。私たちは団結していて、姉妹間の忠誠心を示す第一の戒律――強要された、秘められた、あるいは無言の祈りの言葉――「話すなかれ」、によって結ばれていた。

父の新しいアパートはシミ一つなく、フローリングの床は光沢があり、台所もピカピカだった。あるいは私にはそう見えた。それが我が家より古い高層建築にあるワンルームだったことは、あとで知った。私たちは虹色ストライプの寝袋で寝た。二人はリビングの床で、そして一人は長椅子の上で。朝になると父は台所の小さなグリルでパンケーキとベーコンを焼いてくれた。夕食は外に食べにいった。

昼間は公営のプール、あるいはマリン郡に住む友人宅のプールに泳ぎに連れていってくれた（自宅にプールがあったのだ！）。公園、海岸にも行ったし、フェリーでエンジェル島にも行った。一夜にして父はテレビで見るような理想的な父親に戻った。マウント・タム〔訳注　マリン郡にある七八四メートルの山〕に登りながら面白い話をしてくれたり、疲れたエイミーを肩車してくれたり、プールでサメの役をして、私たちが乗っている筏をひっくり返してくれたり、飛び込み板の先端に立つ私を励ましてくれたりした。

その夏のある午後の、プールサイドでの情景を覚えている。私たち四人はあるお宅の台所でサラミサンドイッチを作っていた。冷たいタイルの上に私は裸足で立ち、腰のところに水着の上から大きなタオルを巻き付けていた。濡れた髪が固まって額に張り付き、塩素で目がチカチカしていた。父は私にソーダを渡してくれた。そのとき父は、一緒に暮らしていたころより週末だけ一緒に過ごすようになってからのほうが、私たちと触れ合っていることに気付いた。私は父を見上げてニコッと笑い、ガラスビンの口に歯をつけた。(母には禁じられていた)７ｕｐの炭酸のミストが鼻をくすぐった。「お前たちも、前よりいい子になったな」と父は笑った。父も私たちにからかわれるほど、解放的気分になっていた。

ある日雨が降り、結局外に出るのは無理ということになり、父のアパートに置いておく新しいモノポリーを買った。サイコロを振れるほど大きくなって以来、私たちはずっとモノポリーをしていた。私たちは長時間にわたり熱気を帯びた激しい勝負をする。父には父ならではのルールがあったが、それは時とともに変化し、私たちが大きくなるにつれてだんだん複雑になった。

鉄道を、それも四つとも全部所有しなくてはならない、と思った。定収入が欲しかったから――誰かがそこに止まるたびにその人から二〇〇ドルもらえるのだ。それらが決して価値をもたなくても、価値が上がらなくても、それを当てにできる。どんなにコンスタントに損失を出していようとも、価値ある資産を手放してでも鉄道を手にいれるのが勝つための方法だ、と私は信じていた。

話が資産になると、父には節操がなかった。父はリスクの高い成り行きまかせの手段をとり、自分が止まったすべての不動産を買い、その結果ゲームの早い段階で借金を背負った。父のルールに従うと、新たに何かを買うためにすでに所有している不動産を担保に銀行から借金をする、という特別ローンが認められた。父は複数の相手と資産の交換をした。資産を一人占めするために、必要ならば三方向の取引もした。そうするうちに、父の財政は好転し始めた。家賃収入を得るために自分の土地すべてに家を建てた。箱の表面に書いてあるルールに従ったときより、父のルールでゲームをするときのほうが、しょっちゅうずるい手を使うことになったし、一人のプレーヤーが多くの資産を蓄えられた。

父は両手を茶碗状にしてくっつけ、中に入れたサイコロごと口のところに持っていく。それにフーッと息を吹きかけ両手を揺すり、私がつい見入ってしまうほど大げさに喜び、派手な動作でそれを投げ、「よし、お前たち、数字を見たら泣くぞ」と言う。

父はボードの上でドスンドスンと音を立てながら駒――カーボーイブーツ、父はつねにそれだった――を進めた。父の駒は決まって、そこに止まってほしいという父の願い通りのところに止まった。たとえば、イリノイやインディアナをすでにもっているときにはケンタッキー大通りに止まった。父はニヤッと笑い、私たちを見上げ、舌を突き出す。そして両サイドを丸め、舌先をとがらせ、集中して長い鼻先にしっかりとつける。舌先を鼻先へ。そのお得意のジェスチャーに自画自賛の笑い声が伴うのは、何かの技が最高にうまく決まったとき、とてつもなく運が良かったとき、ひどく悪知恵が働いたときだ。投げたごみがごみ箱にちゃんと入ったとき、レストランの真ん前に駐車スポットを見つけたとき、父は小さな勝利のダンスとも言うべき、このちゃめっけのあるしぐさをした。それは幼稚な子供が舌を突き出してする「べーッ」の大人版だ。しかし何年も繰り返すうちに磨きがかかってうまくなり、動作もなめらかになった。また、目立ちたいがためにやっている感じでもあり、言うなれば自慢げになった。一八〇度ひっくり返すその舌技は、相手の負けでなく、勝者の技をたたえるジェスチャーとなった。

私たち姉妹はこのジェスチャーを習得するために長いこと一生懸命練習した。しかし無理だった。鼻も長さが足りなかったし、舌も楽に伸ばせるほど長くはなかったので、必死に舌を引き上げなくてはならなかった。必死さが出てしまったら、そう、効果はなくなるのだ。私たちに望めるのはせいぜい、父にジェスチャーをさせる気持ちを味わう——その喜びを自分も味わう——ことぐらいだった。父はいつも勝った。それは才能だ。私たちにとっては、自分が父の仲間だということをはっきりさせるために、どのような作戦をとるかが腕の見せ所だった。あるいはそれに失敗したら、どうやって父のおこぼれを手にできるかが問題だった。

それから二、三時間後、父はボードの半分を占める独占権を取り、不動産上に家四つを所有していた。私たちはサイコロを振るたびに息を飲んだ。私とサラはそれぞれ二つの独占権を取っていたが、家は一つも残ってなかったので買えなかった。なのに父は、私たちをこんなふうに思い通りに操りながら、家をホテルに変えて明け渡そうとはしなかった。エイミーはいつも最初に負けた。長期戦に耐えられなかったのだ。父の土地でコマが止まっても支払ができないと、エイミーは自分の所有する資産すべてを父に渡し、父の「限定的パートナー」となる。するとそれ以降、エイミーの耳に父が作戦を耳打ちし、エイミーは目をキラッと輝かせてうなずくのだ。

サラと私はがんばり続けなくてはならなかった。いつも父は、私たちを金銭的危機から救い、ゲームにとどめておく手をいくつかもっていた。私が父から借金をすると、父は私から鉄道をとった。私がそれを質出しできるまで、誰かが鉄道に止まるたびに父が二〇〇ドルを手にするという、一種の質契約だった。父は的を射た親切なアドバイスをしてくれた。しかしたいてい何かに例えるという教え方だった。大きく考え、リスクを取り、相手をすでに組み伏したときだけ情けをかけろ。残りのゲームではいかに財産を長持ちさせるかが勝負だった。唯一本当の戦いは、サラか私か、どちらが長く生き残れるか、ということだった。最終的に、父はすべてのタイトルを取った。

それでも私たちは気にならなかった。ともかく父と一緒に遊べるだけで幸せだった。

日曜の午後になると、父を含めみんな暗い気分になった。車に乗ると誰も口をきかなかった。私たちを下ろすとき父は生活費と養育費用の小切手をサラに渡した。私たち三人は重い足取りで通りから歩道へと続く長いコンクリートの階段を上っていった。そこからさらに上ってアパートに入る。窓から見下ろす母の視線を感じながら。

母は私たちが父と会うことをあえて妨害はしなかったが、できるだけ父と一緒にいる時間を短くしたいと願っていた。私たちの帰宅時間は、母が父に対して挑む多方面にわたる戦いの中で、最優先課題の一つだった。娘たちには自分ができる限り日の光を浴びせ、酸素を吸わせ、自由を与えようと思っていた父は、三六時間を四八時間に延ばそうと努めた。

ドアを開けるとラジオの音が私たちを迎えた。「ラインストーン・カーボーイ」〔訳注　カントリー界のトップスター、グレーン・キャンベルの一九七五年の作品〕のような暗く悲しい曲だ。母は私たちを順番に抱きしめてキスした。タカが獲物を強引に自分のテリトリーに引き込むときのように、母は私たちを奪い返した。私たちはリビングに座らされ、週末の細かな報告をさせられた。まずは金曜の晩に何を食べたか、から始まる。

「ハンバーガー」とサラが答えた。

「彼が作ったの？　それともお店で食べたの？」

母は父と顔を合わせることはあまりなかったが、母の想像の世界で父は不気味に大きな存在だった。母は私たちに対する父の影響力の大きさを計ろうとしていた。どんな細かなことでも見逃せなかった。家に帰る車の中で、母にどう話すか頭の中でリハーサルするのが私の習慣になっていた。階段を上りながら可もなく不可もない言い方を探した。何気ない調子で。父といて楽しかったという感じも出さず、同時につまらなかったという様子も見せず。

「お店で食べたよ」私は答えた。

「どのお店?」

「クラウン・アリー」

「どこの?」

「コロンバス通りの」今度はサラが引き継いだ。

「そのあとは?」

「とくに。寝ただけ」とサラ。

「誰かに会った?」

「ううん」今度は二人同時に答えた。

「シャワーは浴びたの?」

サラと私はともに言いよどんだが、互いに視線を合わせないよう注意した。母は父の家で私たちがシャワーを浴びることをきらっていた。母の影響を象徴する保護的後光を洗い流すことになるからだ。母が風呂にいれてくれるときには、体にそれをくっつけたままでいられる。母お手製の服にまとわりついているのと同じオーラだ。しかしそれをきちっと父に説明できないし、風呂に入るのを拒否することもできなかった。

「浴びてない」私は嘘をついた。

私たちの話を聞きながら母は両手をもんでいた。母の肌はツルツルして年を取った感じだった。いつも体調が悪く、かゆい発疹が指まで広がっていた。つま先も痛いと言っていた。その小さな指先に乗った爪は厚く黄色くなり盛り上がっていた。

母の顔、動きを観察した。母の声のトーン、関心を示すか示さないかで私は自分がしている話に判断を下した。母があまりに強い興味を示すと話題を変え、聞き流しているときにはその話をいつまでも続け、何も隠していないふりをした。しかしあまり話題を広げすぎないようにした。なぜなら母の詮索がいつまでも続いてしまうからだ。私の思考と言葉の間にはスペースが空いていた。その何年かで隙間はさらに広がった。自分が口にすることをすべてリハーサルする習慣は深く根付き、もはや意識すらしなくなった。

私はチラッとダイニングを見た。一枚の窓の下半分が段ボールで覆われている。私は一瞬まじまじと見てしまったが、見ていたことを母に気付かれないよう慌てて視線をそらせた。何があったのか、あえて聞く勇気はなかった。

「パパは自分が読んだ本の話をしてくれたよ」私はそう言った。

「何の本?」

「ロシアについての本」とサラ。父が何かの話をしてくれるとき、本や映画からの知識であることが多い。とくにその週末は二つの話をしてくれた。一つは父が読みかけているロシア革命の歴史について、もう一つは『脱出』〔訳注 一九七二年、米国〕という映画のプロットについての話だった。なぜそれだったのかはわからない。

「どんな話なの?」

「皇帝の話」と私は言い、『脱出』は素通りしてほしいと願った。母はうなずいて、続けるよう促した。

「それと皇帝一家の話」そう言ってからはたと止まった。こっちもいい話ではなかった。皇帝一家が銃殺される話をしたくなかった。それで慌てて、皇帝を避けてラスプーチンについての話だと言った。

「ラスプーチン？」

殺されたロシア皇后など、ラスプーチンの狂乱した超現実的世界に比べればたいしたことはない、と気付いたが遅すぎた。母に二回、話全部を繰り返させられた。そしてさらにもう一回。

「ほかは全部忘れちゃった。ただラスプーチンが皇帝の息子を失血死から救ったってことだけ。それで終わり」

「でも彼は長い爪をしていたって言ったじゃない」

「うん」

「それについてあなたのお父さんは何って言ったの？」

私は肩をすくめた。

サラも肩をすくめた。

ようやく私たちはシャワーを浴びた。サラは自分のベッドルームについているバスルームで、エイミーと私は母と共有しているバスルームで。私がシャワーを浴びている間、母はバスタブのそば、私の隣に立っていた。私はもうすぐ八歳だったけれど、いつも母が私とエイミーの髪を洗った。母は張りつめていた。洗うとき私の頭皮に母の指の関節がゴツゴツ乱暴に当たった。おそらく父の影響を私から洗い流そうとしていたのだろう。

その後、私たち三人は濡れた髪にタオルをターバンのように巻いてリビングの床に座り、『ワンダフル・ワールド・オブ・ディズニー』〔訳注　一九五四年―。ディズニーランド建設用資金確保と宣伝のためのディズニースタジオ初のテレビ番組〕を見た。母は夕飯にスロッピー・ジョー〔訳注　ひき肉に専用のスパイスで味をつけ、ハンバーガーバンズにはさんで食べるアメリカでは一般的な食べ物〕を作ってくれた。そのころ母はまた肉を食べるようになっていた。私たちはテレビの前で食べた。母は私たちの後ろに置いてある自分の椅子に座っていた。相変わらずひざを抱えて。

「どうしてあなたたちのお父さんはその話をしたの?」母がたずねてきた。

私は振り返って母を見た。「私たちに歴史の話をするのが好きなの」そう言うとまた体をひねってテレビのほうを向いた。しかし母がそのまま引き下がらないことはわかっていた。その週ずっと、母は何度もその話を蒸し返すだろう。

その夏ずっと、私たちは父母の間を行き来して過ごし、二人の間の領域をうまく操縦する方法を身につけた。それぞれに何を言うべきかわかるようになったので、どうにか両方に誠実でいることができた。あることは父と一緒に考え、別のことは母と考えた。父はパンケーキとハイキング、整理整頓された家、そして父自身の抵抗しがたい魅力により、さして努力もせずまた私たちから好かれるようになった。心の中ではもう父を「悪い男」だとは思っていなかった。父は勝者であり、もし父のチームにいれば自分もつねに勝者でいることができるだろう。しかしそれがわかっていても、そのときその場で二人のうちどちらかを選ばなくてはいけなくなったら、母を選んだだろう――その船が沈むなら、私も運命を共にするのだ。母は父が決してしないようなやり方で私の忠誠心と愛を求めた。というのも、そもそも父はそうしたものを求めなかった、ということもあるのだが。父は私たちが母も愛していようと気にしなかった。どのみち父は私たちがいなくてもまっとうに生きていけただろう。それがどんな所であれ、父は地に足をつけることができた。母といると、何の保障もなかった。母に対しては味方するか、敵対するかのどちらかだった。そのような絶対的な忠誠心を求めるところに、言葉では表現できないほど私たちを必要としている気持ちが隠されていた。その人は私たちの母であり、私たちを自分につなぎ止めておくことだけが母の願いだった。一人でも母を裏切ったらどうなるだろうか？　そして私たちがいなくなったら母はどうなってしまうのだろうか？

一九七四年八月、私の心の中で今でもずっとつながり続けている二つの出来事が起きた。母のもとに父から郵便で離婚届が届き、そして大統領が辞任した。母はその辞任をひどく喜んでいたが、離婚届に対してはそうではなかった。離婚に反対だったからではなく、自分から用紙を送るつもりだったからだ。ただそれをする時間がなかった。郵便でそれを受け取った母は激怒した。父のずるさの証明だ、と母は解釈した。いつも計画的で、策略で自分を陥れようとしているし、自分を出し抜こうとしている。

私たちはリビングの床に座り、テレビで大統領を見ていた。話すときその両ほおはピクピクしていた。私たち姉妹は大喜びした。彼に対して感じていた憎しみはとても純粋なものだった。彼は悪い男だ——両親ともそう言っていたから。

「流れが変わってきてるわね」母は椅子に座ったまま静かに言った。私は振り返って母を見た。母が言っているのはホワイトハウスのことだけではなかった。

母は悪者たちの名を挙げることができた。ラスプーチン、ニクソン、キッシンジャー〔訳注　一九二三―、国際政治学者で、ニクソン政権下で大統領補佐官、フォード政権下での国務長官〕、リー・ハーベイ・オズワルド〔訳注　ケネディー大統領暗殺の実行犯とされる〕、デルモンテ、マッテル、ウィリアム・キャリー大尉〔訳注　ベトナム戦争での残虐行為の責を問われた米国陸軍軍人〕。彼らはみんなリストアップされている。これまでも、そしてこれからも悪い影響を及ぼす者たちだ。マッテル社製のおもちゃで遊んだり、デルモンテ社製の食品を一口でも食べたり、ラスプーチンについての話を聞いたりしたら、ナパーム爆弾と同じぐらい深い痕跡が残ってしまうらしい。母の口からはっきりそれを聞いたわけではないが、父もそのリストに名を連ねていることを私は知っていた。

私は母の言うことを聞いた。母の口から出る言葉をすべて受け取った。心の中でそれらをためておく場所を作った。それらは疑ったり信じたりする対象ではなかった。私は母の世界に住んでいて、母の側にチェーンで縛られていた。だから母の規則を理解する必要があった。

母の親族——祖父母、おばたち、おじたち、十五人のいとこたち——は当時コロラド州に住んでいた。そして毎年夏になると、ロッキー山脈にある教会のキャンプ場で親族全員による懇親会が開かれた。母は今年は行くと私たちに約束し続けていたけれど、二年間ご無沙汰していた。母はまだ両親と密に連絡をとっていた。夏じゅう電話が行き交い、アモスとサディーは会に参加するよう母を誘い、母はあいまいな言葉でごまかしていた。私たちはスーツケースに荷物を詰めた。それらは二週間、玄関広間に置かれていたが、私たちの出発の日はどんどん先延ばしになった。母は飛行機のチケットまで買っていた。ただ私たちは空港にたどり着かなかった。

父は家を出て以来、母の両親に電話をし、もっと関わってほしい、うちに母の様子を見に行ってほしい、自分にはできなかったことに干渉してほしいと頼んでいた。祖父母は困った立場に立たされていた。父は自分の娘と別居中の夫であったし、母は自分たちにとって愛すべき娘だった。なぜ自分たちがあの男の言うことを聞かなくてはならないのか？　それに毎日娘と連絡をとっているわけではないが、とくに電話で話している限り、娘はきわめて正常だと言えた。少し威圧的なところはあったが、何よりも自分の娘が病気だと思うことは両親にとって辛すぎた。たとえ以前、そうではないかと疑ったことがあったにせよ。

アモスの兄フランクは同じ問題を抱えたことがあった。それは一九四〇年代中ごろのある朝始まった。フランクの妻から助けを求める電話がかかってきたのでアモスがかけつけると、フランクは寝室に閉じ込められていた。長い夜じゅう寝ずに「悪魔と戦って」フランクは疲れ切っていた。フランクは暖炉用の鉄の火かき棒を手にしていた。そしてどうやったのか、それを曲げて完全な円形にしていた。母はその事実を知っていたのだろうか？　重力が物を引っ張るのと同じぐらい確実に反発する力、それまで知られていなかったその力についてフランクが書いた小さな本を母は知っていたのだろうか？　フランクが入院していたこと、何年にもわたって電気ショックとインスリン・ショック療法を受けていた事実を知っていたのだろうか？　私がこうした情報を得たのは、アモスが晩年孫たち向けに書いた自伝の中で、そのことについて詳しく語っていたからである。精神病には遺伝的要素が関係していることを母は、そして親族たちは知っていたのだろうか？

その夏、私たちにとってコロラドは遠かった。実際のところ、母が飛行機に乗ることはもう二度となかった。でも母は私たちをどこか旅行に連れていかなければならない、と感じたに違いない。学校が始まる一週間前に母は自分自身にムチを打ち、何か月かぶりに家を出て、私たち三人を連れて週半ばの即席車旅行へと出発した。

車はサンフランシスコの北東にある活気のないリゾート地、クリアレイクへと向かった。カーラジオからはカントリーミュージックが流れていた。私たちはそのころもうなじみになっていたマール・ハガード〔訳注　一九三七―、今でも現役のカントリー界の大御所〕、メル・ティリス〔訳注　一九三二―、カントリー歌手、ソングライター〕、タミー・ワイネット〔訳注　一九四二―九八、女性カントリー歌手〕らの声に合わせて歌った。タミーの「り・こ・ん」は一時間に一度はオンエアされているようだった。母にハンドルを握らせておくのは何となく危険な気がした。家族でどこか行くときにはいつも父が運転していたから。

泊まったホテルにはミニチュアゴルフコースがあった。コース途中には可動式の跳ね橋、小さなお城、滝、小さなドイツの町があり、こんなに素敵な風景は見たことがない、と思うほど心を奪われた。母は驚くほどゴルフがうまかった。そのホテルに三日滞在して何度もコースを回るうち、サラと私は母にだんだん迫り、パーにあと二、三打というところまで上達した。

私たちが旅行をしたと聞いたら父は喜ぶだろうと私は確信していた。三日間も出かけていたのだ。それにミニチュアゴルフはスポーツではないか。きっと父も好きだろう。次の金曜に車に乗り込むや父に旅の話をすると、意外にも父は無言のままだった。十二番街に住んでいたころからもう何年もおなじみの近所のイタリアンレストラン「ヴィンス」に行く車中、父は私たちにしゃべらせ続けた。正面入口には人がたくさんいて、並んで順番待ちをしていた。いつも私たちを担当してくれるウエイトレスのトニが父に合図をしてくれたので、私たちは列の横を通り過ぎてトニが担当するブースへと入った。テーブルの上では、すでにふたの開いたハイネケンが父を待っていた。

父はポケットを探って小銭を取り出しジュークボックスに入れた。一ダイム〔訳注　〇・一ドル〕で三曲かけられるその機械が、各ブースに置かれていた。天井からはビニール製のブドウの葉が垂れ下がり、壁にかかった何枚かの油絵には、ジェノバの港に停泊する船が描かれている。それはトニとオーナーのヴィンスが二〇年前にあとにした故郷だ。私は壁に取り付けられたガラスの半球の中の金属のページをめくった。私は「ブルー・スウェード・シューズ」〔訳注　一九五六年、カール・パーキンスの楽曲、後にエルヴィス・プレスリーがカバー〕を、サラは「恋人と別れる五〇の方法」〔訳注　一九七六年、ポール・サイモンの楽曲〕を、エイミーは「幸せの黄色いリボン」〔訳注　一九七三年、ドーンの楽曲〕をリクエストした。活気あるナンバーだ。

トニは両手の間にグラスを三つはさんで戻ってきた。その小さく細いグラスにはミルクが入っている。いつも少しだけ温かかった。

「カネロニ〔訳注 肉などをはさんだパスタ〕、それにハーフ&ハーフを三つでよろしいですか?」彼女はそうたずね、私たちがうなずきもしないうちに、メモに注文を書いていた。ハーフ&ハーフは、半分がスパゲッティー、半分がラビオリというセットだ。

母抜きで来るようになった夏の初めには気まずい空気が流れた。父はトニとヴィンスに、自分たちが別れたことを説明しなくてはならなかった。しかしもうすべてがスムーズに運ぶようになっていた。

エイミーは、前に行ってヴィンスがピザを投げ上げるのを見ていいか父に聞いた。父がうなずくとエイミーは滑るようにブースから出た。一か月前には五歳の誕生日で恥ずかしがっていたのに、今では人々に囲まれてもくつろいでいる。レストランの一番奥のほうまで進み、ステンレスのカウンターのすぐそばに立ってヴィンスを喜ばせたり、自分が喜んだりしていた。ヴィンスの視線はエイミーと白いピザ生地の間を余裕で行ったり来たりした。まず生地をたたき、それからこぶしの上に乗せた生地を高く、より高く、何度も空中へ放り投げた。

エイミーが席を立つと、父は私たちのほうに向きなおった。

「もしきみたちの母さんがどこか、たとえばポートランドに君たちを連れていったら、ぼくに電話してくれ。いいね?」

「何でお母さんは私たちをポートランドに連れていくの?」と私はたずねた。

「たとえば、だよ」

「ポートランドには行ったことないよ」と私。

「わかった、電話する」とサラ。

父に見つめられて、私はうなずいた。「電話する」そう言い、私はミルクをちょっとだけすすった。ハーフ&ハーフが来る前になくなってしまわないように。
そして父はサラと私にそれぞれ三回ずつ、自分の電話番号を暗唱させた。

第9章

ベルが鳴り、三十五人の目が私たち三年生の教室の前に立つピレリ先生のほうを向く。「地震訓練」、先生はまずそう宣言し、両手で何かを下向きに押すようなジェスチャーをしながら「かがんで」と言った。私たちは机の下にもぐる。これはカリフォルニア版のダック&カバー〔訳注 一九五〇年代から八〇年代にかけてアメリカで学童に教えられた核兵器から身を守る手段〕で、割れ落ちてくるガラスから頭を守るために窓に背を向ける。どの生徒にとっても机は覆いとしては小さすぎる。私たちはクスクス笑ったりもぞもぞ動いたりして、机の裏面の金属板に頭をぶつける。誰も怖がってはいない。これはただの訓練だ。それにどのみち地震は私たちを怖がらせはしない。それは一部の地域しか襲わないからだ。

個人的には私は地震が好きだったし、それを待ち望みさえした。夜中に目が覚めて、窓がカタカタ音を立てていたり、ベッドが私の下で小さく揺れていたりすると、怖いというよりも興奮した。朝になると私は母の部屋に行き、学校に行く準備をする前の二、三分、母が寝ているベッドにもぐりこむ。地震に気付いたか母にたずねられて、夢の中の出来事のようにそれを思い出す。私たちは母の時計付きラジオから流れるニュースに耳を傾け、地震がどの程度の規模だったか知る。私は大きな震度を望んだ。はっきりした証拠があるわけではないが、母もそう思っていた気がする。

それまで経験した中で一番大きな地震は震度5で、家はガタガタゆれたが何も壊れなかった。震度6になるとどんな感じか知りたかった。母も先生たちもリヒタースケース〔訳注　マグニチュードを示す〕について説明してくれた。どうやって数が割り当てられているか、どうしてマグニチュード8はマグニチュード4の二倍よりずっとずっと大きいのか。しかしそれでも体験したかった。

リッチー・メイヤーズが違う机からはうようにして私の隣にやって来た。私はクスクス笑うのをやめて、リッチーにさわられないように親友リサのほうにじりじりと移動した。彼は自称私のボーイフレンドだった。彼はそれをしょっちゅう、大声で、クラス全員の前で言うので、私は恥ずかしくてしかたなかった。

以前ピレリ先生がリッチーと私をキックボールのチームキャプテンにしたことがあった。私たちは二列に並んだ生徒たちの先頭に立った。するとリッチーはみんなが聞こえるように「二羽のつがいが一緒にいる」と言った。それを聞いて私は本能的に彼のむこうずねを蹴った。すると彼はひるみもせずニッコリし「恋人からの愛のムチ」と返してきた。私の頭はどうしようもない怒りでぐちゃぐちゃになった。

日に三回ある休み時間になると彼は私を追い回した。彼の友達で、彼と並ぶクラス一のワル二人が校庭で見張りをしていて、彼が私を隅に追い詰めて捕まえてキスするのを助けようとした。私は休み時間の多くを唯一の安全地帯、女子トイレに縛られて過ごした。そこでさえリッチーとその仲間たちは入り口から私を挑発した。入り口から片足だけ出して床を踏んだり、入って来そうなそぶりを見せたかと思うと、後ろに飛ぶようにして戻ったり。

時々リサは私に休息時間をくれた。私の青い大きなフェイク・スウェードのコートを着て、フェイク・ファーのついたフードを頭からかぶって走り出すのだ。私は彼女のネイビーブルーのパーカーを着ている。しばらくの間、彼らはだまされてリサを追いかけた。彼女は足が速い。私よりずっと速かった。彼らはめったに彼女を捕まえられなかった。たとえ捕まえたとしても、リサが振り返って太い茶色のメガネフレームから彼らをチラッと見ると、メガネをかけた女の子にキスする気のない彼らはパラパラと散っていった。

リサ・アデルソンとはその前の年に出会った。二年生の読書グループに放り込まれたとき女子は私たちだけで、それ以来いつも一緒だ。リサはストレートな茶色い髪を高く耳の上で、きっちり二つのポニーテールにしていた。私よりやせていてすばしこく、メガネをかけていた。それ以外の点はすべて共通していた。彼女が五歳のとき両親は離婚していた。私も金曜になるとリュックに荷物を詰めて父のところに行くようになり、リサとの絆は一層強まった。

三年生当時、少なくとも私にとって日々順調ではなかった。担任の先生は背が高く厳しく、生まれて初めて私は先生のお気に入りでなくなった。誰でも本が読めるようになっていた。私はもはやできる子でなくなったのだ。読む次に、私たちは集中的に書く練習をさせられた。しかしどうしても、お手本にしていた薄紙に書かれた文字のように、なめらかで整った文字は書けなかった。さらにピレリ先生は、私が学校に遅刻するのも気に入らなかった。私は毎日かなり遅刻していたのだ。

それに追い打ちをかけるようにリッチーが登場し、四六時中私を追いかけてきた。毎日学校が終わると、リサとローリー・モリが校庭から私に付き添ってくれた。私の両側を小さな二人のボディーガードが守ってくれたのだ。リッチーたちは私たちのすぐあとからついてきて、私たちのことを大声でしゃべっていたが、こちらは完全に無視していた。ローリーは二十四番大通り沿いで私の家からわずか一ブロック上に住んでいたので、リッチーたちが外で私を待つことに飽きるまで、私は彼女の家で隠れていた。

何かうしろ暗いもの、何か醜いものが私に取り付こうとしていて、私の生活のすべての面にすり寄ってきていた。少年たちはそれに気付いていた。彼らは私の恐怖心をかぎつけ、私の羞恥心を感じていた。そして私には振り向いて大胆にキスさせる勇気がないことも、先生に助けを求めに行く度胸がないことも、私が申し分ないいけにえであることも知っていた。

だから私はローリーの家でしゃがんで彼らが離れて行くのを待った。彼らを私の家に近づけてはいけない、私の弱みの中心部分に入ってこさせるものか、と固く決心していた。


家では母がだんだん上の空になると同時に鋭くなってきた。家での母の存在は、何時間も連続して私たちを意識しないでいるときには、ぼんやりとした抜け殻のようであり、娘たちの生活の隅々まで知りたがりコントロールしたがっているときには、すきのない番人であり、その間を行ったり来たりしていた。

空想の世界に迷い込んで私たちの手の届かない所に行ってしまい、私たちには見えない何かと話していることもよくあったが、病気のために衰弱しきることはなかった。病弱になって世話が必要な状態にはならなかった。むしろ余分なものをそぎ落とし、恐ろしいほど研ぎ澄まされていた。自分が気になる物事に関しては、尽きないエネルギーをもっていた。私たちに対する支配力は病気の進行とともに増していった。私たちが小さかったころと同じぐらいしっかりと完璧に、母は私の意識の中心に居座っていた。でももうそのころには、母を不思議な存在ではなく、恐れの対象として見ていた。

母の手はまだ私たちの日々の営みに対して手綱を握っていた。借家人である隣人たちが我が家のドアの下からすべり込ませてくれる家賃の小切手を換金した。借家人から水漏れを知らせる電話が来れば、母は配管工の手配をした。毎月の住宅ローンも支払った。借家人が引っ越すと、母はその部屋のペンキを塗り、新聞に広告を載せ、それを貸し出した。まだランチも作って私たちを学校に送り出してくれた。外から見れば母は普通、十分普通だった。他人の目に自分がどう映るかつねに理解していたという意味で、現実を完全に見失っていたわけではない。母の偏執性は自己防衛のためだった。無知な者に対しては、この世における自分の本当の目的について何も語らなかった。

夏が終わると母はまた外出するようになった。過去を消し終わると、この社会でやるべきことはいくつもあった。母はステーションワゴンに乗り――夏じゅうフロントガラスに駐車違反による呼び出し状が何枚も貼られていたが、奇跡的にレッカーされたことはなかった――食料品店や銀行に行き、私たちの上着やズボンを作るときに使う型紙やポリエステルのプリント生地を買うために生地屋さんに向かった。ときどき何時間も帰ってこないことがあった。そういうときはどこに行っているのか、いつ帰るかもまったくわからなかった。

外出時にはもはやワンピースなど着ないし、スカートも、ハイヒールも履かなくなった。女性らしさ、女性としての意識は結婚生活、家庭生活とともに葬り去った。そしてネイビーブルー、暗くやや黄色がかった緑色、グレーなど暗い色づかいの自分自身の制服――ウエストがゴムでだぶだぶしたポリエステルのズボンに上は無地のブラウス――を着るようになった。

そのころまだエイミーと私は、母の奥行きのあるウォークインクローゼットの中を物色し、試着ごっこをするのが好きだった。私たちは床に落ちているハンガーや山積みになっている古い洋服をかきわけて進んだ。短く、タイトで、六〇年代スタイルのワンピースや、オレンジ色や緑色が奇妙に渦巻くAラインのスカートなどがあった。両親が毎週土曜の晩に出かけていたころのものだ。母はエナメル革製の黒いヒールを履き、ちょうどひざ上の青いドレスを着て、渦巻き形の銀の台に琥珀がはめられたブローチをのどあたりにぶらさげていた。

スカイブルーで、襟と袖口に白いウサギの毛皮がついたウールのコート、いつも母が着るとき父が後ろからかけてあげていたコートが、まだクローゼットの奥にぶら下がっていた。もしその袖にほおを押し付け、袖口の柔らかい毛皮の上に鼻を走らせれば、父と母のロマンスのかすかなにおいをまだかぐことができたし、母がパリのホテルの階段を下りてくる姿を想像することもできた。それは私がなりたかった女性である。たとえ母がもう階段を下りてこないとしても。

母は外出時にはいつもベージュのトレンチコートを着るのが習慣になった。夏も冬も、春も秋も、そのコートは母の体を覆い、その形を隠し、母という人間の定義を変えた。学校に私を迎えに来ると、そのコートが校庭を気味悪く横切った。我が家のブロックの角を曲がってきたとたんに母だとわかった。そのひだの下に怒りが隠されていた。それは風にはためいた。どこに行こうと、そのコートが風景の中心になってしまった。

トレンチコートを着て、グレーになりかかったある程度長い髪の女性を見ると、私はいまだに心臓が止まりそうになる。おそらく母がいつもそのコートを外で着ていたからであり、母がもっとも有害だったのは外にいるときだったからである。市バスで私は母の隣に座った。母は大声を出して笑った。何もないのに——あるいは心の中から出てきた何かに対して。バスに乗っていた人たちは振り返ってこちらに視線を投げてきた。肌に突き刺さるその視線の圧力が私を疲れさせた。正面にいた女性の凝視は母を通りすぎると、私で止まった。私には選択肢があった。反対方向を見て母とは無関係を装うか、あるいは母にもっとくっついて、まるでおしゃべりをしているかのような、私のセリフが母を笑わせたかのようなふりをするか。母をかばうか、あるいは突き放すか。

ティーガーデンに行ったとき、髪が長く面長の十代の女の子が二人、木橋の下の池をバチャバチャと歩いていた。裸足になりズボンをひざまでめくりあげ、池の底からコインを拾っていたのだ。ガーデンを散歩する人々は通り過ぎるとき少女たちのほうを向き、その動きを目で追ったが、誰も何も言わなかった。

母はパタッと足を止め、一瞬彼女たちを見た。顔をこわばらせ、唇をギュッと結んでいる。と突然、池を横断する石の小道にエイミーの手を握った私を置いて、少女たちのほうに歩いていった。少女たちは振り返った。母が近づく気配を察したのだ。

「自分が何をしているかわかっているの？」鋭くプップツ切れるような声。少女たちは仰天してぽかんと母を見つめ返している。「池から出なさい」その脅すような声を聞いて彼女たちは慌てて水から出た。そして私たちのまわりにできていた小さな人だかりには目もくれず、自分の靴をつかんだ。濡れた足の上にソックスを引っぱり上げている彼女たちに覆いかぶさるように母がそばに立った。

「恥ずかしいと思いなさい」

少女たちは逃げた。細い橋の上で固まっていたエイミーと私の脇をすり抜けて行った。私は石の中に吸い込まれてしまいたかった。私の横を通り過ぎるとき二人のうちの一人が振り返った。その麦わら色の長い髪は風を受けてフワッと膨れたかと思うと、すぐに彼女の背中に貼り付いた。「頭、おかしいよ」その子はつぶやいた。

私は母を見た。母はどっしりと立って、逃げて行く彼女たちを目で追っていた。午後の風に、母のコートは大波のようにはためいていた。

学校で私たちは『シナの五にんきょうだい』という話を読んだ。五人それぞれが特別な力を持っている。長男は海水を飲みこむことができる。海岸にひざまずき、長い一息で海水を飲みこむのだ。立ち上がると頭部が巨大化していて、細い体の上で不安定に見える。挿絵を見るとほおがパンパンに腫れてはち切れそうになっている。大きく息を吸い込んだときのように。そして水がなくなって露出した海底で跳ねている魚すべてを、一人の少年に集めに行かせる。その子はどんどん遠くへと歩いてゆく。おそらく欲が出てきたのだろう。あるいはもう岸に帰ろうと思って振り返る直前に、もう一つ欲しいものが目に飛び込んでくるのだろう。砂の上を慌てて逃げているロブスター、太陽の光を浴びて真珠のように輝くアワビの貝殻など。長男は戻ってこいと両手を振るが少年の目には入らない。彼は叫べなかった――口の中は海水でいっぱいだったから。彼は巨大な頭の重みで倒れそうになりながら、前に後ろによろめく。そしてとうとう彼は海水をはき出してしまう。

そしてこう続く。「海水を口にいれておくのは苦しい」

クリアレイクへの旅をきっかけに、父は母が娘たちをサンフランシスコから外に連れ出すことに対する禁止命令を手に入れた。これは離婚届のように郵便で届き、離婚届のときのように母を怒りで爆発させた。たぶんそれが引き金になったのだろう。あるいは――週末の父訪問に関する規則への小さな違反といった――まったく別な理由があったのかもしれない。母はサラと私に向かって大声を出した。今はっきりわかっているのは、サラのギターが正面玄関のピアノのそばの壁に立てかけてあったということだけだ。母はそれに手を伸ばすと、そのネックの部分を両手でギュッとつかんだ。そして頭上高く持ち上げたかと思うと、それを壁に向かって振り下ろした。琥珀色の胴体部分の板が割れて空っぽの内側に折れ曲った。弦からは吠えるような音がした。裂けた木のにおいが一気に広がった。母は壁と壁の間に仁王立ちになり、手を動かし続けていたが、あまりに動きが早くて目で追えないほどだった。背筋をピンと伸ばして立ち、手に握られていたギターの残骸を振り上げると、戸口の側柱にこれでもかとばかりに何度も何度もたたきつけた。気が済んだとき手に握っていたのは、わずか一五センチほどのギターのネックの部分だけだった。金属の弦はまだチューニングねじにしっかりと巻きついていて、切断された静脈のようにブラブラとぶら下がっていた。

私は石のように固まっていたが、胸の中では息遣いが荒かった。もう終わったのかどうなのかわからず待っているときには、のどまで緊張していた。耳はすべての筋肉が音に敏感になってぴんと立ち、血液がドクドク流れ込んで手足の指先はやや無感覚になっていた。

母は行ってしまっただろうか？　走って家を飛び出していっただろうか？　ベッドルームに引きこもり、体を震わせてすすり泣いているだろうか？　おそらく食卓の上座に置いてある大きな椅子に黙って座っているだろう。私たちが動けないように。これでおしまいなのか、あるいは一息つくために休んでいるだけなのかわからなかった。私は一時間、いや二時間ほど身動きがとれなかった。再び母が動き出すかと思いじっと待った。体は硬直していたが、心拍音が鼓膜に響き、呼吸が正常に戻ったあともそれはしばらく続いた。

その日ギター事件のあとは、次のような状況だったと思う——母は台所に行った。ホットプレートでパンを焼いてチーズサンドを作った。夕食だと言って私たちを呼び、私たちはみんな、恐ろしい静けさの中でそれを食べた。

一度母は自分の財布を投げて、リビングの窓ガラスを割ったことがある。窓が割れる瞬間は目撃しなかったが、前庭から財布を取ってきてくれと頼まれた。アカシアの木の下の低木の茂みにはって入ると、深緑のツタに覆われた地面に無数のガラスの破片が突き刺さっていた。財布は白かった。私はソックスなしでテニスシューズを履いていた。ガラスを踏むのが怖かった。でも、誰かに見られるほうがもっと怖かった。

毎日というほど頻繁ではないが、ひと月に一度以上、母は家を壊した。窓を割り、壁をたたいてへこまし、家具に傷をつけた。エイミーはよく私のベッドの下に隠れていた。あるいは私たち二人で、私たちのベッドルームにある奥行きのあるウォークインクローゼットに隠れ、ひざ立ちの体勢で耳をすませ、アパートのあちこちをどしどし歩く母の足音、さらには物が粉々に砕ける音を追った。（皿が壁に投げつけられたのか？　アイロンが窓ガラスを突き破って外に飛び出したのか？　食卓の椅子から詰め物をしたシート部分がはぎ取られ、鏡にたたきつけられたのか？）

時が経つにつれて、母の怒りは家の中の無生物の物体から姉のサラへと向けられるようになっていった。サラはそのころ、母と日増しに激しく衝突するようになっていた。最初は十二歳、そして十三歳、十四歳と成長したサラは靴のサイズもどんどん変わり、スリムになると同時に丸みを帯びてきて、母が私たち用に縫う服はもう似合わない、と痛切に感じていた。そして我が家の規則にいらだつようになっていた。彼女は私たちより楽な環境で育ってきたので、エイミーや私がすぐに習得した本心を隠す本能に欠けていた。不注意に、そして無防備に、何度も何度も母の怒りに触れた。サラの体は無情にも女性らしくなってゆき、性的魅力が備わってくる兆しが見えていたが、母はそれ自体を自分に対する侮辱と感じた。母は私たちみんなに小さいままでいて欲しかった。ティーガーデンにいるカモの赤ちゃんたちのように、子供は母の意図という見えないひもで母と結ばれ、母の通った道筋しか見ず、母のあとをついてくる、そんな存在でいてほしかったのだ。しかしサラの成長は誰にも止められなかった。

両親はひと月に一回ぐらい適当な場所で会い、金銭的な問題、娘たちの学業といったことについて話し合った。あるいは父には、母の状態を把握する、という目的もあったのかもしれない。母は礼儀正しく人と接することもできたし、私たちの生活の経済的側面について穏やかに話し合うこともできた。それに父と会うことには、母自身にとって戦略的理由もあったのだろう。敵から目を離さない、という理由が。

学年末も近づいたあるとき、ユニオンストリートにある父の事務所から通りを隔てたところにある喫茶店で二人は会った。二人は一時間ぐらい穏やかに話し合った。そして父は席を立つ段になって、生活費、養育費用の小切手に記入するためにペンを取り出そうとしてスーツのポケットを探った。そして何年か前に母の母サディーからプレゼントされたクロスのペンを取り出した。母はすぐにそれに気づき、それを父からひったくった。なぜこの男がまだそれを持っているのか？　この男はそれを毎日携帯しているのか？　それを自分の心臓の近くに置いて持ち歩いているのか？　なぜそれを持っていてはいけないのか、と父は母にたずねた。あなたがそのペンを持ち歩くのはサディーにとって良くない、と母は説明した。

「なぜだ？」父は追い打ちをかけた。

母はテーブルの上のホルダーからナプキンを一枚取り出し、その真ん中にそのペンで線を引いた。線の上側に、ローラ、エイミー、サディーと書いた。ラインの下側にはラッセル、アモス、そしてサラと書いた。

父はそのナプキンを穴の開くほど見つめた。

「なぜサラは線の下なんだ？」

「あの子は線を越えたの。あの子はあなた側。私にとっては死んだも同然なの」

そう言うと母は立ち上がり、自分のベージュのコートのポケットにペンをしまい、喫茶店から出ていった。

父は呆然とした。いずれは親権を求めて告訴しなくてはならないとわかっていた。でも母から私たちを取り上げるのはあまりに残酷だと思い二の足を踏んでいた。母はすでにあまりにもたくさんのものを失っていた。私たちまで失ったら、現実世界へ母をつなぎ止めている最後の碇を取り上げることになると父は感じていたのだ。私たちがいなくなったら母は完全に自分自身の世界に滑り落ちてしまう、と父は思っていた。母が私たちの誰かと敵対するとは、父は想像もしていなかった。

父は信号を無視し、行き交う車に気付きもせず、道路を横切って事務所に戻った。事務所に帰ると受話器を取り、離婚のさいに世話になった弁護士に電話をかけた。そして親権を求めて母を相手に訴訟を起こすよう、その弁護士に頼んだ。

第10章

父が親権を求めて訴訟を起こしていることを私たちが父の口から聞いたのがいつ、どんな場面だったかは覚えていない。ただ「親権」という言葉とともにこの未解決の問題が、ひじょうに長い間、私たちに覆いかぶさっていたのは覚えている。母のもとを去れるなんて考えたこともなかった。いかに奇妙な行動をとり、暴力をふるい、混乱しているとはいえ、母は私の生活の中心にいた。それをどうして変えることができよう。しかしひとたび父に違う生活もありうると言われたせいで、その新しい生活を夢想するようになり、すべてが変わってしまった。私たちを引き取ろうとする父と、それに対して猛烈に抵抗する母。その後二年半、それが私たちの生活の枠組みとなった。将来いつの日か、決定が申し渡されるだろう。しかしそれがいつで、そして結果がどうなるかは不明で、私の中ではつねに夢を見ながら恐れる問題となった。

イースター休暇のとき、父は一週間ほど私たちをタホ湖〔訳注　カリフォルニア州とネバダ州の州境のシエラネヴァダ山中にある湖〕に連れていってくれた。父の不動産事務所で働いている父の新しいガールフレンドが一緒に来た。それ以前、ジェニには週末に外出したとき何度か会っていたし、彼女のアパートに晩御飯を食べに行ったこともある。彼女をつぶさに観察し、彼女がスパゲッティーソースに入れたオニオンをこっそり皿のへりに押し付け（母はスパゲッティーソースにオニオンを入れなかった）、ひじょうに愛想よくしていた。このタホ旅行で、私たちは彼女をもっと良く知るようになった。毎日みんなでタホ湖近くの巨大な丘にそり遊びをしに行った。その丘は今ではもうそりは禁止になって久しい〔訳注　タホ湖では現在そり遊びは禁止されておらず、事実関係が不明〕。訴訟は起こるべくして起こった——今ほど訴訟がポピュラーでなかった一九七〇年代ではあったが、父はそり滑りの鬼だった。どれほど怖かろうと、危なかろうと、私たちは父が舵取りをしてくれる限り大丈夫だと感じていた。

この旅行の写真が何枚か残っている。九〇センチほど積もった雪の中、ゴム長靴を履き、ひさしからもぎ取った大きなつららを得意そうに振り回している三人姉妹。私たちは短すぎるベルボトムのズボンをはき、奇妙なベルト付きコートを着て（学校でリサと交換した、スウェードに似た生地の青いコート）、少しみすぼらしく見える。しかし一九七〇年代の写真では誰もがそんな感じだった。私たち——雪の中の子供たち——は文句なく楽しそうだ。

その旅行で一番印象に残った場面は、写真には残されていない。ある日の午後、私たちは何時間も雪で遊んで、足やおしりは雪まみれになり、毛の手袋をぐしゃぐしゃに濡らして、走って丸太小屋に帰った。するとジェニが台所でホットチョコレートを作って私たちを待っていてくれた。クッキーまで用意してあった。皿に乗せられて、食べきれないほどの量だった。テレビから抜け出してきたような、ものすごくおいしそうなクッキー。それは子供たちと母親のあるべき姿だった。どうやってそれに逆らうことができよう？

私は心の中でさまざまなイメージを思い浮かべるようになった。きれいなシーツ、店で買ったネイビーブルーのジーンズ、表面がキラッと光る清潔な台所用品、皿に乗ったチョコチップクッキー。父と一緒に暮らしたいと思うのは当然だ。想像できなかったのは、どうやったらそれが実現するか、どうやったら母との絆を断ち切れるか、ということだった。

夏になると母は再び、バートン家の家族会に参加するためにコロラドに行くと私たちに約束した。毎週自分の両親と電話で話し、毎回、今年は行くと請け合った。しかし旅行のしたくをする気配はなかった。

その夏、母はそれ以前より外に出るようになった。ベトナムからの難民たちがプレシディオにある陸軍基地に満杯の飛行機で次々と到着していた。そこは我が家からすぐ近くだった。母はその苦い結末まで戦争の成り行きを夢中で追いかけていた。その春もっと早いころ、サイゴンにある大使館の屋上から最後のヘリコプターが飛び立つのを私たちはそろってテレビで見ていた。母はそうした映像に心を激しく揺さぶられたため、ラターマン病院でボランティアとして働きたいと自ら名乗り出た。そこはアメリカにやって来たベトナム人孤児の受け入れセンターだった。家での母はきわめて突飛だったので、それをどうやって抑えるのか想像もつかなかった。しかし母はそれをやってのけ、何人ものベトナム人の赤ちゃんを抱いた話をしてくれた。

こうして管理がきわめて緩くなった結果、私たち姉妹は家からどんどん行動範囲を広げていった。私には一緒に遊ぶリサがいて、たいがい毎日、私の家と彼女の家の間のどこかで会った。サラとエイミー、それにリサの妹ナオミが一緒に遊ぶこともあった。リサの母は十二歳になったサラを信頼していて、私たちを見張ってくれると思っていた。私たちは家から二、三ブロック先のベーカー・ビーチに歩いてゆき、打ち寄せる波と戯れた。

ボランティア活動で忙しい中、母は何度か郡の農産物品評会に私たちを連れていってくれたし、州の品評会があるとソノマ、ナパ、さらにはサクラメントまで足を延ばした。ジェットコースターに乗り、賞をとった豚を見て、必然的にカントリーミュージックのコンサートを見た。そもそも母を品評会に惹き付けたのはそれだったのだろう。白く短いスウェードのワンピースを着てカウボーイブーツをはいた歌手を覚えている。それはタミー・ワイネットだったと言いたいところだが、確信はない。たくさんの干し草の束が転がる屋外の円形劇場で歌っていて、私たちを場違いなところにいる気持ちにさせた。

私の九歳の誕生日に、母は誕生パーティーを開いてくれた。私たちの家から廊下を隔てた部屋は空き室だったので（そしてきれいだったので）そこでパーティーをした。何年かぶりで友人たちを招くことができた。母はスポンジケーキを焼き、カーニバルの回転木馬のようなデコレーションをしてくれた。屋根用には日本の紙で作った傘を使い、それを赤と白のストローで固定した。さらに白い糖衣で覆われた表面上に輪になるように動物クラッカーを立てた――馬、そしてそれに乗る動物たちだ。それは私がそれまで見た中でもっとも魅力的なケーキだった――今でもそれに勝るものを見たことがない。つまり、その当時でさえ、母はまだかつてのマジックが使えたのだ。母は「ロバにしっぽをつけようゲーム」〔訳注　目隠しして紙に描かれたロバにしっぽをピンで留める福笑いのようなゲーム〕の道具も最初から全部自分で作ってくれた。私たちはそのアパートの空き室でいろいろなゲームをし、ケーキを食べた。父まで贈り物をもって登場した――六枚の新しいTシャツ、その一枚には「私はフェミニストだ」と書かれていた。父がそばにいると、いつも母は冷たく疑い深かったが、そのときは父にケーキもふるまっていた。父が帰ったのち、Tシャツのほとんどは母に持っていかれた。しかし「フェミニストだ」というTシャツは取り上げられなかった。

夏も終わりに近づいたある週末、父は私たちを車に乗せて路肩から発車させると、明日サンフランシスコを発つ、と宣言した。

「どこに行くの？」

「それはお楽しみだ」

「タホ？」

「いや」

「ヨセミテ？」

「明日になればわかるさ」

「ママは知っているの？」

「心配するな」

胃が底からひっくり返りそうな気分になった。サラは助手席から私のほうに振り返った。不安げな私たちの視線がぶつかった。

旅に備えて服を買うために、ゲイリー大通りのシアーズへと父は車を走らせた。「どれでもいいから好きなのを選べよ。数日分な」父にそう言われて私たちはドギマギして目と目を合わせた。デパートに足を踏み入れたのは二年ぶりだったし、母は絶対に私たちに洋服を選ばせてはくれなかった。

父は赤白の短パンとそれに合う赤いホルタートップ〔訳注　ひもや身頃から続いた布を首の後ろで結ぶデザインの服で肩、腕、背中が露出する〕を棚から取った。

「これなんてどうだ？」サラと私はまた視線を交わした。万一母が私たちに洋服を買わせてくれたとしても、ホルタートップなど絶対に、天地がひっくり返ろうとも、着させてはくれなかっただろう。「試着してごらん」父はそう言うと私にハンガーを渡してくれた。

じきに私たちの警戒心も解け、結局三人とも袋いっぱいの禁じられた服を父のアパートに買って帰った。そして次はどんなあからさまな反乱に出るのかと待ちわびた。

翌朝高速道路一〇一号線サウスに乗ったとき、私たちは車が空港に向かっていることに気付いた。

「デンバーに行くの？」私は驚いてたずねた。

父はうなずいた。

「ママは知らないんでしょ？」とサラ。

「向こうに着いたら電話するよ。パパは行く先を教えてくれなかった、と言えばいいんだ」

「パパは私たちを誘拐してるってこと？」とサラが聞いた。

父は笑った。「その通り。パパはお前たちを誘拐したんだ」

それを聞いてみんな笑った。緊張と興奮が入り混じった笑いだった。何年も会っていないいとこたちと過ごす一週間、新しい服、空の旅。父とのこの危険だが楽しい悪巧みに胃がキリキリしたが、家に帰ったらどんな代償を支払うかなど「神のみぞ知る」だ、と開き直った。

デンバーに着くと父は車を借り、空港から祖父母に電話した。父は祖父母にも事前に何も話していなかった。それは祖父母から母に知らせてほしくなかったからだ。祖父母はひどくショックを受け、あからさまに母と対立せざるをえなくなりうろたえた。二人の気持ちは、来ないでくれ、というのに近かった。

父は一晩だけ泊まった。家族会に間に合うように私たちをデンバーに送り込むのが自分の役目だと父は考えていた。家族会はその週のうちに山で開かれる予定だった。何度も何度も参加すると約束し続けていたのだから私たちには参加する義務がある、と父は考えたのだ。それに母の両親とじかに会って話したいという気持ちもあった。

祖母は夕食用にフライドチキンを作り、私たちのためにパイも焼いてくれた。こんなやり方で自分の娘を怒らせるのはいやだったが、孫たちに会えてワクワクしているようだった。私たちは菜園から取ってきたばかりのトウモロコシを食べた。彼らがそのとき住んでいたデンバーの郊外は乾燥地帯だったが、アモスはいつも自分でトウモロコシを育てていた。「菜園から家に来る途中で転んだだけで、もうトウモロコシは新鮮でなくなるんだ」と彼は言った。

テーブルに着くとみんな左右の手を組み、アモスは厳かで長い祈りを唱えた。そして私たちが一緒に食卓を囲んでいることを神に感謝し、今晩同席できなかったサリーをお守り下さいと主に願った。祖父の口から母の名が出たとき、私たち姉妹は椅子の中でビクッとした。

夕食中、父は祖父に、治療を受けるよう母にもっと積極的に勧めてほしいと必死に頼んでいた。アモスはいらだっていた。サディーは泣きそうな顔をしていた。父が正しいことを、もうそのころにはわかっていたはずだ。

「ラス、子供たちの前でこの話はやめよう」とアモスが父を制した。

私は父からアモスに視線を移した。アモスは下を向き、皿に覆いかぶさるように白髪頭を垂れていた。そしてその厳格さで一同の口をつぐませた。父でさえその厳かな雰囲気の中で頭を下げざるをえなかった。私はその瞬間、祖父に怒りを感じた。私たちの前で母の話をしない？　私たちは母と一緒に暮らしている。私たちが気付いていないとでも思っているの？

夕食後、アモスは地下にある自分の事務所から母に電話をした。私たち姉妹は上で判決を待っていた。すぐに送り返されることを私たちは恐れていた——家族会の前に、いとこたちに会う前に、そして新しい服を着る前に。いつかは帰宅しなくてはならないし、母の激怒も避けがたい。だからできる限りそれを先延ばしすること、それだけを願った。案の定母は、私たちをすぐに帰宅させてくれと言った。親権を持っているのは自分だから、父には私たちを連れてゆく法的権利はない、と。アモスはもう少しで屈するところだった。しかし父からものすごい圧力をかけられていたので、私たちを泊める許可は何とか取り付けてくれた。しかし父が計画していたように一週間ではなく、わずか四日だけ。さらに母は自分の父親に、私たちを山に連れていかない、という約束もさせた。母は山に悪い印象を持っていた。

アモスが話し終わると、今度は私が彼の机の後ろにでんと構えている、大きく黒い革貼りの椅子に座った。

動揺し、ピリピリした母の声が受話器の向こうから聞こえてきた。「火曜には戻るのよ。山には行っちゃダメよ」自分自身を落ち着かせるかのように母は言った。父が私たちを連れ出すというのは、まったくの不意打ちだった。母は怒ってさえいなかった。ただ私たちが自分のところに戻ってくることだけを切に願っていた。

家族会は私たちのことを考えて予定を繰り上げて、山でなく街で、つまり祖父母宅で行われた。十五人の孫全員がリビングの床の上に寝袋を並べて寝た。そしてみんなで地下でビリヤードのトーナメント戦やテーブルサッカー〔訳注　サッカーをもとにして作られたテーブルゲーム〕をした。私たちはいとこたちに缶蹴りを教わり、日が暮れるまでみんなでそれに熱中した。私たちはホルタートップを着て明るい色の短パンをはいていたが、家に帰ったとたんにそれが消えてしまうことはわかっていた。さらに開発されたばかりでまだ住人もまばらな分譲地を、外出許可を得た囚人のように、興奮と緊張が入り混じった気持ちで歩き回った。そんなときも頭の片隅では、家に帰るやいなや、母と私たちを結びつけている糸がきつく引っ張られることを覚悟していた。

ふたを開けてみれば、私たちが帰宅しても大した波風は立たなかった。父が空港まで迎えに来てくれたが、家が近づくにつれて皆の恐怖心はだんだん強くなっていった。家に入ると、母は私たちを迎えて大喜びだった。ハグしたりキスしたりして、その日は私たちをずっとそばに置いておいた。私たちはまったく怒られなかった。父がうまくすべての責任を負ってくれたのだ。そのときばかりは、向こうにいる間に何をしていたか聞くことさえ母は望まなかった。いとこたちについて、祖父母の新しい家について、私たちは母にしゃべりたいことがいっぱいあった。しかし母は何も聞かなかった。実際のところ、何事も起こらなかったように振る舞おうとしている、そんな感じだった。

そのためか、特別に歓迎する様子もまったくなかった。私たちを迎えてくれたのは、ツナクリームを乗せたトーストという間に合わせの夕食、アパートの不快なにおい、ラジオから流れるカントリーミュージック、そして母の手作りの服だった。

その翌年——四年生のとき——私は毎日登校したわけではなかった。ベッドルームで目覚まし時計が鳴っていても、母に「私のベッドにいらっしゃい」と言われるのだ。中学生になっていたサラは、私が布団から出る前にもう家を出ていた。一年生になったエイミーは小学校が近かったので、私より少し長く眠れた。私は二ブロック向こうから出るスクールバスに乗り、街を抜けて長時間かけて学校に行かなくてはならなかった。

母の布団にもぐりこむと、母は両足で私を囲い込み、どんな夢を見たか聞いてくる。ベッドサイドにあるラジオ付き時計の白い数字がパッパッと変わってゆき、もうバスに乗るには間に合わない、という時間になる。

「車で送ってあげるわ」とか「遅刻したら先生にお手紙を書いてあげるわ」といつも母は言った。私がほつれた髪をブラシでといている間に、母は車のキーを探した。

校庭の横に母が車をつけたとき、助手席に座っていた私はオールズモビルのドアを開けられなかった。車はすっぱい牛乳のようなにおいがした。誰もいない校庭を見ていたら、恥ずかしくてしかたなくなったからだ。この校庭を横切って、シーンと静まりかえった廊下を歩いて行かなくてはならない。遅刻しているのでここそこ移動し、誰にも会いませんように、と祈りながら足早に歩く。階段を上り、教室へと続く長い廊下を進む。教室のドアを開けると、三十五人の視線が私に注がれる。その視線を浴びながら私はクローゼットにコートを入れて、机の迷路を通り抜けて前方にある自分の席へと進まなくてはならない。黒板の字が見えるように、私は前のほうの席に座っていた。視力検査にひっかかるようになってから二年間、保健室の先生から母あての「メガネが必要だ」という手紙を何度も持たされていた。母はその手紙を受け取るのに、私を眼科に連れていってはくれなかった。

リサは私を見ると微笑んでくれる。私が机の下のスペースに本を押し込むと、ようやくゆっくりと授業が再開されて、私はみんなに紛れ込むのだ。

「行かなくていいわよ。手紙書くから」

そういう日には、学校に行く代わりに母はエイミー——私より学校をサボることが多かった——と私をゴールデン・ゲート・パーク、中でも昔よく行ったティーガーデンや、湾を横切った先のマウント・タムに連れていった。母は写真を撮るようになっていた。カメラは父の古いニコン。現像は自分でする。そうした講義を受けたことがあるに違いない。街のどこかに暗室があって、私たちが学校に行っているとき、あるいは午後私たちを置いて外出するとき、そこに行って作業をしていたのかもしれない。でも今となっては母がそれをしていた、つまり写真技術ほど母にとって目新しく、技を要することを学ぶ気力や集中力があったとは考えがたい。しかし私の手元には写真が残っている。ティーガーデンの向かいの植物園で撮られた白黒の光沢写真で、エイミーと私が写っている。エイミーは楽しそうな顔をしている。白鳥にパンのかけらを投げようと手を伸ばしているショットだ。だが白鳥に近づきすぎている。私はその背景に写っているが、母のトレンチコートのミニチュア版というほどお決まりだった濃紺のコートを着て、落ち着かなそうな顔をしている。まだ九歳だったが、背中を丸めている様子に、心からの笑みを浮かべることを拒否している様子に、ひどく自意識過剰な様子に、そこにいるのがどれほどいやかがすでに見てとれる。

マウント・タムはユーカリとゲッケイジュのにおいがした。私たちは地面に落ちていたゲッケイジュの葉を拾った。家でスパゲッティーソースに入れるのだ。母はホットドッグを焼くためにグリルに小さな黒い練炭を入れた。でも火はつけなかった。こうした外出のとき、母はいつも何か忘れ物をした。例えば液体のライターとか、ホットドッグとか。だから食事のしたくができるまでの長い間、私たちはいつもお腹を空かせていた。

マウント・タムは人けがなかった。他の人たちはみんな、職場とか学校とか、いるべき場所にいる時間だ。エイミーと私は山をちょろちょろと流れてゆく小川にグレープジュースの小さい缶を浸しておいた。飲みたくなるころには冷えているだろう。オークの枝は陽の光の中を曲がりながら枝を伸ばし、背が高くまっすぐなアメリカ松は木々の群れを突き抜けて伸びていた。長く渦巻く苔が木々からぶら下がっていた。

「魔法の森みたいだね」辺りを見回し、物語の構想をめぐらせながら私はエイミーに声をかけた。「そうだ、その橋、渡ってね」

母はピクニックテーブルのところに黙って座っていた。机上に置いた左右の手を合わせてカップ状にし、岩の上を流れる水を見ていた。

私は流れにかかる木の橋の下に潜り込み、岩の上にしゃがんだ。勢いよく流れる水の冷気に全身が包まれた。

エイミーが橋の上に来たとき、私は声をかけた。「私の橋の上を歩いているのは誰だ?」

母の方向から笑い声が聞こえてきた。エイミーは振り返った。

「見ちゃダメ」私はささやいた。エイミーは注意されて唇をすぼめた。私はまたトロール〔訳注　北欧伝説で地下や洞穴に住む巨人や小人〕の声色に戻った。「エイ、いい子だ。よそ見をするな。お前は私から逃げられない」私が言うとエイミーはクスクス笑い、その遊びに戻ってきた。

私たちは靴を脱いで、ズボンのすそをめくり上げ、汗ばんだ靴下の中でシワシワになっていた足を流れに浸した。足を前後にぶらぶらさせるとどがった岩にぶつかって痛かったので、冷たさも手伝って大胆にキャーキャー騒いだ。

午後遅くなってお腹がすいてきたので、ベンチの母の隣に座った。母が動く気配はない。私はピクニックテーブルの表面に線を描いた。木が柔らかいので爪で簡単に線がつく。母はじっとして、空《くう》を見つめている。何を見ているのか確かめようと視線の先を追ってゆくと、細い太陽光線の中にブヨやカがたくさん浮かんで見えた。セコイアの木の幹は光に照らされている。クモたちは木々の間の平らな場所を歩いている。ハエは影になった部分に入ったりそこから出たりして、ほんの一瞬見えたかと思うとまた消えた。まるで記憶のようだ。細部をチラチラと見せてはくれるが、それまでの人生全体には不透明な膜をかけてしまう。

「ママ」私はぼそぼそと声をかけた。「木炭に火をつけないの?」「もう少ししたらね」。それからさらに数分間、光の中で踊る虫たちを見ながら私たちは沈黙の時を過ごした。

ようやく母は重い腰を上げ、食料品店の茶色い紙袋からちぎった紙切れで木炭に点火した。エイミーと私はオレンジを食べながら、木炭が熱くなるのを待った。

駐車場に戻る途中、小川を横切るときに私は滑り、片足を濡らした。そのテニスシューズを履いたまま重い足取りで歩いていくと、車までずっと片足だけの濡れた足型が残った。

駐車場の近くで、私たちは森林警備隊員に会った。その日初めて会った人だ。

「いかがですか、ここは?」彼は親しげにしゃべりかけてきたが、それが母をいらだたせることを私は知っていた。

母は一瞬、無言になった——長すぎる間だった——そして口を開いた。「ええ、良かったわ」いつも見知らぬ人に使うぶっきらぼうな声だ。

その隊員は帽子の下からじっと母を見た。そしてエイミーをちらっと見た。エイミーはその人にニコッと微笑みかけた。エイミーはいつも知らない人に好印象を与える。そしてサラと私が用心深くなってからもずっと、素直で、無防備でいる。私は土の道を、濡れた足を引きずって歩いた。「では、またいらして下さい」そう言って去ってゆく彼の視線が私に突き刺さった。彼の考えていることはわかる。「なぜこの子は学校に行ってないのか?」

車の中でエイミーは歌を歌いたがった。私はエイミーを突き放し、風に当たろうとして開いた窓の窓枠に頭をあずけた。木々が車窓を通り過ぎるのを見ているうちに、私の気分と合わせるかのように、本当に気持ちが悪くなってきた。こうした日に行く場所は決まっている。ピクニックテーブルや公園のベンチだ。それも真っ昼間、みんなが働いたり学校に行ったりしているときに行く。大人だったらいいのに、と私は思った。そして虫をじっと見つめて、誰もいないのに、何もおもしろくもないのに声を出して笑っていたい。

そういった日を何度も過ごした。晴れた日、あるいは霧の日、母と家で過ごしたり、町をぶらぶらしたり、JFKドライブまで足を延ばしたり、ティーガーデンで毎年春になると成鳥になるカモを見たりした。母は私にいろいろな話をした。毎晩七時になると「ローレンス・ウェルク・ショー」〔訳注　米国人ミュージシャン、アコーディオン奏者（一九〇三―一九九二）の司会による番組（一九五五―一九八二）〕を見ていると言っていたが、ポルカが好きだからでなく、私に似た少女がコーラスにいるからだと言う。その番組を見ているすべての善人は私がいい子になる助けをしてくれるが、悪人は私を悪い側へと引っ張る。母は私のために見てくれているのだそうだ。

今、干ばつに見舞われているけれど、それはいいことだと母は言った。「普通、悪い人たちが天気をコントロールする力を持っているの」母は説明を続けた。「最近いい人たちが前よりがんばっているの。だからこうやって干ばつになるのよ」州全体が自発的に水を配給制にしていた。だが母は午後じゅうずっと台所の流しの蛇口を目一杯ひねって水を出しっぱなしにしていたし、時々庭のホースを茂みの中に引っ張ってゆき、やはり一晩ずっとポタポタと水を出しっぱなしにしておいた。近所の人たちは顔をしかめていたが、母があまりに怖くて何も言えなかったのだと思う。これが母なりの干ばつをやり過ごす方法だったのだろう。それは道理にかなっている。母が言うことはすべてある意味、道理にかなっていた。それにはパターンがある。もし私がそれを理解できるなら、それをすべて計算できるなら、私は安全だろう。母を操り、母が怒りを爆発させるのを防ぐ、少なくとも私に対して爆発させないようにするのは可能だろう。それまでのところ母の怒りの対象は私の父、私には見えない存在、家の壁や家具だった。そしてだんだんその怒りはサラにも向けられるようになってきていた。が、まだ私は標的にはなっていなかった。

エイミーと私は人形ごっこの新しいストーリーを考えていた。それにはヨーロッパへの旅、船上でのロマンス、洋服の詰まったトランク、初めて家を離れた若い女性、といった要素が含まれていた。ロマンスの場面では、人形の顔と顔を突き合わせ、型取りされたプラスチックの唇と唇を押し付けた。毎週土曜にテレビで見ていた古いモノクロ映画で見たキスの仕方を真似したのだ。

このストーリーには本からの拝借部分もある。『若草物語』でエイミーがマーチおばとヨーロッパに行くくだりだ。そのストーリーで、私たちは船を一〇〇回も出航させていた。二段ベッドの側面から何本も紙テープを投げ、手すりのそばに若い女性を立たせた。しかしその船をどこかに到着させたことは一度もなかったと思う。明らかな事実——つまりエイミーと私が一九六〇年の母の船旅を忠実に再現していたこと——に気付いたのはごく最近のことだ。よりいっそう魅力的に仕立てた旅を私たちは生き生きと描いていたのだ。その人形ごっこをしているとき、母の話のどの部分が私の頭に強く刻みこまれていたのだろう？　手すりのところに立っているのは母なのか、それとも青いドレスを着たジョーなのか？　それは一九六〇年のことなのか、それとも一八六〇年のことなのか？

私はときどきジョーだけで遊んだ。ジョーは両手をちょっと横に突き出して立っていた。バランスを保とうとしているかのようにグラグラしながら。指の上にはちょうど関節のように見える小さなプラスチックのふくらみがいくつもあった。私はジョーの硬い両腕をダンスの相手の背中に回し、まるで一つになったかのように一緒にスピンさせようとした。しかしジョーはパートナーにもたれかかろうとしなかった。彼女は回転するときも両腕を広げていて、広げた指に風が当たるのを感じていた。私がリビングで、押してくる力に抵抗しつつ、両手を広げた状態でくるくる回りながらどんどん加速し、ついにはまだ目の前で回っている床に息切れしたかたまりとなって崩れ落ちるときのように。

サラはもう私たちと人形ごっこをしなくなった。いつも、すぐにでも家から出ようと構えていた。友達の家に遊びに行くのだ。サラは自分のお金でバービーを買い、それを友達のナンシーの家に置いていた。ナンシーは恋人のケン、妹のスキッパー、キャンピングカー、いろいろな職業の恰好をしたバービー、とコレクションをすべて持っていた。

ときどきサラは自分のバービーを我が家にこっそり持ち込んだ。靴下に入れ、それを靴箱に入れ、それを自分のリュックの中に入れていた。サラと私はサラのベッドルームに付いているバスルームでそれを使って遊んだ。そこは家の中で母の部屋から一番遠い場所だった。私たちのところに来るには、母はサラの部屋を通過しなくてはならない。バスルームにいると母が入ってくる音が聞こえるのだ。

バービーで遊ばないときには、サラはそれに靴下をかぶせて靴箱に入れ、クローゼットの奥にしまっていた。それでも母はどういうわけかそれを見つけた。母はこうしたことに鼻が利いた。私たちが家に持ち込む毒性の物質をかぎつけるガイガーカウンターだ。母の叫び声が聞こえたので私は廊下に走り出たが、母の姿を見て凍りついた。母は片手でバービーを握りしめ、もう片手でサラの髪の毛をつかんでいた。サラの顔は見えなかった——母の体が邪魔をしていた——が、サラの悲鳴は聞こえた。しどろもどろに「そういうつもりじゃなかったの、そういうつもりじゃなかったの」と叫んでいた。母は両肩をつかんでサラを揺すぶり、壁にぶつけた。翌日サラの二の腕では、母の指につかまれた箇所が、いくつもの小さな打撲傷になっていた。母はサラを壁にぶつけていて、サラのあごがガクガクいう音が聞こえた。「私から何か隠せるとでも思ったの？　私はあなたの母親なのよ」母はバービーを高く掲げ、そのゴム製の足で姉の顔をひっぱたいた。

第11章

一九七五年の夏、父は私たち姉妹の完全な親権を求めて訴訟を起こした。ようやく裁判所で争われたのが一九七六年秋。一年半近くかかった。

私が五年生だった秋になってようやく児童福祉局は、審理の準備としてソーシャルワーカーを派遣してきた。その人は関係する当事者全員から話を聞き、家を観察し、裁判所に調査報告書を提出することになっていた。

母はその人を迎え撃つ準備をした。私たちは母が道を空ける手伝いをした。昔走っていた、長い玄関ホールから、ピアノの脇を通り、リビングの長椅子まで続くルートである。ベッドルームや台所につながる、廊下沿いにあるいくつかのドアは強引に閉め、通行の邪魔になるかもしれない物は何でもそうしたドアの裏に積んだ。リビングに通じているダイニングは隠しようもないので、あまり近づかなければきれいに見えるようにアレンジした。食卓の上にあった物はすべて移動させた。机の上に落ち着いてしまっていたミシンや布地や型紙、さらに請求書、紙類、本などを母のベッドルームの床へと運んだ。裏の玄関はリビングや正面玄関から引きずってきた郵便物や新聞であふれてしまい、サラは自分の部屋に出入りするのが大変になったし、裏口のドアは通り抜けできなくなった。私たちはダイニングのコーヒーテーブルや寄木の床の上のガラクタをすべてすくい上げて、同じくダイニングの食器棚の引き出しに詰め込み、引き出しが閉まるように上からぐいぐい押した。家じゅうに散らかっていた私たちのもの――洋服、ゲーム、おもちゃ、本――は、私とエイミーが一緒に使っているベッドルームの大きなウォークインクローゼットに押し込んだ。

玄関ホールとリビングに母が掃除機をかけると、掃除機は画鋲、コイン、輪ゴム、二年間でたまったガラクタが詰まりそうになり、揺れてガタガタしながらも、何とか仕事をこなしてくれた。すると引っ越してきたわずか四年前には、ガランとしてどこまでも続くように見えたスカイブルーのカーペットがあらわになって、私たちはショックを受けた。掃除機をかけると油っぽく汚いシミや、茶色い汚れがあちこちで目立ち、あれこれやってみたが落ちなかった。それらをできるだけ隠すために、長椅子とひじかけ椅子を動かし、敷物を広げた。それが終わると私たちは、児童福祉局の担当者が来るのを、見慣れぬきれいなリビングで待った。

ジュードソンさんは緑のソファーのはじに座り、黒い書類かばんから取り出した書類の束をメガネ越しに見た。ベッドルームや台所など、家のほかの部分を見せてくれと言われたかどうかは覚えていない。もし台所を見られたら、万事休す、だった。母は家を全部見せようと申し出はしなかっただろう。母は会話の流れを断つのがうまかった。

彼は恰幅のいい中年のおじさんだった。スーツはおそらく数年前ならもっと体型に合っていたのだろうが、ソファーに座っているのが窮屈そうだった。私は反対のはじに座っていた。腕も含め椅子に背中をくっつけていたので、貼られた生地を通してソファーの骨組みが感じられた。私はおなかのところに小さなクッションを抱え、そのおじさんが口を開くのを待つ間、その表面のらせん模様を指でなぞっていた。何を話すべきか、母から事前に指導を受けてはいなかった。でも母は閉められたドアのすぐ向こうの廊下に立って聞き耳を立てているだろうと思った。サラの記憶によると、母はもっと近く、ダイニングにいて、一言一句漏らさず聞いていたという。

ジュードソンさんは向きを変えて腰を落ち着かせ、最後に小さなリングノートを書類かばんから取り出した。そして鼻の上に乗っているべっこう縁のメガネを下げて、その縁の上から私を見下ろした。私は人差指を緑のペイズリー模様の外に置いたままで、出たり入ったりしながら渦巻き模様をなぞろうとした。模様が変わるたびに私の指はペイズリー模様の内側に入ってしまった。ジュードソンさんはニコッとして、学校、成績、友達のことなどいくつか質問をしてきた。私は担任の名前はコリンズ先生で、親友の名前はリサで、「優等生」コースに入れられたばかりだ、と言った。おじさんはうなずいた。これは予備テストだ。

次にジュードソンさんはギアを変えてきた。「言いたいことは何でも遠慮せずに言ってほしいんだ。ママにもパパにも伝えないから、心配しなくていいよ。いいかな？」そしてメガネの向こうから、年期の入った気遣いの表情をしてみせた。

「うん」私は小声で言った。私の合図を察して声を低くしてくれ、と願いながら。

「お母さんの家とお父さんの家、どっちにいるのが好き？」

私はうつむき、クッションの緑色のつづれ織りに爪を押し付けた。お父さんと暮らしたい、とそのおじさんに言いたかった。それを伝えるつもりだった。でも聞かれたそのままに答えるべきだと感じた。

「お父さんの家」私はおじさんを見上げた。「すごくきれいなの」

おじさんはうなずき、何かを書き留めた。

「ここも好き」そう言ってまたうつむいた。そして一瞬口をつぐみ、視線をダイニングのほうに向けた。

「いくつか問題があるの」目に涙があふれてきたが、何とか引っ込められると思った。私は息をつき、言葉を探した。もしストレスがもっと少ない状況だったとしても、言葉を見つけるのに時間がかかっただろう。「わかるよ。とても難しいことだね」ジュードソンさんの言葉に私の思考が途切れた。「きみはお父さんもお母さんも両方とも愛しているんだね」

「うん」私はぽそっと言った。それは紛れもない事実だったが、今は問題ではなかった。

「いくつか問題があるの」おじさんの興味を惹こうと思い、もう一度思い切って言ってみた。

「わかるよ。どんな家族にも問題はある。そうだよね」まるで初めて思いついたかのようにおじさんは言った。「お父さんかお母さんか、どちらかを選ぶ必要はないんだよ」私はおじさんを見返し、眉を寄せた。選ばなければならないのはわかりきっている――そこが一番の問題じゃないの？

ジュードソンさんは自分のかばんに手を入れ、ポケットティッシュを取り出し、一枚私に渡してくれた。私は目をぬぐい、おじさんはメモ帳にさらに何かを書き足した。私は頭の中で作文してみた。「お母さんはあまり調子が良くないの。お母さんは時々すごく怒るの。お母さんは時々お姉ちゃんにひどく腹を立てるの」いっそうかしこまって、私はおじさんが書き終わるのを待った。

おじさんは突然顔を上げると私を見た。「わかった。じゃあ、次はお姉さんの番だ」そしてもう一度ノートに視線を落とした。「サラだ。サラを連れてきてくれる？」

おじさんがお願い、という顔をして私を見ているとき、私は一瞬そこで固まっていた。「うん」私はそう答えるとゆっくりとクッションをひざから離した。そして立ち上がるともう一度チラッとおじさんを見た。頭が混乱し、恥ずかしくなった。ともかくしくじったこと、するべきことをする勇気がなかったことは自覚していた。サラがもっとうまくやってくれることを期待するしかなかった。

それから数週間後、母は四つ折りにされた分厚い法律関係の書類を取り出した。「これは裁判所の決定よ」と母は言った。

私は母のベッドの足元に座っていた。心臓がドキドキした。母は壁にくっつけて置いてある自分のシングルベッドの上にあぐらをかき、渦巻くシーツや毛布に埋もれて座っていた。ダイニングのガラクタがまだそこにあったので、床の上には物が散らかっている。そしていつもシェードが下ろされているので薄暗い。だから母の表情ははっきり読み取れなかった。

「サラとエイミーは母親と暮らしたいけれど、ローラは決めかねている、と書いてあるわ」母を見る勇気はなかったが、最後には確実に私に落とされる雷に備えてこうべを垂れて背中を丸めていた。母はほとんど一呼吸も置かずに続けた。「向こうは間違えたわね。あなたの名前とサラの名前を取り違えてる」

母は確認するために私に目を向けることさえせずページをめくり続けた。私は自分からは何も言わなかった。ただそこに、床に座って、その場に圧倒されるのを感じていた。そんなふうに打ちのめされて、訂正もできず、ただ時が過ぎるのを黙って待つしかなかった。その他さまざまな状況も手伝って、この一件でサラに対する風当たりが強くなることを予測する時間は十分にあった。すでに直観していたこと——人は相手が黙っていれば自分に同意してくれているとみなす、ということ——を受け入れる時間も十分にあった。

その晩、ようやく母から解放されて一人で横になっているとき、私は失望感に押しつぶされていた。裁判所はジュードソンさんの報告書に従って、母に完全な親権を認めたのだ。父には今までどおり週末に私たちを迎える権利はあったが、でも、それだけだった。今後父と暮らす道は絶たれた。このアパート、この散らかり放題の家で、相変わらず母と一緒に暮らしてゆくのだ。その現実はあまりに大きく、重く、予想外だったので、耐えられる気がしなかった。その何か月か、私を取り巻いている状況はずっと続くわけではない、母という重苦しい存在から解放された今とは違う未来が来る、きれいなカーペットの上で暮らす日、毎晩夕食をテーブルで食べる日が来る、と信じ、その信念が私という存在を根っこの部分で支えていた。心の中にそんな未来像を描いていたからこそ、辛い日々でも耐えられたのだ。

別室からテレビの音が聞こえた。うつろな笑い声もする――母は毎晩ジョニー・カーソン〔訳注　一九二五―二〇〇五。米テレビ司会者、俳優、コメディアン〕がやっているトーク番組を見ていた。布団の中は暑かった。きっと今晩は眠れないだろう。

それにしてもサラはどうしてしまったのか？　サラは私以上に父と暮らしたがっている。なぜジュードソンさんに本当のことを言わなかったのだろう？　少なくとも私はちょっとは危険な橋を渡った――なのにどうして？　私はサラに激しい怒りを感じた。でも私に腹を立てる資格はない。サラは何も言わなかったのに、私の発言でとばっちりを受けるのだから。

父にも腹が立った。父は絶対大丈夫と確信していた。でも負けた。一緒に住めると約束してくれた。状況は変わる、それもすぐに変わる、と。父には未来を知る力があると当てにしていた。父は何を知っていたのか？　床が崩れて奈落の底へと自分がどんどん落ちてゆく気がした。たぶん父は何も知らなかったのだ。たぶん父は母より強くはなかったのだ。なのに私はサラに腹を立てられないのと同じで、父に腹を立てる立場にもなかった。何せ父は私にとって唯一の生命線だったから。

そこでジュードソンさんを標的にした。彼に対する純粋でストレートな憎しみのせいで、夜がふけても目がさえていた。私の発言を母には知らせない、と彼は私に約束した。そうして彼はすべてを書き留め、そのコピーを母に送った。最初からずっとそうするつもりで、ただ話をさせたいがために私に嘘をついたのだ。

いつしかベッドで腹ばいになり、私は組んだ両手をベッドの枠に押し付けて、神に祈りの言葉を捧げた。

神に自分の状況を話した。思い出せる限り昔の話から始めた。このアパートに引っ越してきたころはどうだったか、どう母は変わったか。どれほど母が神の救いを必要としているか。それよりも何よりも、私が父と一緒に暮らせるようになるには、どれほど神の助けが必要か。私は不平不満を次々と挙げた。床全体に物が散らかっていること。それはきっと天にいる神からも見えるだろう。母が悪魔と話をすること。母がものすごく怒ること。私たちを家から出してくれないこと。祖父も、学校の先生たちも、近所の人たちも、店や通りにいる人たちも――みんながどれほど母を恐れているか。

そしてさらに夜もふけて、泣いて、語って、疲れきったとき、私の心は穏やかになり、告白により魂が洗われ、夜のとばりの中で耳を澄ましてくれている同情的な存在を感じた。そうしてようやく私は眠りに落ちた。

それから何日間か、バスで学校に行く途中、あるいはリビングの窓のそばで読書をしているとき、湾にどれほど霧が広がってきたか確かめようと本から目を上げるとき、大災害が起きたらこの現実から逃れられる、という思いにとらわれた。火事、洪水、地震。家を壊して私たちを強引に追い出してくれる巨大なパワーをもつ何かだ。誘拐。誘拐がいい。湾のちょうど向こうにあるバークレーで、寮の部屋から連れ去られたパティー・ハーストのことで私の頭はいっぱいになった。彼女が誘拐される場面が繰り返し頭に浮かんだ。もちろん実際にその場面を見たわけではないが。そして母が例のトレンチコートを着て、涙を隠すためにハースト夫人のように大きな黒いサングラスをかけてマイクの列の前に立つ姿を想像した。ここで現実が割り込んでくる。母は悲しむよりも怒りをあらわにするだろう。母は記者たちに向かって何か的外れなこと、誰も理解できないことを口にするだろう。だがその言葉は辛らつだ――激しい怒りはかろうじてコートの下に隠してはいるが。記者たちは当惑して互いに顔を見合わせる。「ひでえな。俺たちがあの人の娘を誘拐したんじゃないんだぜ」と心の中で思う。でも母が誘拐したのでもない。母は記者たちがみんなグルであることをはっきり認識していて、彼らをにらみ続ける。母がすべてをぶち壊したのだ。

第12章

父は自分のアパートの居間で、長い両足を軽々と床につけて青いコーデュロイのソファーに座っていた。私は父の向かいに置いてある、ゆったりとした緑色のひじかけ椅子に座っていた。もともと二十四番大通りの家にあったもので、父が家を出てから引っ越すたびに三つのアパートに同行し、最終的にこのジャクソン通りにあるアパートに落ち着いたのだ。父と私は何度もその部屋で長い時間話をしたが、その日曜の午後もずっと話し続けていた。私はそのとき十歳だった。

「それ、どういう意味?」私はその言葉に焦点を当てようとして目を細めながら父にたずねた。私が発音できるようになるまで、父は「統合失調症」という単語を数回繰り返さなければならなかった。それは長く、耳慣れず、はっきり言って不快だった。それでも、それは拠り所にできる何か、そのまわりに私の世界をもう一度築くことができる何かだという気がした。

「何が現実で何がそうでないか、その違いがわからなくなる人のことなんだ」

私はうなずいた。そう、その通りだった。「お母さんは悪魔にしゃべりかけるの。それとJFKにも」

父は短くうなずいた。もうそれ以上聞きたくないことが見てとれた。父は私ほど細かい点にまで興味をもたなかった。父はもうずいぶん前に、母の内なる世界に対して壁を築いていた。話を聞く代わりに、父はその病気について説明してくれた。

何かの名前を言えるということは、それを理解しているということだ。そして、何かの名前を言えるということは、もう少しでそれをコントロールできるということだ。さらに一番はっきりしているのは、何かの名前を言えるということは、自分はもうその一部ではないということだ。私はそんな幻想にとらわれて安心してしまった。母は現実とそうでないことの区別がつかないが、私にはつく。私はここにいて、大人のように父としゃべっている。たとえまだ足が床に届かなかったとしても、正気な父側にしっかりと根を下ろしている。統合失調症、その言葉は私の後ろでバンと金属音を立てて閉まろうとしている牢獄の扉のようだった。私はそこから出ようとしていたが、母はそこから動かなかった。

「統合失調症にはいくつか種類があるんだ。母さんのは妄想型統合失調症だ」

「妄想型」という言葉は以前から知っていた。二語がくっつくと二重に不快だった。

自分が病気だと自覚できないのが症状の一つだという。みんなが自分に敵対している、と考えるのも、声が聞こえたり、訳のわからないことを言ったり、怒ったりするのもその病気の症例なのだ。

「きみたちの親権を勝ち取る唯一の方法は、きみたちの母親が親としてふさわしくないって証明することだ。つまりすべてをさらけ出すってことだ。前回はそれは避けたいと思った。醜い面をさらけ出したくなかったんだ」

「醜い」が何を意味するかわからなかったけれど、私はうなずいた。

最初父は、裁判官であろうと、チャイルド・ケア・ワーカーであろうと、その他誰であろうと、母と十五分話せばどのような状況かわかってくれるだろうと思っていた。そしてジュードソンさんがアパートに来たときには――私たち姉妹が何を言おうとも――来るだけで十分だと父は確信していた。

一九七七年当時、子供たちは母親のもとに置いておくべきだ、という考えに裁判所が大きく傾いている現実を、父はひじょうに甘く見ていた。裁判所はなんと分別を欠いていたのだろう。さらに母は自分がそうしようと思えば他人に対してまだまったく問題なくきちんと振る舞えたし、穏やかに人を信じ込ませることもできた。父はその力も見くびっていた。

裁判官が審理を行った日、父と母は裁判官室〔訳注　裁判官が公開を要しない事件を審理する場所〕で裁判官の目の前で顔を合わせた。父は弁護士を伴っていたが、母は一人で乗り込んだ。裁判官の目の前にはジュードソンさんからの報告書が置かれている。裁判官がそれを読みあげるうちに、父はだんだん動揺してきた。母に親権を与えようと、裁判官がすでに心を決めていることは明らかだった。それゆえ父は不意打ちを食らいショックを受け、冷静さを失った。一方母は落ち着きはらって椅子に座り、自ら起こした訴訟を父が自ら壊してゆくのを傍観していた。

「きみの母さんはすごく利口だった。スティンソン・ビーチへのあの旅行の話を持ち出して裁判官を手玉にとったんだ」と父は言った。

私はうなずいたが、バツが悪かった。二か月ほど前、ビーチ近くの友人宅に泊めてもらったが、そこには客用の寝室が一つしかなかった。だから私たち姉妹とジェニと父は、みんな同じ部屋に泊まった。当然ながら母はこの情報を、帰宅した私たちから強引に聞き出した。それを話してしまったことに罪悪感を覚えた。七〇代になる裁判官はひどくショックを受けた。それ以上に父がジェニと同棲していることに大いに憤慨し、母に親権を与えただけでなく、私たちが週末に父の家に滞在するときジェニは一緒にいるべきでない、と最終的な裁定にあえて明記した。

ただ一つ良いニュースと言えば、私たち全員の心理鑑定をその裁判官が命じたことだった。しかしそれでさえ、必ずしも母をターゲットとしたものではなかった。その日裁判官室で、旗色が悪いと悟った父は激昂し、裁判官に向かって大声で怒鳴るように、母の心理鑑定をすべきだ、と要求したのだ。「わかりました、フリンさん」裁判官は最後にこう言った。「私もまさにそうしようと思っていました。あなたたち全員の心理鑑定を依頼しようとしていたところです。フリン夫人も、あなたのお子さんたちも、そしてあなたも」

　これで流れが変わるだろう、と父は私に断言した。「一度精神科医がお前の母さんと話をしたら、すべてひっくり返るさ」

　私はうなずき、足で軽く椅子を蹴った。

「ちょっと時間かかるだろうな。しばらくは我慢だぞ」

　私はまさに我慢の鬼だった。私は家の前のコンクリートのパティオを行ったり来たりしながら、缶の山をちらっと振り返った。何度も蹴られて真ん中あたりがへこんでもろくなった缶が、不安定なピラミッド形に積み上げられている。コロラド、ニュー・メキシコ、ユタ、アリゾナの四州がくっついているように、パティオで正方形のタイル四枚の四本の線が交わるところに私はそのピラミッドを作った。しかしそこはわずかにパティオの真ん中から外れているので、歩道を突進してきてそのままストレートに缶を蹴ることはできないはずだ。最後にスピードを落として急ハンドルを切らなくてはならないだろう。その結果、二、三秒余計に時間を食うため、その分私のほうが早く缶に到達できる。

　人がいる気配はした。近隣に響き渡る声で私が数を数えていたとき、仲間の大半が左方向に走っていったのは足音でわかった。だがこっそり下って通りに出てその後迂回し、右方向から来る可能性もある。だから左右両方を見張らなくてはならない。私はパティオのはじへと歩きながらも約一メートルごとに立ち止まり、肩越しに振り返って見た。人の動き、息遣い、第一歩を聞き逃すまいと身を固くした。その後突然、突進する。パティオのはじまで走り、壁から身を乗り出して通りを見下ろし、ガレージに誰かが貼り付いていないか確認するのだ。すぐ下の通りでは何も動いていなかった。体を起こすと、化粧しっくいの壁の白い石灰の粉がおなかのところについていた。

振り返ると、半ブロックほど先で赤い物がちらっと動くのが見えた。低木一本分だけ缶に近づいたとき、テオが垣根の後ろですべったのだ。その途端、私もテオも走り出した。彼は私に見られたことに気付き、缶に向かってダッシュした。大きなテニスシューズを履いた彼の足が地面をピシャピシャ蹴る音がした。私は地面にしゃがみこみながら缶を三回たたいた。その瞬間、彼が私の手の辺りに蹴り込んできた。私は飛びのいた。彼の足が下段の二つの缶を蹴った。小さな子供たちは飛び上がり、ほうぼうに散り始めた。しかし私はまだてっぺんにあった缶を手に持っていた。テオはフェアだった。階段の上に腰を下ろし、他の子供たちに戻ってこいと叫んだ。

それより前に私は小さな子供たちを捕まえていた。彼らは茂みから茂みへと盗塁のように移動するとき音をたてる。そのため姿を見る前に気配でわかり、さっさと一人ずつ捕まえていった。エイミー、アリソン、エレノア、ウィリー、フランセスの五人が私たちのアパートにつながる階段に固まって座り、私を見ていた。そして誰かが突撃してきて自分たちを解放してくれるのを待っていた。たいていのゲームでは、捕まえなくてはいけないのは一人と相場は決まっている。捕まった人が鬼になり、今度は自分も逃げる側に加わる。缶蹴りでは全員を捕まえなくてはならない。誰かの姿が見えたら缶に向かって走り、その人の名前を呼び、同時に最上段の缶を三度たたく。そのときでさえ、まだ捕まっていない誰かが疾走してきて缶を蹴り、とらわれた仲間全員を自由にすることもありうる。

ウィリーは私が数え終わるのとほぼ同時に缶に向かって大胆にも突進してきた。まだ誰も捕まえていないというのに。彼はただスリルが味わいたくて走ってきたのだ。私は楽勝で彼より早く缶に到達した。そんなまぬけな少年のエネルギーなど、手に負えたものではない。

サラかテオかスティーブンを最初に捕まえたかった。ウィリーのような幼い子が鬼になると、通常ゲームは壊れる。缶は何度も蹴られ、その子は疲れていやになってきて、しまいには泣きながら家に帰ってしまう。すると他の子供たちは「もういやだ、もういやだ」と歌いながらそのあとについてゆく。サラがストップをかけるまでその歌はやまない。

私たちは学校から帰るとずっと外にいた。腰まわりにスエットシャツを巻き、伸ばした綿の袖をおなかのあたりでギュッと結んでいた。これがあれば霧がやってきても家の中に入らなくてすむ。母はずっとうちにいて、私たちは外に出る。新聞の山の脇をすり抜け、サラの部屋の横を通り、裏の玄関からこっそり出るのだ。母は毎日新聞を読むのにそれを捨てなかった。折って、積み重ね、その山がひざの高さ、ももの高さ、そしてついにはウエストの高さ、というふうにだんだん高くなり、それがドアまで続いていた。

私たちも少し成長し――私が十歳でサラが十三歳――、そのブロックを下ったところの男の子たちとも友達になれた。その一年前なら無理だっただろう。二十四番大通りに引っ越して来てからは、たいてい私たち姉妹だけでパティオで縄跳びなどをしていた。ときには学校の友達と一緒に遊ぶこともあったが、友人たちを家に上げることはできなかった。その代わり、私たちの建物の前にあり、歩道への出入り口となっているコンクリートの正方形、六メートル四方のパティオがたまり場となっていた。あるいは自転車で静かにそのブロックを下ってゆくこともあった。すると少年たちが自分たちの自転車に乗って、私たちの脇を風のようにすり抜けていく。私たちをもう少しで倒しそうなほど近寄るのに、ひとこともしゃべりはしなかった。

同じぐらいの年齢の近所の女の子たちは私たちに近寄らなかった。私たちは私立の学校に通っていなかった。おそらくそれが主な原因だ。だが、手作りの洋服、異常なまでのシャイさ、近隣に流れる母に関するあれやこれやのうわさも一役買っていたのだろう。

その夏のいつだったか、私たちの遊びが男の子たちの遊びとかぶるようになった。誰も「やあ」とも言わなかったし、自己紹介もしなかった。ある日二十四番大通りの一番はじの袋小路で、気付くとみんなで一緒にスパッド〔訳注　規定のカウント内で逃げた者たちに鬼がボールを当てて鬼が交代する子供の遊び〕をして遊んでいた。その後私たちは彼らに、前の年にデンバーで仕入れてきたゲームを教えた。

スティーブンとケビンとウィリーは坂を下った丘のふもとの、大きくて不恰好な家に住んでいた。私たちのブロックのはじを走っている路地をまっすぐビッグホイール〔訳注　前輪が大きい三輪車で幼児以外でも乗る〕で下ってゆくと、自然に入ってしまう私道がある家だ。彼らは金持ちだった。子供たちみんながそれを知っていたのは、家が大きかったからである。家が貧相で私たちがバツの悪い思いしているのと同じように、彼らはその大きさできまり悪さを感じていた。

ほんの数回だけその家に入ったことがある。しんと静まりかえった大きな玄関から廊下を通っていくと台所に出る。そこはアイランドキッチンになっていて、壁際にはぐるりと一周するようにカウンターが取り付けられていた。電気製品はピカピカで、床にはスパニッシュタイルが敷き詰められていた。ある部屋には巨大な革のソファーがあった。そこに彼らは体育座りをし、ココアパフの箱に片手を突っ込みながらテレビを見るのだ。彼らの両親を間近で見たことは一度もなかったが——私道で車に乗る、あるいは車から降りる姿は見たことがあった——家の中にはスペイン語をしゃべるメイドだけがいて、冷蔵庫から彼らを追い払っていた。

スティーブンの家で私たちは電動レーシングカーの軌道をセットしたが、未完成の高架式高速道路のように、床からかなり離れた空中で途切れたままにした。私たちは車の方向を急に変えたり、終点から飛び出させたりした。それら小さなマッチ箱のような車はリビングを横断して飛んだ。

スティーブンはＧＩジョー〔訳注　兵隊の着せ替え人形シリーズ。一九六四年に米国のバズブロ社から発売された〕を持っていた。彼がその人形を、片足ずつぎこちなく動かし、床を行進させるのを私は見ていた。一歩進むごとにその胴体は、リンボーダンスでバーをくぐろうとしているかのように、少しずつ後ろに傾く。スティーブンは人形の上体を起こしておかなくてはならず、動いている足とまっすぐになるよう体を立てた。ＧＩジョーはきわめて面白味に欠けていた。硬くて、頑丈そうで、見るからに戦闘要員だった。そんなふうに自分の人形を動かそうなどと、私は思ったこともなかった。私の人形たちの青白い足は部屋の中を滑るように移動するとき、ギャザーの入ったスカートとペチコートの下で宙に浮いていた。目的地に着いて初めて地面に足が着く。

スティーブンの家でやった遊びは単純明快だった。どのぐらい早く走れるか。部屋のどのぐらい遠くまでその車を飛ばせるか。手を放してから何メートルぐらいビッグホイールを進ませられるか。何の計画もなければ、何のストーリーもない。しかしそれでいて部屋の空気は重苦しくない。少なくともどんな苦痛も私は感じなかった。

私たち六人が中心メンバーだった。私たちが連れてくる迷い子たちがさらに集団を大きくした。サラがベビーシッターとして面倒を見ているアリソンとエイダン、そのブロックを下ったところのピーボディー家の姉妹、家にテレビがなく、フレンチ・アメリカンの学校に通っていて、私たちの誰よりも風変りで、うちのアパートの廊下をはさんだ部屋に住むフランセス、といった面々だ。

私たちは夏じゅうずっと缶蹴り、戦争ごっこをした。みんなの家の裏庭をはい上った。夏休みが終わり学校が始まってからも、午後家に帰ると私たちは集まった。ハロウィーンのときには我が家のアパートの地下にお化け屋敷を作った。クモの巣をぶら下げ、小さな子供たちにグール〔訳注　墓をあばき死肉を食う悪魔。イスラム教伝説〕の格好をさせた。フランセスにはドラキュラのコスチュームを着せ、歯が抜けたように見せかけ、子供たちが入ってきたら乾燥機から出てきておどかすように言った。さらにアパートの裏庭でちょっとした劇を上演した。その笑いの大半は男女逆の服を着ることによるものだった。スティーブンは赤ずきんのおばあさんのようにモップの先で作った白いかつらをかぶった。入場料として一ドル払ってもらい、みんなの両親が来た。私の母さえも。

ビッグホイールで二十四番大通りを下るレースもした。丘は急だが、ビッグホイールにはブレーキがないし、ひじょうにスピードが出ているときにはハンドルも利かない。ただペダルから両足を離して空中に浮かせ、勝手に走らせる。それを停止させる唯一の方法は体重移動だ。丘を下ったらそれをターンさせつつ傾ける。そしてウエスト・クレイ・パークの平らな部分でストップさせるのだ。もしターンさせなければビッグホイールから転がり落ちなければならない。そうしないとどこかに激突する。コンクリート上でそり滑りをするようなものだ。サラは丘のふもとに立ち、旗代わりのバンダナを手に交通をストップさせる。そして運転手たちに、競技者が下ってくるまで待って下さい、と穏やかに説明するのだ。

一年半か二年間、私たちはそのブロックを占拠した。夏、秋、冬と、どっぷり日が暮れたあとまで外で遊んでいた。互いに何の質問もしなかった。その点、男の子たちは親切だった。少なくとも彼らが意地悪になるまでは。

テオは長い脚をあごにくっつけるように持ち上げ、階段の一番上に座っていた。茶色い髪が肩にかかっていた。私はパティオの一番はじまでゆっくりと歩いていった。それまでより神経質になっていたのは、守るべきものがあったからだ。私は視界のはじでテオを見ていた。通りをちらっと見る視線で彼が誰かの隠れ場所をバラしてくれないかと思ったからだ。私の家のちょうど裏の二十五番大通りに住んでいたテオは、毎日私たちと遊ぶために我が家の裏庭を通って上ってきて、私たちの仲間に加わった。私より一歳年上で、スティーブンは私と同級生だった。彼らにとってサラは年上すぎるしエイミーは幼すぎることはわかっていた。だからもし誰かが、というのであればそれは私以外にありえなかった。昨日はテオが好きだったが、今日はスティーブン、というようにいつも思いは揺れていた。でもそれは大した問題ではなかった。誰にも話したことはなかったし、いずれにせよそのようなことを口に出して問題視することはありえなかった。

私は首の後ろのほうに手を伸ばし、触り慣れた結び目に触れた。結んだ髪の片方を手に取って、それをゆっくり引っ張ってほどき、つぎにもう一本をほどいた。以前は学校に行く前に母が順番に私たちの髪をブラッシングしてくれたものだった。それがだんだんいいかげんになり、後ろ髪がもつれていても、表面をブラッシングするだけになった。その後母はまったく私たちの髪の面倒を見なくなったので、放り出された私たちは自分自身のもつれ髪と格闘しなければならなくなった。勝ち目のない戦いだった。週末には父が私たちを自分の目の前の床に座らせ、自分は長椅子に座ってブラシを操った。父はブラシのちゃんとした使い方を知らなかった。それに辛抱強くなかった。ブラッシング後、父がぐいっと引っ張った円形の部分は頭皮がひどく傷んだ。ときどき母は私たちの髪を切ってしまおうとした。私たちはそれもいやだった。いつもエイミーと私が泣きながら反対した。どれだけもつれていようとも、少しでも髪を失うのは耐えがたかった。

もしサラとスティーブンを捕まえられたら、私はゲームから解放されて家に帰るだろう。私はじっと缶の近くにいて、付け入るすきを与えなかった。長い間、何も起こらなかった。みんな私がその場を外すのを待っていた。私が注意を怠り危険を冒すことを望んでいた。彼らを捕まえるなら、必要なのはスピードでなく忍耐だ。サラとスティーブンは両方とも私より足が速い。二人が私より辛抱強かったらいやだなと思った。私は神経をとがらせつつ同じ調子でゆっくり弧を描くようにパティオを歩き続けたが、どんなときでも缶から六メートル以内にいた。彼らが私の歩数を数えている場合に備えて、私は時々突然向きを変えた。どちらかが私を出し抜いて突進してくるかもしれないからだ。

　私はリビングで怒りながら立っていた。母はゆっくりと私の足のまわりを回り、私用に縫い上げたばかりのズボンのすそにまち針を刺していた。私は外で遊んでいたのに、この試着のために家に呼び入れられたのだ。ズボンのあまりのひどさに、下を見ようという気になれなかった。うすい綿の生地で、赤、白、青がめちゃくちゃに入り乱れていている模様の上に——建国二〇〇周年を記念して——列に並んだ星とストライプが何本も縦方向に伸びている。実際に人が着るものには見えない。万一、ひょっとして使えるとしたら、枕カバーぐらいか。そんなズボン、はく気はさらさらなかった。学校は当然、外遊びのときでも、家の中でも無理だ。

　ブルージーンズが手に入るなら、どんなものでも差し出しただろう。もう何年も買ってもらっていなかった。ズボンにチャックがついているだけで大喜びしただろう。母はチャックをつけなかった。母が使っていたバタリック〔訳注 型紙メーカー〕の型紙の外袋を飾っていたのはブロンドの髪をカールさせた女の子か、巧みにスケッチされた背が高くやせた女性で、そんな感じの素敵なものができそうな気配を漂わせていた。でももう私はだまされない。そのスケッチのようなものができてきたことは一度もない。ウエストのところに母が縫い込むゴムのせいで、おなかのあたりがぽっこり突き出してしまうのだ。せめて、無地とかはっきりしない模様とか、人目を引かない布を使ってほしかった。

そうした話を母にしても無駄だった。私が「誰もこんなズボンはいていない」と言うと母は「もしみんながゴールデン・ゲート・ブリッジから飛び降りたらあなたも飛び降りるの？」とくる。

まち針を留め終えると、母は一歩下がって自らの作品の全体像を確認した。私は針で刺されないよう注意しながらイライラして足をズボンから抜き、目をそらせた。

「七月四日にははけばいいわ」と母。

「自分が花火だと思われたいならね」いかにもいやそうな言い方で、その言葉は考える間もなく私の口から飛び出したので、母と同じぐらい自分でもショックを受けた。

母はキッと顔を上げた。そしてサッとひざ立ちになると手を伸ばして私の左右のほおをたたいた。それも強く。次の一発から逃れようと私は顔を反らせたが、母はドサッと腰を下ろした。息が荒く、まだピリピリしている。私は動きも泣きもしなかった。

「もう二度とそんな口を利くんじゃないわ」母はピシャっと言い放った。

「ごめんなさい」

「二度とよ」

「わかった」

その後ショックで頭がクラクラし、ほおが燃えるように熱いのを感じながら、自分はフリーパスなど持っていない、という事実をのみこんだ。サラに対するのと同じぐらい素早く、きつく、母は私に手を上げたのだ。

アパートの玄関ホールでサラとエイミーと私は腹ばいになり、ひじを付いてあごを両手で支え、輪になって顔を寄せた。その輪の真ん中には、無許可のごちそうが広げられていた。私が手にもっているホステス〔訳注　米国の大量販売の菓子、パンメーカー〕のフルーツパイには人を元気づけるような重さがあった。私は全体が見えるように包みをはがした。それはやや長方形に近い三日月形で、周囲に波型模様がついている。一口かじるとまず糖衣の甘さが舌を襲い、続いてパイ生地のわずかな塩味が追いかけてくる。そのあとでフィリングの澄んだピンクの液体が漏れ出すのだ。

手にフルーツパイを持つと、その重みがこれから体に入るのを感じる。だからフルーツパイはつねに私たちの最初の一品なのだ。

母が外出する午後、母のトレンチコートが角を曲がって消えるのを確かめると、私たちはこっそりお菓子屋さんに行き、母がひどくきらっている食べ物を買うのだ。問題は、母がいつ帰ってくるかはっきりしないことだった。銀行に行ったり食料品を買ったり、といった雑用なら――そのころはたいてい母が自分でするようになっていた――見積もって、いつ戻るか予測できた。しかしそうでないとき、母はどこに行くか言わなかった。何時間も外に出ていることが以前より増えてきた。そして手に何も持たず真っ暗になってから帰宅する。でも絶対とは言い切れない。いつ何どき、あの角を曲がってくるか知れないのだ。

だから私たちは素早く行動した。まず長椅子のクッションの下や玄関ホールに置いてある台の引き出しの奥などから小銭をあさる――母は決してお金がなくなったことに気付かない。さらに貯金箱を振って細い穴からコインを出す。台所のペニーボール〔訳注　小銭が必要なときのために細かい硬貨を入れておく容器。スーパーのレジ近くなどに置かれている場合もある〕から一〇セント硬貨をあさる。フルーツパイは一つ三五セント。だから五ドル持っていれば、トゥインキーやチョコレートカップケーキ、キャンディーバー、７ｕｐなど、残りでどれを買おうか相談できた〔訳注　一九七六年当時、一ドル約三〇〇円〕。

トゥインキーはフルーツパイとは正反対で、その軽さが魅力だった。あらゆる種類の軽い砂糖菓子――マシュマロ、綿あめなど――と同じで、トゥインキーの良さはそのフワフワ感にあった。機械にしか作れない完璧な形と統一感。子供だけが愛するトゥインキーは、技の結晶であり軽やかだった。一口噛む。泡のようなケーキ。白くてフワフワするクリーム。こうした食べ物には明らかな特徴がある――安心感を与えるシンプルさ、だ。暗さはみじんもなく、カリカリしてもいなくて、慣れ親しんだ味だった。

チョコレートカップケーキも買った。一つ一つが型取り用のプラスチックのカップの中に納まっている。表面は白い渦巻模様のついたチョコレートでコーティングされているが、とても硬いので一気に全部がはがれてしまう。テニスシューズのつま先からゴム製の覆いがはがれるように。

私は台所からコップを三つ取ってきて横一列に並べ、背の高い緑のボトルに入った7up二本をぴったり同じになるように分けた。ネスレのクランチバーも三つに割った。バズーカの風船ガムも一つずつ配った。角のお店で、まだ残っていた数ペニーで買ったのだ。

明るいパッケージの上にまとめて置かれた自分の取り分を見ていると、ものすごくほっとした気分になった。

このパーティーには誰も招待しなかった。リサやその妹のナオミも、スティーブンもテオも。これは私たちだけの行事だ。ランチボックスにトゥインキーが入っているような人たちには、決してこの会の意味は理解できないだろう。

ドリー・マディソン〔訳注　ホステス傘下の菓子メーカー〕も母の禁止リストに載っていた。ホステスもそう。ハーシーズ、コカコーラ、バズーカ。すべて毒だ、と。それらはもっとも弱い箇所から家に巧みに入ってくる。そして子供たちは誘惑され、中毒になり、一生それに操られる。

私たちは食べた。時間をかけてゆっくりと。数分ごとにエイミーを窓辺に走らせて母が帰ってこないかチエックした。食べても全然気分など悪くはならなかった。ちょっとうんざりし、ちょっとがっかりしたかもしれないが、具合が悪くはならなかった。

私たちはその角の店の茶色の紙袋に空になったパッケージを入れた。サラがそれを外にもってゆき、近所のごみ置き場に注意深く捨てた。母に絶対見つからないように。


それでも何度か、母にパッケージが見つかってしまった。一度はホステスのフルーツパイを包んでいる緑と白の光沢のあるパッケージがサラの部屋で見つかった。それがたとえサラの部屋以外で見つかったとしてもサラが非難されただろう。非難されるのはいつもサラだ。見つかるときはあっという間に見つかる。そしてその後、母は家全体を捜索し始める。

一度母がサラの部屋に突然入ってきたとき、私はサラのベッドルームについているバスルームにいた。サラがベビーシッターで得たお金を貯めるために父が銀行口座を開いてくれていたが、その通帳が母に見つかってしまった。そこに通帳がある。明らかな証拠だ。引き出しのどこかに隠してあったが、父のサインのすぐ横にサラのサインがある。父はサラの保護者としてサインしている。証拠。サラは父の支配下にある。証拠。はっきりした黒インクで。サラはすでに一線を超えていた。

母は私がそこにいるとは知らなかった。私は動く勇気もなく、母の前に出る勇気もなかった。しかし少し開いたドアの隙間から部屋が見えた。母の顔はしみだらけだった。母はサラを椅子に押し倒した。それからベッドに。母の身長はサラとそれほど変わらなかったが、体重は母のほうが重かった。母は太った。サラはかろうじて自分を守っていた。そして決してやり返さなかった。母はサラに馬乗りになっていた。「絶対に向こうには行かせないよ」と母は叫んだ。母のパンチから守るため、サラは涙の筋がついた顔の前に両手で壁を作っていた。

近所の少年たちは我が家の中に興味をもつようになった。最初はケビンで、アカシアの木に登り、正面の窓からのぞきこもうとした。エイミーは最初、それを面白がった。もつれたモップのような髪を震わせて笑い、彼を下に押し返そうとして窓から乗り出した。サラと私はエイミーを家の中に引き戻し、窓を閉め、シェードを下ろした。

その後それはゲーム、彼らにとっての冒険となった。ウィリーは私たちの誰かが裏の扉から家に入ろうと階段を上ってくるとき、あとをつけてきて中をのぞき込もうとした。そのためドアから出入りするときは、ほんの少ししか開けない習慣が身についた。誰かが私たちのあとをつけてくるといけないので、新聞の山の脇をすり抜けられる程度にしかドアを開けないようにした。これがますます彼らを犬のように好奇心のかたまりにしてしまった。

ある日、裏のドアから滑るように中に入ったとき、後ろに誰かの気配を感じた。振り返るとそこにスティーブンがいた。ドアが閉まらないように片手を突っ込んでいる。彼の顔はいつもと違って見えた。彼はドアを押し開け、中に足を踏み入れようとした。二人とも無言のまま、突如として押し合いになった。私は取っ手をつかみ、力づくで彼を追い出そうとしてぐいぐいドアを押した。彼は私の暴力的な動作に不意打ちをくらい、敷居の上に倒れた。私は木のドアに肩を付けて渾身の力で押した。しかし彼は肩をドアの隙間に押し込み、力づくで滑りこもうとしていた。力負けしないよう奮闘していたら、リノリウムの床で足が滑ってしまった。私は助けて、とサラを大声で呼んだ。

サラはその声を聞いてすぐに飛んできてくれた。二人でドアに体を押し付け、私は彼の腕を外に押し出そうとした。それでも彼が手を突っ込んできたら、ドアに指をはさんでしまうな、と思った。

サラがドアを押している間に私は鍵をいじった。鍵がもう少しでかかる、というその瞬間に、ドアは押し戻された。スティーブンは狂ったような奇妙な笑い声を発しながら、体全体でドアに体当たりしてきた。

それでもサラと私は自分の陣地を守った。二人の体重は余裕で彼の体重を上回っていた。だがスティーブンは一歩引き、走り出すような構えからドアに全身でぶつかってきた。驚くべきスピードと強さで、何度も体当たりする。もう少しで鍵がかかる、というときに決まってドアは押し戻される。毎回衝撃を受けるたびにドアの木枠が歪むのを感じた。そしてもはや完全にコントロールを失った彼の笑い声が、その薄いドアのすぐ向こう側から聞こえていた。

ついにサラが何とか鍵をかけることに成功した。それでもスティーブンは負けたと知りながらも急には止められないかのように、さらに数回ドアに体当たりしてきた。私たちはそこから動かなかった。二人とも全体重をかけてドアにもたれかかっていたが、ゆるんだボルトが外れないか不安だった。そのうち彼はアタックをやめた。踊り場に立つ彼の苦しそうな呼吸が聞こえてきた。その後、一段抜かしで階段を下りる彼の足音、アパートの脇のコンクリートの小道をかけ上がり、通りに出るスニーカーの音が聞こえた。

サラと私は玄関ホールにどっしりと積み重ねられている新聞の束の上に、隣り合って座りこんだ。まだ心臓がドキドキしていた。母はどこかに外出していた。あるいは奥まった自分の部屋にいて、今の騒ぎが聞こえなかったのかもしれない。

「どのぐらい見たかな?」息が元に戻ったところでサラが聞いてきた。

私はひざにひじを付き、両手で顔を支えて座っていた。「大して見てないんじゃない?」私は嘘をついた。

五年生だった早春のある日の午後、学校から帰ってアパートに入るドアを開けたとたん、はっきりと不穏な空気を感じた。母は台所にいた。エイミーがベッドルームからかけてきて、私にニュースを伝えてくれた。

「サラが逃げたの」エイミーはそうささやいた。

サラは以前にも逃げ出したことがあった。十三歳だった年に二度、サラはバスに乗って週半ばで父のところに行った。どちらのときも一晩父の家に泊まり、翌日には戻ってきた。

その晩父から電話があった。母は台所の椅子に座り、電話口に向かって叫んでいた。その間《かん》、私とエイミーは別室で『ホーガンズ・ヒーローズ』〔訳注　一九六五―七一に放送された米ホームコメディー。第二次大戦時のドイツ捕虜収容所を舞台とする〕を見ているふりをしていた。母が私を呼んだ。母は受話器を私に手渡すと、どこかに行ってしまった。サラが私としゃべりたいと頼んだのだ。

「なんでパパのところに行ったの？」母が部屋を出たのを確かめてから、私は小声でささやいた。

「ママに殺されるところだったの」

「どうして？」

「廊下にふたの開いたペンキの缶があって、私がそれを蹴っちゃったの。それでそこらじゅうペンキだらけになっちゃった」

「うん、ママから聞いた」

「きれいにしようとしたんだけど、私の靴にもついちゃって、それで歩いたからカーペットも汚しちゃったの。どうせ大騒ぎになるでしょ。そこでじっとしてなんていられなかった」

「もうペンキのことは怒ってないよ。パパのところに行ったからすごく怒ってるんだよ」

サラは無言だった。

「じゃあ今晩は帰ってこないの?」

サラは泣き出した。

「そこにいるつもり?」答えがないのでもう一度たずねた。

「うん」

「いつまで?」またサラは黙った。私は寄木細工の床に裸足で立ち、ゆっくり回転してダイニングのすみに移動した。

ようやくサラは小声で答えた。「ローラ、もうそっちは無理」

私はもう一度回転し、電話線をもう一周私の体に巻きつけた。そうするうちにサラの言葉の意味がじわじわと身にしみてきた。

「帰る気はない、ってこと?」今度はすすり泣きが聞こえた。台所から母に聞かれないように手で口元を覆った。「私にとってだって、ここは全然パラダイスなんかじゃないよ」私はすべての恨みをそのささやきに込めた。

すすり泣きの声が大きくなった。サラを慰める言葉を私は発しなかった。泣き声を聞くのはいやだったけれど、そのまま泣かせておいた。

母が部屋に戻ってきた。「もう切らなきゃ」と言う私に、サラは声をつまらせながら「じゃあね」と答えた。

「週末にね」私は冷たく言った。体に巻きつけた電話線をゆっくりほどいてから、電話を切った。そしてコードを巻いてから、受話器を受け台に戻した。私は母を見上げた。今や母の視線は、私だけに集中することになった。

第13章

「四人姉妹がいました。彼女たちはおばあさんと一緒に塔の中に住んでいました」と私は語り始めた。

「でもお母さんじゃないの？」とエイミー。

「そう。そのおばあさんは、まだ小さかったその子たちを森で見つけたの」

「お父さんやお母さんは？」

「死んじゃったの」

「だから、逃げなきゃいけないの？」

「そう」

私たちは私のベッド下の床で正座をしていた。平日の夜、もう遅い時間だ。でも母に寝なさいとは言われていない。だから私たちは遊び続けていた。

「私、メグでいい？」エイミーはそう聞きながらメグ人形に手を伸ばした。サラが初めて家を出ていったとき、エイミーと私はどちらがメグをとるかで争った。今ではたいていエイミーにメグを譲っている。

「その子は目が見えないの」私は言った。

「違う」エイミーは反論しようとしたが口をつぐんだ。私が人形遊びをやめて読書に戻ってしまうかもしれない、とわかっているからだ。そうなるとつまらない夜を過ごすことになる。眉を寄せてエイミーは言った。「なんで目が見えない必要があるの?」

私は肩をすくめた。「生まれつきでしょ」

私たちは二段ベッドに寝ていたが、それを一段ベッド二つに分けていた。もと上段であった私のベッドは壁にぴったりとくっつけられ、九〇センチほど低いエイミーのベッドはその隣に寄せられていた。私が布団にもぐりこむには、エイミーのマットの上を歩き、その段差をよじ登らなければならない。私のベッドの下、その長い支柱に囲まれた部分はかなり広く、もぐりこんで背筋を伸ばして座れるほどだった。そこで私たちは人形ごっこをした。

「塔はすごく高いの。木がまわりに生い茂っててね」

「はしごが必要?」

「うん。でもはしごがないの」

「じゃあどうやって下りるの?」

「ロープを作るの。自分の髪の毛で」

ベッドルームの天井の灯りはついていたが、私たちは青いウールの毛布を二つのベッドの隙間にかけていた。エイミーと私の部屋には明るい緑色のカーペットが敷かれていたが、散らかっているおもちゃ、洋服、本の山の下から時々顔を出す程度だった。エイミーは毎晩儀式のように物をどけて、母がお休みのキスをしに来るための通り道を作っていた。壁際に置いてある白いプラスチックの棚はやけにすっきりしていた。というのもそこにあった本やおもちゃが床に山積みになっていたからである。でもベッドの下からでは部屋のほかの部分は見えない。そこは毛布を通して青味がかった光にぼんやりと照らされて薄暗かった。

私ははさみに指を入れて、ジョーの黒髪の下に構えた。ジョー人形はかわいくなかったが、もうそんなことは気にならなかった。はさみの音をシャキシャキ鳴らして、それからエイミーに渡した。

「みんなの髪の毛を使うの？」エイミーはたずねた。

「そう」

エイミーはメグの髪を切り、続いて自分の人形を取り上げた。一番年下の、自分と同じ名のエイミーだ。彼女はその人形の完璧なブロンドのカールをはさみで切るふりをした。実際に切るには忍びなかったのだ。

「シーッ」私は言った。突然、リビングから何か物音が聞こえた。私は凍りついて耳を澄ませ、唇をすぼめた。エイミーはドアのほうを見た。モップのようなもつれた髪の下でダークブルーの瞳が大きく見開かれていた。私たちに握られた人形たちも固まっていた。直立し、まばたきもしない。リビングからまるで二人の人間が話しているかのようにもごもごいう声が聞こえた。そこには一人しかいない。

私はエイミーのほうを向き、声をひそめた。「みんなの髪を一緒にして編んでいるの。夜、おばあさんが寝ているうちにね」編んだ髪がどんな感じになるか想像した。違った四色が一本に織り込まれたロープ。

ふと、強烈な煙のにおいがした。母がリビングで暖炉に火をつけたのだ。

私たちは床に人形を座らせた。私はジョーのこわばった両腕をもった。それを肩のところで動かして三つ編みをする動作をさせた。

「おなか空いた」しばらくしてエイミーが言った。

「そうだね」

「シリアル取ってくる？」

私は肩をすくめた。

「私静かに行けるよ」

私もおなかが空いていた。晩御飯は食べていなかったから。しかし台所へ行って母に感づかれる危険を冒したくなかった。母は今晩イライラしているようだ。母が私やエイミーに直接手を出すことはほとんどなかったが、機嫌が悪そうなときは母の視界の外にいるのが一番だ。こちらが母の気を惹くようなことをしなければ、母は私たちのことを忘れている。そうすれば好きなだけ起きていられるのだ。

エイミーは隙間にかけた青い毛布を持ち上げて、自分のベッドにはい出た。フランネルのナイトガウンはめくれ上がってウエストのところで固まったが、立ち上がると足首まで下がった。

私は待った。右足は折ったひざの下敷きになって、感覚がなくなっていた。少し足を動かした。するとたくさんの画鋲や針が足に刺さったような痛みを感じた。それを鎮めようとじっとしていた。

母はいつも自分の敷布団の上に座っていた。自分のベッドルームから引っ張ってきてリビングの真ん中に置いていたのだ。そして暖炉に薪代わりの紙をくべる。ついたては使わない。暖炉の前のカーペットには大きな焦げがあった。母が寝入っているうちに何か大きなものが暖炉から転がり出てきてカーペットを焦がしたのだ。その二、三週間ほど前から、母は私たちが寝入った夜に、暖炉の火を消さずに何かを燃やし続けていた。何年間も物をためこんでいたあとで、今度は処分モードに転じていたのだ。山積みになった手紙、裏玄関に置かれていた新聞の束、レシート。ワックスでコーティングされた牛乳パックやバターの箱など火のつきにくいものでさえ、最後には火にくべられた。もし母が火に見入っているなら、顔を上げたり横を向いたりしてエイミーが廊下を横切って台所に入るのを見ることもないだろう。

私はジョーを顔のところに持ち上げた。足まで届くスカイブルーのドレスを着て、その上に赤と白の水玉模様のエプロンをしている。そのドレスの、のどのところには、しっかりと赤いダイヤモンドがくっついている。目は真ん丸。目の下と両サイドから描かれたまつ毛が伸びていて、薄い眉毛はカーブしている。鼻は上品で、人間のエイミーの鼻のようだ。先っぽが丸くなっていて、先がとがったサラや私の鼻とは違う。桃のような唇の色は母が捨てた口紅の色と同じだ。私たちは拾ったその口紅でまだ時々遊んでいたが、オレンジ色に近く、もう実際に使っている女性はいなかっただろう。

三年前に祖母が送ってくれたとき、ジョーは靴と靴下、それにペチコートもはいていた。さらに髪にはネットをかぶっていた。それらはどこかにいってしまった。額でまっすぐ切りそろえられている前髪のおかげで、ジョーは利口で仕事ができそうに見えた。私はその黒髪をまとめてクルクル巻き、襟首のところでおだんごにした。そうすると実際より年上に、そして女性らしく見えた。何でもうまくこなす女性、といった感じの。私は彼女を横方向に揺すった。すると重たそうだった目がパチッと開いた。何かに驚いているような顔だった。

台所でエイミーがどうやって冷蔵庫にたどり着くか、正確に予測できた。片手をドアに添えておいて、もう一方の手でノブを引っ張る。バンと開くときにその音を極力小さくするためだ。そしてカチャカチャ音をさせないよう注意しながら二本のスプーンを一本ずつ引き出しから取る。牛乳パックの口を開けて、注ぐ前にミルクのにおいをかぐ。

ベッドの足元、ごちゃごちゃに散らばっているおもちゃ、本、洋服の中に、ぬいぐるみのネズミがいることに気付いた。ベッドの枠板にぶつからないよう頭を低くしながら四つんばいで移動する。足に血がめぐって痛かった。私はそのネズミを手に取った。大人の親指ぐらいの大きさだ。きちんと縫われた青いスーツを着て赤いフェルト帽をかぶっている。目は黒いビーズだ。

「見て！」エイミーは部屋に戻ってくると、シリアルの入った二つの小鉢を持ち上げてみせた。彼女は大胆だ。足がマットに沈み込むので両手に持ったシリアルをこぼさないようバランスをとりながら、ゆっくりとベッドを横切ってきた。私に小鉢を二つとも手渡し、再びベッドの下に潜り込むと後ろの隙間が隠れるように毛布を引き下ろした。

「野ネズミがいたよ」私はネズミを手にとった。「私たちの脱出を助けてくれるの」

「じゃあ髪の毛を切る必要はないの？」

「髪の毛は必要だよ。でもネズミは森を抜ける道を教えてくれるんだ」

私たちは向かい合って床の上にあぐらをかいて座り、食べた。シリアルはおいしかった。ホイート・チェックス〔訳注 チェックスはシリアルメーカー〕は冷たい牛乳に浸してもふにゃふにゃにならず、パリパリ感が残っていた。

エイミーの小鉢の底にスプーンが当たり、チャリンという音がした。

「シーッ」ひそひそ声で私は言った。

リビングからカサカサいう音が聞こえた。私たちはまた固まった。足音。かすかな笑い声。しかし足音は遠ざかった。目的地はここではなかった。裏玄関で腰の高さまで到達した束のところに、追加の新聞紙を取りに行ったのだ。紙の束が床に置かれる音がするまで私たちはじっとしていた。母は再び敷布団に腰を下ろした。それからうなるような音がした。風のような、あるいはバスタブに水をはるような音。それは紙を燃やす炎の音だった。

「電気を消して」エイミーははい出て壁のスイッチを切った。私は夜に暗闇の中でも読書ができるようにいつも持っているプラスチック製の懐中電灯をつけた。そしてベッドの支柱にジョーの手足を巻き付けた。彼女が一番に、ゆっくり回転しながら地面に下りた。下であの小さなネズミが彼女を待っている。次にメグが暗闇の中で慎重に下りた。続いてベス、最後にエイミー。下りるとみんな手をつないだ。そして走って逃げた。

第14章

イースターになり父の両親がやって来たので、一週間スティンソン・ビーチに家を借りた。私たち姉妹は一日中波から走って逃げ、白い肌を焼き、水着を砂まみれにした。父からボディーサーフを教わった。父に言われてボードに乗ると、父はそれを遠くへ遠くへと押してくれた。波に腰までつかった父がそこにいるだけで、初心者ならではの怖さを乗り越えることができた。

やせて背の高い祖父は背中が少し曲がっているものの、砂浜では堂々として見えた。祖父はまだ霧が出て寒い早朝に長時間散歩をする。サラ、エイミー、そして私は朝食後、祖父を探しに外に出る。しかし砂の地平線のどこに目を凝らしても祖父の姿はまったく見あたらない。そこで私たちは砂浜で遊び、濡れた硬い砂にトンネルを掘り始める。そのうちようやく祖父がはるかかなたに再び姿を現し、私たちは少し胸をなでおろす。年老いた祖父に迷子になられては困るのだ。

町中にある父のアパートにいるとき、祖父は居心地が悪そうだった。家じゅうのいろいろな物を修理し、金物屋に行って木材の目止め剤やドア用の新しいちょうつがいを買ってくる。しかし日中はたいていリビングで、刺繍をしている祖母の横でただじっと座っていた。

ビーチでのほうが祖父はくつろいでいるように見えた。海岸線に沿ってこちらに歩きながら、祖父は腰を曲げて砂浜に落ちていた石をいくつかつかんだ。そして上体を起こし、横に伸ばした手を水平に、前方に向けて振り出すと、飛んで行った石は波の上で何度か跳ねた。祖父の手は見えなかったけれど、物事にゆとりのある人らしい自信に満ちた優雅な動作で、丸めてカップのようにした手で石を包んでいたのだろう。祖父が戻ってきて、家の前のビーチにいる私たちと合流するころには、太陽が霧の向こうから顔を出し始めていたし、凝った作りのトンネルも完成し、上げ潮で海水がその中に流れ込んでいた。

エイミーと私はおそろいの水着を着ていた。半分コットン素材のタンクトップで、足まわりにしっかりとゴムが入っていないため、おしりのほうにめくれあがってしまう。エイミーの水着はピンク、私のはブルー。私たちはおなか辺りも似ていて、少し丸くぽっこりと水着が突き出していた。太っているとは言えないが、スリムではなかった。

そのころサラはなぜかやせていた。十三歳で、体内の余ったエネルギーは横ではなく縦方向に彼女を伸ばすことに費やされ、背が伸びて赤ちゃんぽい曲線は消えていた。そして大きなTシャツを着て、その下で進行している発達を隠していた。猫背にして背中を丸めていたので、一日に数回、父はサラの背後に回って両肩を引っ張っていた。父は私たちには背筋を伸ばして堂々としていてほしかったのだ。

サラは父の家に腰を落ち着けていた。正面の部屋がサラの部屋になった。整理ダンスと新しい服もたくさん買ってもらっていた。ジェニがサラにデニム地の巻きつけるタイプの夏用ワンピースを買ってあげていたが、それまで見た中で最高に魅力的な服だった。サラが家を出たあと初めて顔を合わせたとき、どんな言葉を交わしたかは覚えていない。ただ少しの間よそよそしく、互いに気を使っていた記憶はある。しかしいつまでもサラに腹を立てていることはできなかった。私はサラをものすごく必要としていた。それにあまりに落ち着かない状況で、公平とか不公平とか言っている場合ではなかった。母はサラを見捨て、私に執着していた。それは私たちどちらのせいでもなかった。サラは二年間、母の怒りによる攻撃に耐えてきた。おそらく私とエイミーの盾になってくれていたのだろう。そんなサラが家を出ていって、誰が文句を言えよう。

だがサラのいなくなった家で、私はいつ割れるとも知れない薄い氷の上で、母と表向きは波風立てずに暮らしていた。私は一人で母を操らなくてはならなかった。サラの部屋で長時間話しこむこともなくなった。逃げるときに何が必要で何はいらないか、判断するのを助けてくれる人もいない。気をつけようと目配せする相手もいない。母の視線に私はしっかりと縛りつけられていた。母に対して私の心がかたくなになっていることに気付かれる危険性は、とてつもなく高いように思えた。ほんのわずかなミスでもしたら、その一線を超えてしまいそうだった。

その週、私は浜辺でいろいろなものを集めた。羽、石、シーグラス、貝殻。私の足指の間に入り込む細かく青白い砂の粒はベルベットのようだった。スティンソンは入り江になっているので、オーシャン・ビーチやベーカー・ビーチのようにたえず海水が大きなごみを浜辺に運んでくることはない。太陽の光を浴びつつ長期間とどまっているため、ここにあるものはもっと穏やかで古びていたし、よりいっそう磨かれていた。一〇セント硬貨の直径ほどの桃色の貝殻が砂浜に散らばっていた。その上部の穴に釣り糸を通せた。一週間が過ぎるころには、貝殻をびっしりつなげた首飾りが完成していた。見た目にはかわいかったが、重たく、首に巻くときつかった。つまるところ実用的ではなかった。

一番気にいったのはシーグラスだ。エメラルドグリーンのものや瑠璃色のものがあり、石や貝殻より明るい色だった。悲しいことに、そのなめらかな石に糸は通せなかった。それでもいくつも集め、その週の間、ビンにためていった。小さなドリルを手に入れて、それでネックレスを作る様子を想像しながら。そのぐらいなら母を説得できるかもしれない。時々母自身が何かを作ろうと思い立つことがあり、そんなときにはゲイリー大通りのクラフトショップにエイミーと私も連れていかれた。私たちは母にクレヨン、糊、画用紙を渡され工作をした。紙で蝶を作ってそれにニスを塗り、彫刻をほどこした木片に貼り付けたこともあった。サラと私は一緒にビーチを歩いていた。私の目はシーグラスを探し続けていた。「どこから来ると思う?」「割れたビン。海水に流されるうちに角が取れるの」

私は手の中で宝石のような緑のガラスをこすり、緑色のコーラのビンが割れたばかりの粗く厚いかけらを想像した。「それがこんなツルツルになるんだ」

サラは石を磨く道具を持っていた。家のかつての彼女の部屋のどこかにまだ埋もれているはずだ。前面に石を入れる小さな引き出しのついた木の箱。ハンドルを回すと石は中でガラガラ、カチャカチャ音を立てる。出てくるときは滑らかになっているはずだが、いつもわずかに輝きが増す程度だった。

このガラスは一〇〇年前のものかもしれない。ハワイとか中国とか、地球の向こうから流れ着いたのかもしれない。私は昔風のドレスを着た女性たちを想像した。すそが長くて重いので、水辺に来るとレースやペチコートをたくし上げなくてはならない。彼女たちはボトルにメッセージを入れて海に流し、それが海の上を漂い、浮き沈みしながら大海原へと消えてゆくのを見つめる。言葉、紙はどこかに行ってしまい、残ったのはこのガラスだけ。水に洗われて擦り減り、ただ青、緑、という本質の部分だけが残った。

夜、夕食が終わったあと、父、ジェニ、祖父母、私たち姉妹はみんなそろって座り『宝島』を読んだ。一人一ページずつ音読したら次の人に本を回すのだ。父は荒っぽい海賊の声色で読んだ。私の番になったとき、はっきり見えるように本を顔の近くに持ってこなくてはならなかった。言葉が次々とのどから飛び出した。うまく読むことに集中し、すべてのコンマ、ピリオドで一呼吸置き、自分ののどから出る音を楽しんだ。読むのと聞くのを同時にすることはどうしてもできなかった。だからサラに本を渡して再び聞き手に回ると、私は上の空になった。

祖父母にとって私たちは外国人のようなものだった。都会に住み、アボカドやアーティチョークなど自分たちが食べたこともない野菜や果物を食べている。祖母は、父がたくさんお金を貯めて郊外に引っ越す日が来ることをまだ待ち望んでいたが、父にとって「都会暮らし＝成功」ということを理解していなかった。都会暮らしは成功の一部だった。そして母は成功の別の一部だった。一九六一年に両親が結婚して以来、父の実家に夫婦で帰省するときには、二人は裁判にかけられているようだった。母はカトリックでないばかりか、プロテスタントの牧師の娘だった。祖母の姉は母が家にいるときには家に入るのを拒否したほどだった。のちにいとこの一人は父に「牧師の娘なんかと結婚したせいだよ」とまで言った。祖母が言ったのではない。祖母はいつも母が好きだったし、どのみち父は末の息子でお気に入りだった。その延長で、私たちもお気に入りの孫娘だ、ということを祖母は言葉にこそしないが断固とした態度で示した。祖母は七人の子供を育てたが、そのうち六人は大恐慌時代に生まれた。そして時は流れ、祖母は三〇人の孫の生活を見守る立場になった。フリントでは自動車産業が斜陽になり、失業率が二五パーセントを超え、ティーンエイジャーである私のいとこたちはトラブルを抱えていた。酒を飲んだり、ドラッグに手を染めたり、自動車をめちゃくちゃに壊したり、妊娠したり。私たちの抱えるトラブルなど、全部が全部目に見えるものではなかったし、彼らのトラブルに比べれば物の数ではないと思われていたに違いない。祖母は母のことを思い、頭を振り、歯噛みした。そして私たちのために祈ってくれた。しかし息子である父を信じていた。こうした状況を見据え――祖母は誰が浮き上がるかわかっていた。祖母は私たち姉妹が最終的には幸せになることを知っていた。

日曜の晩、父は私たちを車で家まで送ってくれた。私は父の隣、助手席に座っていた。エイミーは後部座席で眠っている。ラジオがついていた。父の好きなクラシック音楽の放送局だ。私はリュックをひざの上に抱え、チャックをいじっていた。一週間ずっと家から離れていると、帰るのがそれまでにないほど辛く感じられた。橋に来るまで誰も何もしゃべらなかった。父が何を考えているのかわからなかった。

「あまり長くはかからないと思うよ」橋のサンフランシスコ側の料金所から車を発車させながら父は言った。

私は父のほうを向いてうなずき、おなかのほうにリュックを引き寄せた。「サラみたいにパパのところで暮らしていい？」

父は私のほうを見て、それからまた道路に視線を移した。「本当にこっちで暮らしたいなら、来てもいいぞ」

二人とも黙った。私は車の床につけた両足に力をこめた。

「妹を一人で置いてきたいか？」

「ううん」私は小声で答え、さらに強く床を押した。

「この夏じゅうに裁判が開かれる」

その言葉を私は支えにした。しかし平日に頼れるのは自分だけだとわかっていた。

母は窓から私たちのことを見ていた。そして玄関まで迎えに来た。エイミーをそして次に私を抱きしめた。長いこと私を離さなかった。母の体を、私は不快に感じるようになっていた。母にさわられると、離れたい衝動を必死に抑えなければならなかった。母が私を離したとき、私はリュックを玄関の床の上に落とした。

母はピアノの椅子の上にドサッと腰を下ろした。エイミーはさっとバスルームに入っていった。私にとって長く辛い仕事の始まりだ。父のもとにいた一週間に関する母の質問、という地雷が無数に埋まる地雷原を歩くのだ。

「トウモロコシを丸ごと食べたよ」「泳ぎに行った」

母はサラについて知りたがった。何を着ているか、どうやって学校に行っているか。私はできるだけ情報を最小限にとどめた。祖父母についても聞かれた。ジェニが一週間ずっと一緒だったことも母は突き止めていた。そこがとくに危険領域であるように思えた。

母から解放されると私は自分の部屋に戻った。リュックからびんに入ったシーグラスを取り出し、ベッドの足元にある棚の上に置いた。水を少し入れておけば、緑と青はその輝きを失わないだろう。それから私はベッドの下にもぐりこんだ。そこでエイミーが私を待っていた。

横になっていたジョーを私は手に取った。「その塔は海のすぐ近くにあるの。だから塔から出るともうそこは海辺なの」と私は言った。

「スティンソンみたいに?」

「そう。でも崖だから海には降りられないんだ。そこらへんを歩いてみたけど、それ以上は進めないの」

「じゃあどうするの?」

「カタツムリや貝を食べるの。流木でたき火をしてね」

エイミーは四つの人形を横向きに寝かせ、長いドレスを引っ張って裸足を隠してあげた。そしてエイミーの腕をベスに回した。

「筏を作らない?」

私は部屋を見回し、うなずいた。「筏用に木を集めないと」

私たちは三つの人形——目が見える三人——を部屋のあちこちへ行ったり来たりさせた。三人は床を滑るように移動して木を集めた。他のおもちゃと一緒にリンカーン丸太が部屋中に散らばっていた。それを見つけるのはゴミ拾い競争みたいだった。丸太を見つけると、人形がそれを肩に担いでキャンプ場まで運ぶ。私たちは木と木をつなげた。筏が完成したので私はジョーをその上に乗せてみた。足が筏から飛び出していた。

「使い物にならないね」と私が言うと、エイミーは答えた。

「波が大きすぎるよ」

第15章

もう長いこと学校で黒板の字が見えなくなっていた。アイスクリーム屋さんではカウンターの後ろにあるフレーバーのリストも読めなかった。それなのにまだ母は、学校の保健の先生からの手紙を何度も無視していた。

ある日の午後、何の前触れもなく、父が私のいる五年生の教室のドアのところに姿を現した。母には内緒で私をさっさと眼科医に連れていってしまおうと思ったのだ。眼科の診療所で、近視の度合いに驚きの声が上がった。〇・一――世の中の基準からすればそこまで見えないわけではないが、初診の患者にしては悪かった。その後、まだ瞳を拡張させたまま、何枚もの鏡のまぶしい光にたじろぎつつ、診療所にあるすべてのフレームを試してみた。それでもメガネをかけないほうがいいと思った。母は子供のころからメガネをかけていた。電気をつけずにベッドで読書していたせいだといつも言っていた。確かに私も同じことをしてきたし、廊下のぼんやりした光で、あるいはこっそりと懐中電灯の薄暗い丸い光で本を読むこともあった。結局、銅色のプラスチックのフレームに落ち着いた。鏡をのぞいたとき感じたのは、「母みたい」ということだけだった。

一週間後、まだ母に何も告げず（父は母と激しい言い争いをするより、先に作ったもの勝ちだと考えたのだ）、父はメガネを取りに行くために、私を再び学校から連れ出してくれた。メガネをかけたまま眼科から外に出ると、歩道が私のほうに飛びあがってくる気がした。私は頭を後ろに反らし、横にかしげ、その後ようやく少しずつ地面をまっすぐ見られるようになった。舗道は灰色、青、黒、白のモザイク模様で、ところどころ太陽の光でキラキラ光っている。見上げると道路沿いに並んでいるプラタナスの木々からは、もう葉っぱが互いに覆いかぶさるようにして出てきている。その一枚一枚が独立してくっきり見えた。以前は木全体の形しか見えなかったのに。

その日もっと遅くなって、バス停からのろのろと歩いて家に帰った。初めて見る歩道の模様、木々、通りを走る車。それらをじっくり見ながら歩いていたということもあるが、時間かせぎで立ち止まりもした。父は前もって母に電話を入れて、私にメガネを作ったことを話してくれていた。何も心配することはない、と父は思っているようだった。でも、母はぜったい激怒していると思った。メガネのような重要なもの、毎日身につけるものを父に買ってもらった？　取り上げられるにきまっている。

建物の玄関広間から階段を上り始めたとき、上りきったところに立っている石像がぬっと覆いかぶさってくる気がした。それは大ぶりなインドの女神で、腕が数本あった。ここに引っ越してきた何年か前に、「地震のとき近くにいたくないな」と父は言った。私はその姿を見るといつもその言葉を思い出し、階段をかけ上がって急いで脇を通り過ぎるのが習慣になった。でもその日はあえてゆっくり上がっていった。すると初めてその顔立ちがはっきりと見えた。思っていたほどいかめしい顔ではなかった。

家の中に入る前にメガネをはずし、ケースに入れ、それをリュックの中に押し込んだ。そうしてから家に入った。

私が家に入る音を聞いて母が玄関まで出てきた。「メガネを見てみましょう」と言われ、怒りから来る厳しい緊張感が現れていないかと母の顔をうかがった。私はメガネを取り出し母に手渡した。そして母がそれをたたきつけることを半分恐れて、少し後ろに下がった。ところが予想に反して、母はケースからメガネを取り出すとじっくり観察した。と、母が近寄ってきたので、私は凍りついた。すると注意深く私の耳にフレームをかけてくれた。「とてもお利口そうに見えるわ」それでもきっと怒りが込み上げてくるだろうと確信して、私はじっとしていた。

しかし怒る気配はなかった。それどころかリビングで私は長椅子に、母は自分のひじかけ椅子に腰をかけると、子供のころ初めてメガネをかけたときの話をしてくれた。みんなに「メガネをかけている女の子に男の子は言い寄ってこないわよ」と言われ、メガネをかけることを拒否したそうだ。ベッドで本を読み続けたことに加え、メガネ拒否が近視に拍車をかけた、と母は感じていた。

「これ以上悪くならないようにメガネをかけなさい。人の言うことに惑わされちゃだめよ」

それから母は本棚のところに行き、一九四〇年代に出版されたE・S・ネスビット〔訳注　一八五八―一九二四。イギリスの児童文学作家、詩人〕の『魔法の城』のハードカバー版を取り出した。その本は見た目にはそれほどおもしろそうではなかった。濃い灰色のカバーの表紙にタイトルが印字されているだけで、何も内容は伝わってこない。角は折れていたし、どのページもへりがザラザラしている。母は内側の献呈の辞を見せてくれた。「サリー・アン・バートンへ　一九四八年」母は今の私とちょうど同じ年のころに、学校のつづり字コンテストでそれを勝ち取ったのだ。

「小さいころのお気に入りの本の一つよ。あなたにあげるわ」

一種の慰めのためにくれようとしているのだ、と私は理解した。なるほど、筋は通っている。メガネと本が手と手を取り合っていることは誰だって知っている。私の姉も妹も、私や母のような本の読み方はしない。強迫観念にかられたように、時間も忘れて読むわけでないし、一冊読了した瞬間に次の本が読みたくてたまらなくなることもない。だからか二人ともメガネは必要なかった。メガネをかけた自分の姿を好きになることは決してないだろう。しかしそれは何千ページにも及ぶ魅惑の世界に入った代償なのだ。

私は本を読もうと長椅子に腰を落ち着け、その本のくたびれた表紙をめくった。メガネ越しのあまりにくっきりした画像に酔ったようになり、めまいがしそうだった。きちっとした文字がページをぎっしり埋めていた。私は顔を上げてリビングを見回した。家の中がはっきり見えすぎて嫌気がさした。床一面のガラクタは、以前はまとまったかたまりだったが、メガネを通すと一つ一つが判別できた。人形のピンク色の靴、ライトブライト〔訳注　光の出る箱にいろいろな色のピンを刺して模様を作るおもちゃ〕の小さな電球、リビングにある雑誌から私をじっと見ているマリリン・モンローの厚化粧の顔など。実際のところ、長椅子の足元にはひざの高さまで母のケネディー関係の本が積み上げられていたのだが、その文献保管所にある本や雑誌が鮮明に見えすぎて不意に気が散った（『勇気ある人々』〔訳注　J・F・ケネディーの著書でピューリッツァー賞を受賞した〕、PTボート〔訳注　ケネディーは第二次世界大戦中にこの艦長として対日戦に従軍し、撃沈され漂流したことがある〕、ジャッキー、ボビー、マリリン、リー・ハーベイ・オズワルド、チャパキデック島〔訳注　一九六九年にエドワード・ケネディー上院議員が交通事故で同乗女性を水死させた島〕、キューバ人、ロシア人、マフィア――母はすべてを持っていた）。こうした山積みのものすべてを消すために私はメガネを外した。そしてその本を目の前に持ち上げた。『魔法の城』は第一印象よりもずっとおもしろかったし、メガネを外すと、目の前にある小さな円形内に入る単語以外のものは視界から消えた。

父は十歳の誕生日に、ハードカバーの創作ノートをくれた。それをもらうまで自分がそれをすごく欲しがっていることに気付いていなかった。それだけに人からどんぴしゃりのギフトをもらったことはなおさら驚きだった。それはカバーが白と黒のドット柄の勉強熱心そうに見えるノートで、背の部分でのり付けされ、学校で使うぼんやりした色づかいのリングノートとは雰囲気が違った。古めかしくも見えたし、大人っぽくも見えた。

私はそのころすでに将来は物書きになると宣言していた。学校でも家でも、文字を練習するための青い線の書かれた幅広の紙に物語を書いていた。しかしこの新しいノートは私の頭にアイデアを授けてくれたし、私を書く気にさせてくれた。小説を書こう、と心に決めた。外枠はすでにそこにあった――すでに本は製本されている。私はただページを埋めればよかった。

台所の隅には扇形テーブルが建てつけられていて、その真ん中辺りに椅子が置かれていた。私はそこに座り、白いフォルマイカ〔訳注　米国フォルマイカ社製の、家具などに使われる合成樹脂塗料およびその他の樹脂加工製品〕にひじをついていた。その台は散らかっていた。上に向けてぱっくり口を開けたシリアルの箱、朝食で使った皿、油でてかり、テーブルのはじギリギリに置かれて落ちそうな母の電気揚げ鍋など。コードが私の肩を越えて私の後ろの壁にあるコンセントにさっていた。私は作業をするために数十センチだけスペースを作った。そのノートを自分の目の前に広げ、ひじのところには母と私で考えた、章ごとのまとめを書いたライン入りの紙を置いた。母が章ごとにローマ数字をふってくれて、構想は私が書き入れた。Ⅰ章、主人公ヘイディは孤児になる。Ⅱ章、冷酷な里親と暮らしている。Ⅲ章、逃げ出す。Ⅳ章、物置で暮らし、動物たちと友達になる。ニワトリは朝食用に卵をくれる。Ⅴ章、農夫に見つかり、逃げざるをえなくなる。Ⅵ章、一人の老婦人が彼女をかくまってくれる。Ⅶ章、その老婦人が亡くなり、ヘイディは逃げざるをえなくなる。最終Ⅷ章、懐かしい我が家に近づいてみると窓辺から灯りが漏れている。中をのぞきこんでみると、長期休暇から帰ったおじとおばがいて、彼女を探していた。

私はテーブルの中央で少し場所をずらし、手で青いボールペンを握った。すでにノートの第一ページ目に、

「昔むかし」と書いていた。そのページの字を見たとき、ノートを台無しにしてしまったのではないかと心配になった。懸命な努力にもかかわらずエレガントにはならなかった下手な字が、ノートの美しさを損なっている気がした。私の字は曲がっていて小さくて読みにくかった。一定の方向に傾くことを拒否しているため、あるものは右を向き、あるものは左を向き、また別のものはまっすぐ上を向いていた。

母は台所のカウンターのところに立ち、焼く準備としてジャガイモの表面にクリスコ〔訳注 料理用油脂〕を塗っていた。そしてこちらに視線を向けた。「最初に鉛筆で書いてみたら？」

母はオーブンを開けてオーブン皿に三つのジャガイモを並べた。その手はクリスコで光っていた。流しに行って手を洗うと、こちらにやって来て私の横に立った。「全部読んでスペルチェックしてあげるわ。それからペンで書けばいいじゃない」

あれこれ人間的に問題はあるが、母が知識の宝庫だということに変わりはなかった。構想を磨く手助けもしてくれた。すぐに亡くなってしまうがヘイディの父親の仕事（テレビの修理人）を考えてくれたのも母だ。書くこと、読書、そして空想の世界は、私が母と共有でき、まだ安全で無防備でいられる最後の領域だった。そのころはまだ、その領域にいるときには、私は母の魔法の杖で動く子供になることもあった。鉛筆で書くという母の提案はまさに魔法の言葉で、それがきっかけで私の筆はなめらかに進むようになった。

この方法で私は何週間も書き続けたし、何か月でも続けられただろう。毎日学校から帰ると、台所の机の上の一か所だけきれいにしてそこで書いた。母がずっと横にいてくれる日もあった。あるいは母のベッドルームへと続くドアが閉ざされ、物音一つしない静けさの中で、たまにドアの下から半ば押し殺したような、さざ波のような笑い声が漏れ聞こえる日もあった。また目に見えない相手の愚かさに高慢な態度をとっているかのように、残忍でバカにするような笑い声の波が押し寄せてくることもあった。そういうときは、エイミーがリビングでテレビを見ているのを尻目に、私は一人で書き物に精を出さなくてはならなかった。

母のすすり泣く声は無視するには激しすぎた。長い間ずっと泣き続けているので、私は必死になってその雑音から自分を遮断しなければならなかった。もしそうしないと、こちらまで飲み込まれてしまうからだ。私が親切で勇敢でよくできた娘だったら、部屋のドアをノックし、ベッドのそばに忍び寄り、母の布団にもぐりこんだだろう。そしてまだそのころ母がしてくれていたように、かつては私もやってあげられたように、母を両手で抱きしめて、泣きやませてあげただろう。でも私にはできなかった。それどころか、母が泣き出すとエイミーと私は裏のドアからそそくさと逃げるように外に出ていった。

あとになって部屋から出てくるとき、つまり私たちの食事を作ろうと気力を振り絞って出てくるときには、まだ目が赤いが、少しずつまともな母へと戻っていった。そして私が書いたものを読んで間違いを指摘してくれるのだ。私はスペルミスした単語を消しゴムで消し、コンマを足し、その後最初に戻って、鉛筆書きの文字をペンでなぞっていった。

書き終えた部分を見ると、インクがほとばしっていて満足感でいっぱいになった。自分の内面から出てきた言葉で埋まっているページ以上に自分の目を喜ばせるものはまずない。今でも目を閉じると、何ページにも及ぶ原稿、波打ちながら何行も続く小さな青インクの文字、それより大きめだが上から消されてしまったグレーの鉛筆文字、何度もさわられてゴワゴワし、二度書きされて丸まったり波打ったりした紙、といったものが思い出される。クリスマスになるころにようやくⅦ章まで進んだ。孤児になる段階で予想以上に時間がかかったけれど、ハッピーエンドがだんだん近づいてきていた。

ある朝、私は急いでリビングに行き、サドルシューズを探した。バスに乗り遅れ、母に車で連れていってもらうが結局学校に入らない、というシナリオは二度とごめんだと思い必死だった。私の靴は長椅子の横、前日に落下したままの場所にあった。本を読みながら私がひじで突いて落としたのだ。靴下もそのそばに寄り添うようにうずくまっている。それも私が本から顔も上げずに突き落とした。椅子の骨組みに足の親指を押し込んでいるうちに、だんだん靴下がぬげてしまったのだ。

私は床に座り、つま先を突っ込んで靴下を引っ張り上げた。顔を上げると暖炉の火床が目に入った。新しい灰が三〇センチほどたまり、暖炉はいっぱいだ。煙のにおいがまだ部屋に立ち込めている。灰は層になって何重にも重なっているし、燃やされた紙の名残はまだ形をとどめている。ふと私の目がある物に釘付けになった。黒と白のドット模様の厚紙の切れ端が灰に埋もれている。私の手は靴ひもの上、空中で動きを止め、片足も胸に付いた立てひざ状態で止まった。私はゴクッとつばを飲み込んだ。そしてひざ立ちになり、暖炉のほうににじり寄った。青いラインの入った紙の燃え残り。黄色、茶色、黒。変形し、それまでとは違う外観。黒焦げになった紙の隅が丸まり、見まがうはずもない私自身の曲がった文字も一緒にカーブしていた。

私は手を突っ込み、その厚紙の切れ端を手に取った。それは私の手の中で崩れ、バラバラになり、灰となって降った。のどにひっかかって声も出ない。動けもしない。目はかっと見開かれた。怒りが全身をかけ抜けた。両足先までかけ下《お》り、両腕を震わせ、手先にも伝わった。炭になった厚紙が指の中で震えた。台所でトースターが跳ね上がる音がして、突如母の存在に気付いた。母が食洗機を開け、食器をカタカタさせながら受け皿からバターナイフを取り出していた。

青いカーペットが私のまわりで波打った。私は大声で叫びそうになった。叫び声が上がってきて、のど元に密集してくるのを感じた。血が全身をかけ巡った。熱く濃い血液が体のあちこちの先端に押し寄せ、そこから飛び出しそうだった。

母に台所から声をかけられた。私は上あごに舌を押し付け、叫び声を飲み込んだ。もう一度グッと飲み込んだ。見下ろすと、すすで汚れた手が震えている。私は必死で立ち上がり、洗面所に行った。お湯に両手をかざし、指と指の間で石鹸の白いかたまりをクルクル回した。すすで汚れたお湯が排水溝に渦を巻きながら流されてゆく。蛇口から流れるお湯に石鹸をかざし、そこについたすすも洗い流した。

私は台所にいる母のところに行った。顔をまじまじとは見なかった。母が憎らしかった。

なぜ母はあれを燃やしたのか？　父がくれた物だからか？　私が熱中しすぎていたからか？　いや恐らく自分が手にした物に目もくれなかったのだろう。ただ手にとって何だか確認もせず火の中に投げ入れたのだろう。母が憎らしかった。

母が差し出したシナモントーストを手に取った。「今日も学校でいい子にするのよ」母が憎らしかった。母は私の額にキスした。私はトーストをじっと見つめた。溶かしバターに浸ったシナモンがパンの真ん中に茶色い円を描いていた。母が憎らしかった。ノートについては一切何も触れなかった。そのときも、そして永久に。

私は玄関の階段を一段抜かしで下り、パティオの脇の低木の茂みの中にトーストを投げ、舗道を走った。母が憎らしかった。母が憎らしかった。涙でかすんだ目で、四角い敷石と敷石の間の線を探した。足を伸ばして飛ぶように走ったり、あるいはその線をまっすぐ踏むようにストライドを短くしたりした。母が憎らしかった。線を踏んで母の背骨を折ってやれ。母が憎らしかった。私の足は二十四番大通りのすべての線を激しく踏んだ。線を踏んで母の背骨を折ってやれ。母が憎らしかった。レイク・ストリートのバス停まで四ブロックずっと、私はそうやって走っていった。

第16章

親権をめぐる裁判への準備として、私たちみんなが精神科医と話をしなくてはならなかった。父は学校まで私を迎えに来て、車で精神科医のところに連れていってくれた。私は一人で暗い診察室に入っていった。薄暗いマホガニー色の部屋で、座ると沈み込むような革の椅子に私が腰かけると、シルバーマン先生は大きな机の向こう側に座った。いかにも精神科医といった感じで、きちっと切りそろえた黒いあごひげを生やしていた——と言っても、私の中には典型的な精神科医というものは存在していなかった。なぜなら彼は私が初めて会った精神科医だったから。

「あなたのお母さんはどんな感じですか?」私が席に落ち着くと先生はそうたずねてきた。

私は彼をじっと見つめた。母は妄想型統合失調症です、と言いたかった。しかしためらった。今回ははっきりさせたい。ジュードソンさんのときのようなミスは犯したくない。でもその言葉を最初から使うべきでないとも感じた。

「母は病気です」と私は答えた。

「どんなふうに?」

病名を口外しようか再び思いをめぐらせた。父とたびたび会話して使い慣れてきたその単語を使うかどうか迷ったのだ。安全策をとって、私はそれを易しい言葉に噛み砕いた。

「現実とそうでないことの区別がつきません」

シルバーマン先生の眉毛が吊り上った。「どうしてそれがわかるのかな?」

「自分に向かってしゃべっています。そこにいない誰かにも。それに頭の中の悪魔と戦っています」

「お母さんがそう言ったの?」

「はい」

結局私はその医師に、母を非難するために思いつくすべてのことを報告した。その薄暗い診察室で、その巨大な椅子の深みにはまり込んでいる私から言葉があふれ出た。家のことについても話した。どれだけひどい散らかりようかと。母が怒ること、物を投げ、壊し、燃やすことも告げた。私たちは父と暮らさなくてはいけないし、もしエイミーが母と一緒に暮らしたいと言っても、それを真に受けるべきではないと説明した。エイミーは怖がっているし、まだ小さくて事情がのみこめていないからだと加えておいた。エイミーも父のところで暮らさなくてはならない。一人で母のアパートに残るのは無理だ、と。

私の言うことすべてを医師はメモしていた。私が話すたびに彼の眉毛は上下した。医師が私の話に関心を示してくれたのは確かだった。目が合ったのは一度だけ。医師に何を言われたかは覚えていない。私を安心させてくれたか、慰めようとしてくれたか、わからない。ただ私の話を理解してくれた、という確信だけはあった。

あのノートを燃やされてから、私は書くのをやめた。頭に浮かぶことはすべて、エイミーとの遊びや、二人とも眠れない夜にエイミーにしてあげる話に盛り込んだ。暗い部屋の壁に映る影絵、金の心臓を持つクマが泥棒にそれを盗まれた話、若草物語四姉妹が発見した水面下の世界――そうした話の細かな部分は切れ切れに頭に浮かんできたが、今でもお守りのようなきらめく力を持ち続けている。姉を失ったことは事実だ。しかしエイミーと私で、私たちを現実から連れ去ってくれる想像の世界をいつでも作り上げることができた。

「洞穴の中でビンを見つける、っていうのがいいかも」

「何で?」

「メモを入れるためのビンだよ」

エイミーはワクワクするような顔で私を見た。「船がやって来て私たちを見つけて、ヨーロッパに連れていってくれるかな?」

夕方で、そろそろ夜のとばりが下りようとしていた。私とエイミーは二人だけで、母は外出中。何時間か前に出ていったが、まだ帰ってきていない。母がいるときといないとき――どちらが悪いか決めるのはもう難しくなっていた。

「違うよ。カメが来て、私たちを海の底の世界に連れていってくれるの」学校のコイン投げで勝ったときにもらった黄色と緑のカメのぬいぐるみを私はつかんだ。

「海の底?」

「そう」

「何で海の底なの?」

「それが魔法なの」

エイミーは小さなプラスチックのブラシを取り、メグの髪をとかし始めた。そして輪のあるポニーテールにした。

「ヨーロッパに行きたいな」

「ううん、ヨーロッパには行かない」

「ずるい」

怒りの波に乗り、エイミーの声は上ずった。

「全部お姉ちゃんが決めちゃう」

私はエイミーをきっとにらんだ。その視線で彼女は一線を越えた。私からカメを引ったくると、それを部屋の遠くに投げた。それはベッドのはじ近くに落ちた。そして二日間そこにじっとしていたオレンジジュースの入ったコップを倒した。

「勝手にすれば」私は立ち上がりジュースを無視して言った。「いつまでも赤ちゃんでいなよ」

エイミーは立ち上がった私に飛びかかろうとした。その一撃を食らう直前に私はその両手をつかんだ。そしてバンザイするような恰好のエイミーの両手首をギュッと握った。「落ち着きなよ」私はゆっくり諭し、エイミーの目を見た。「自分を抑えなよ」エイミーは泣きながら崩れ落ち、私はそこを離れた。

私はリビングに行き、自分の本を探した。緑色の長椅子の腕の上に、背を上にして開いたままになっていた。『アンネの日記』だ。長椅子のはじに腰を落ち着け、メガネを外し、あとがついた鼻のあたりをこすった。まだメガネに慣れていなかった。

メガネなしだと、顔のところまで本を持ち上げないと読めなかった。それでもメガネをかけるより楽だった。メガネ越しだと文字ははっきりしたが、単語は小さく、なぜか読みにくかった。私はゆっくり一語一語読み進めるのが好きだった――メガネを介さずじかに見るほうが好きだったのだ。

エイミーがリビングにやって来た。私はそっちを見なかった。彼女は窓のそばの大きなひじかけ椅子に座り、母が帰ってこないかと外に目をやった。私には話しかけてこなかったが、ひどく後悔しているのが感じられて心が激しく揺れた。

外の舗道からプラスチックが転がるような音がした。子供たちがビッグホイールで坂を下る競争をしていて、うちの前を通ったのだ。

私は窓の外を見た。通りはよく見えなかった。私の隣の窓の下半分には段ボールが貼られていたからだ。そのとき我が家では五か所窓ガラスが割れていた。そこと、あと二枚はダイニング、もう一枚は母のベッドルーム、そして最後は台所の流しの向こう側。母はガラスを割るたびにボール紙を切り、割れた部分の上にマスキングテープで貼った。前庭にあるアカシアの木は三年前に父が家を出てから剪定されていなく、通りに面したほかの窓を隠していた。お蔭でいつも部屋の中は暗かった。

スティーブンの大声が聞こえた——「位置について、ヨーイ、ドン」彼は手に旗代わりのバンダナを持って、丘の下に立っているに違いない。競技者たちが下りてくるまで、ウエスト・クレイ・パークの一番はじで交通を止めているのだ。去年の夏はサラが一番年上だったから彼女が旗持ち役だった。あれは去年の夏、私がスティーブンを好きだったときのことだ。でももう彼が大嫌いだった。

「何を読んでいるの?」エイミーがたずねてきた。

「アンネ・フランク」

「それ誰?」

「ユダヤ人の女の子でね、ナチスに殺されたの」

「へ〜」

スティーブンが裏のドアから侵入しようとして以降、私はもう外で遊ばなくなった。それにサラはどこにいるか聞かれたら、何と答えればいいのだろう?

「いつママは帰ってくるの?」エイミーが聞いてきた。

私はエイミーのほうを見た。もう気持ちは和らいでいた。「わかんないよ」

「一緒に人形ごっこしない?」

「あとでね」

「お願い」

「今、本読んでるから」

「海の底に行こうよ。カメと一緒に」

私はため息をついた。「わかった。この章を読み終えたらね」もちろんエイミーにはいつ私がその章を読み終えるかなどわかるはずもないが。彼女は学校で特別な読書グループに入っていた。彼女のクラスには緑グループ、赤グループ、青グループ、黄グループがあり、そのあとに「サム、トラム、エイミー」グループがあった。サムは問題児で、トラムはアメリカに来たばかりのベトナム人で、まだきちんと英語が話せなかった。そしてエイミーとは我が家のエイミーのことである。彼女が字を読めないと知って私は驚いた。保育園のころ、七大陸全部の名前を覚えていた。わずか四歳のときのことだ。しかしその後彼女は、ぼんやりした幼稚園児になってしまった。もう二年生になっていたが、まだちゃんと覚醒していなかった。学校に行く日数と家で母といる日数はほぼ同じだった。それが問題の一因だった。いずれにせよ彼女の頭は別の部分ではよく回転していた。母と一緒にいてトラブルに巻き込まれない、という驚くべき手段を身につけていた。いつまでも幼いままでいる、それが彼女の戦略だった。彼女は抜け目ないと同時に純粋無垢だった。そしてまた、幼くもあった。まだわずか七歳だったのだから。

エイミーはリビングに人形を持ってきて、ソファーに並べてスタンバイ状態にした。小さなプラスチックのブラシで何度もメグの髪をとかした。かわいそうに、そのナイロン製の髪の毛は細く痛んでしまっている。私はその章を読み終えた――が、まだ本を置くにしのびなかった。先をのぞき見て日にちを確認した――一九四三年六月。彼女はあと一年だけ我慢すればいい。その後どうなるかはわかっていた。しかし希望をもたずにはいられなかったし、日にちを数えずにはいられなかった。

「もう一ページだけ」エイミーが文句を言う前に、先んじて私は言った。

「単語いくつ?」エイミーは私の肩にのしかかって本をのぞきこもうとした。私は本を遠ざけた。

「さあね」

エイミーはジョニー・キャッシュ〔訳注　一九三二―二〇〇三。米国カントリー、ロック歌手、作曲家。数々の殿堂入りを果たし、CD売上総数五千万枚以上を誇る〕の歌を口ずさみ出した。

私は本から目を離し、エイミーに向かって微笑んだ。放送禁止用語をラジオ局がビーッという音で消す箇所にエイミーがさしかかったとき、私はついうっかり彼女と一緒に歌ってしまった。「俺はお前をスーと名付けた野郎だ」自分たちの声が空っぽの家に響き、二人とも気分が良くなった。私はソファーのひじかけに本を置き、二人で人形を集めて部屋に戻った。私たちはベッドの下にもぐりこみ、さっきやめたところからまた話を再開した。

「ジョーは魚を捕まえようとして水辺にいるの」

「エイミーはジョーと一緒?」

「いいよ。うん。エイミーもそこね。そこにカメが来るの。メモを読んだからね」

私はぬいぐるみのカメの背中にジョーを寝かせた。そしてジョーの腕を伸ばしカメの首をはさむ感じにした。

「海底でも、息ができるの」

「で、お前とエイミーがやっている人形ごっこは何なんだ?」ある週末、父に聞かれた。日曜の午後、私たちが母のところに帰る時間が近づいてくると、父と居間で座りこんで話をするのが習慣になっていた。

私はその質問にひどく驚いた。「時々やる遊びだよ」

「エイミーはそれに相当はまっているみたいだな」その前の晩にエイミーは、一時間もジェニに私たちの遊びの話をしていたのだ。海の底の世界にエイミーがひどく夢中になっていることが父を不安にしていた。

私は肩をすくめた。「ただの遊びだよ」

「しょっちゅう二人でやっているのか?」

「どうかな。ほとんど毎日かな」実際には、学校から帰ってから寝るまでずっと、毎日それをしていた。

「たまにはエイミーと外で遊んだらどうだ?」

「ママは私たちが外に出るのをいやがるの」本当はそうではなかった。母はもうそれほど注意深く私たちのあとを追わなくなっていた。しかしそれを聞いて父は黙った。

その日遅くなって、母の家の前で私たちを車から下ろすとき、父は自分のシートから助手席のほうに身を乗り出して私にサヨナラのキスをし、そして言った。「お前たち、しばらく人形ごっこは休みにしないか? 何かほかの遊びをするといい。わかったか?」

「うん」肩にリュックを背負いながら私は返事をした。

エイミーと私は走って階段を上っていった。半分上り父から見えなくなったところで、私はエイミーの腕をギュッとつかんだ。

「なんでジェニに私たちの遊びのことを話したの？」

「わかんない」

「もう二度と話さないでよ」

「うん」

「パパたちには関係ないでしょ」私は一瞬エイミーの目をじっと見た。腕はつかんだままで。「真剣に言ってんだからね」

「わかった。わかった。約束する」エイミーはそう言い、私の腕を振りほどいた。

第17章

母と過ごした最後の二か月の記憶はかなりあやふやだ。だから姉妹と事実確認をする必要があるだろう。私たちのアパートにある二つのバスルームのシャワーが両方とも壊れてしまった。母は家の中に配管工を入れようとしなかったので、上の階の空いている部屋でシャワーを浴びた（母が賃貸するのを怠っていたのだ）。エイミーと私は寝る前に、シャワーを浴びるためにナイトガウン姿で建物の裏階段を忍び足で上らなくてはならなかった。母はポータブルテレビをその部屋に持ってゆき、空っぽのリビングの床にそれを置き、夜のニュース、続いて「ローレンス・ウェルク・ショー」を見るようになった（コーラス隊の小さな女の子が私に似ているとは思わなかったけれど、それでもみんなでその番組を見なくてはならなかった）。

その空き室で時間を過ごしていたのは、母でさえ、荒れ放題な私たちの家に嫌気がさしていたからだろう。その辺りのことはエイミーが裏付けてくれるが、なぜかそのシャワーを借りにいっていたことは、彼女の記憶の中では私の記憶の中でほど悪くとらえられていない。彼女は走り回れるきれいなアパートを喜んでいたし、近所の人たちがどう思っているかなど、まったく気にしてはいなかった。

母はまだカントリーミュージックのコンサートに行くのが好きだったが、夜エイミーと私だけを家に置いていきたくなかったらしい。そのためコンサートに私たちも連れていかれ、母がショーを見ている間、私たちは駐車場の車の中に置いていかれた。ケンタッキーフライドチキンのバケット（マクドナルドは悪いがカーネルならよかった）を買い与えられて。私たちはステーションワゴンの後部座席で人形を広げて遊んだ。カウパレスやコンコードパビリオンの巨大な駐車場では、頭上の街頭が唯一の光だった。エイミーもこうした夜のことをよく覚えている。だがやはりエイミーにとっては、こうして夜を外で過ごすのはちょっとした楽しみだったようだ。

母は以前スポーツにはまったく興味を示さなかったが、そのシーズンに二、三回、私たちをバスケットボールの試合に連れていってくれた。ゴールデン・ステート・ウォリアーズはプレーオフに進出し、最終的にNBAの覇者となった。私たちは全試合をラジオで聞いた。エイミーはこうした試合も楽しい思い出として記憶している。もし選手や試合結果に対する母の激しさが異常な雰囲気を醸し出していなかったら、私も楽しめただろう。

時には母が私たちのために晩御飯を作ってくれることもあった。スパゲッティー、オーブンで焼いたポークチョップ、あるいはただの缶詰のトマトスープで、器の底に入れたチーズが溶けているものなど。しかしエイミーと私が自分たちの食事を自分たちで調達する回数は次第に増えていった。ピーナッツバターやジャムをつけたトースト、フルーツのヨーグルトがけ、あるいはシリアルを何杯も食べることもあった。

だが台所にあるものは要注意だった。そこは腐った食べ物の宝庫だったから。冷蔵庫に入っている紙パックの牛乳はすっぱくなっていたし、カウンターの上のパンにはカビが生えていた。フルーツは小鉢の中で腐っていたし、野菜は野菜室の中でぶよぶよでひどい状況になっていた。固くゆでた卵は殻の中で腐って硫黄臭を放っていた。

それでもまだ母は学校に行くときランチを持たせてくれたが、その中身はいつも同じだった。ピーナッツバターとミラクルホイップのサンドイッチ、小さな箱に入ったレーズン、運が良ければ果物。昼食用に持っていける適当なものがないときには、カフェテリアで買うよう五〇セント〔訳注　一九七七年当時、一ドルは二六五円前後〕を渡された。エイミーと私はあまり「パーティー」をしなかった。角の店からジャンクフードのごちそうを買ってくるパーティーだ。ベビーシッターをしていつも現金を持っていたサラがいないと、お金を手に入れるのは難しくなった。長椅子にコインが転がっていることもなく、小銭用ボウルもすっからかんだった。それにどのみちサラがいなくてはあまりに恐ろしすぎた。

母は夜、リビングで寝るようになった。一晩中暖炉の中でくすぶり続けている炎から目を離さないためだったのだろう。朝起きたとき、母がアルミホイルを体に巻きつけ、その上からベッドカバーをかぶって寝ている姿を何度も目撃した。そのときの記憶は今でも鮮明に残っている。当時まだ母は、学校に行くしたくをする前の私を、リビングに置いたマットの上で寝ている自分の布団の中に誘ってきた。今にして思えば不快だが。私は一度もそのアルミホイルについてたずねたことはないし、母が説明してくれたこともない。一種の美容法だったのではないかという気がする。たいていの場合、それについて何も考えないよう努めた。姉も妹もこれを裏付けてはくれないだろう。

サラの意見を聞くと、私のことを変な顔をして見て「そんなこと覚えてないわ」と言う。

「きっとあなたが出ていったあとね。お母さんがリビングで寝るようになってからだから」

「リビングで寝てたの？」

「そう。マットを引っ張ってきて、暖炉の前の床に敷いてたの。覚えてない？」

「暖炉は覚えているけど」サラはあきれたような顔をする。

私はうなずくが、まだアルミホイルにこだわっている。「朝リビングに来るでしょ。そうすると布団の横に大きなアルミホイルが何枚もあるの。お母さんはそれを自分の体に巻きつけて寝てたのよ。足や腕のまわりとか」

サラは今度は私をじっと見つめている。しかし私たちの間には溝がある——まるでサラがまったく関わっていない子供時代の出来事について説明しているみたいに。

「本当に?」サラは疑うような口ぶりだ。

「本当よ」私は自分の意見を曲げない。「最後のころは毎日そこでね。一種の美容法だと思ったの。やせるためとか」

サラはうなずき、こっちをじっと見る。

「今思えば、むしろ何か外の力から身を守るためだったのかもしれないね。放射線とか声とかそんなの」

「帽子の内側にアルミホイルを貼り付ける人みたいに?」と、サラ。

「そう」そして私は最近聞いたある人の母親の話をする。その母親は精神障害で、家じゅうのすべての窓をアルミホイルで覆っていたという。

「なんでいつもアルミホイルなのかな?」

「さあ」私は肩をすくめる。「効き目があるんじゃない?」

父の家にいるほうがよっぽど楽しかった。父とジェニは一緒にもっと大きなアパートに引っ越していた。そして私たち姉妹用の大きなベッドルームを作るために地下を改装してくれた。改装が終わると、これまで見たこともないような最高にこぎれいな部屋ができあがった——全面白い壁、あれこれ組み合わせたユニット家具、作り付けの棚、下に引き出しのついたベッド。ジェニは私たちのベッド用に明るい色のマリメッコ〔訳注　フィンランドのアパレル企業。大胆で鮮やかなプリント柄で知られる〕のシーツとベッドカバーを買ってくれた。ここに引っ越してくるのはもう時間の問題だ、と私たちみんなが思っていた。

幸い学校は短期休暇に入った。まだそのころ私は欠席がひじょうに多かったけれど、成績は良かったし、驚くべきことに、先生たちも友人たちも私の家庭でのトラブルに気付いていないようだった。授業参観日や父母会のときには苦い思いをしたが、それを除いたら私の学校生活は完全に家庭生活から切り離されていた。

毎月、学校のメールオーダークラブを通して私は本をたくさん注文していた。母は私が欲しがる本を何でも買わせてくれたし、いつも小切手を切ってくれた。本が到着して十数冊の新しいペーパーバックの重さに苦労しながら家に持ち帰ると、大きな安心感に包まれた。私は次々と本を手に取り、推薦文を読み、慎重に吟味して最初に読む本を決めた。それからベッドの足元に本を山積みにした。朝起きたとき、そして再び夜寝る前に、その山を見ると元気づけられた。

私は『草原の少女エスタ』〔訳注　米国人作家エスタ・ハウツィヒ作〕を学校に出す読書レポートの題材にした。それは家族とともにシベリアに送られたロシア人少女にまつわる過酷な物語だった。一家は厳しい労働と寒い冬を耐え忍ぶが、父は亡くなってしまう。それでも最後に彼女と母親はアメリカに脱出する。ブッククラブにはそのような本がたくさんあった。ひどい逆境に耐える少女。魔法が出てくる話のほうが好きだったが、悩んでいるときには忍耐物が心にしみた。

その本のカバーを作るのが宿題だった。カバーの宣伝文句はすぐに書けたが、絵に苦労した。絵に関して、私に将来性はまったくなかった――自分の芸術的才能に関して幻想を抱いたことは一度もない。だが解決策がひらめいた。私は太陽の形を切り抜き、それを明るいオレンジと黄色に塗り、硬く白い工作用紙に貼った。

シベリアの水平線を表すために細い波打った横線を引いた。平原の白と空の白を区別できる程度の線だ。前面には雪で見えなくなりそうな、小さな棒のような女の子を描いた。次に、これがこの作品のポイントなのだが、台所からパラフィン紙を持ってきて、画面全体を覆うように一枚貼り付けた。完璧だ。女の子はかすんだ。太陽は判別できるがパラフィン紙の向こうで色合いが抑えられ、寒々とした感じになった。荒涼感が狙い通りに出た。

その年の間に何度か、スクールバスの運転手たちはストライキをした。エイミーは学校に歩いて行っていたので、影響を受けなかった。私の学校までは車で十五分かかるので、数週間毎日行き帰りに公共のバスに乗るか、あるいは車に乗せてもらわなくてはならなかった。私の母とリサの母親はカープールの取り決めをした。リサの母親が仕事に行く前に朝私たちを乗せてゆく。そして母が午後私たちを迎えに来るのだ。しかしそのシステムはうまくいかなかった。母は決まって遅れ、ひどく不快な思いをさせられた。私は母の遅刻癖に慣れていたが、リサはそうではなかった。リサの世界では、母親はきちっと時間通りに子供たちを迎えに来るものなのだ。毎日誰もいなくなった校庭で、ステーションワゴンが到着するのを今か今かと待った。私は恥ずかしくてしかたなかった。

リサと私の間で母の奇妙さが話題に上ることはなかった。私たちは三年間親友だったし、ほぼ毎日学校が終わった午後を彼女の家で過ごしていたが、リサが私の家に上がったことはなかった。彼女は賢い子だから、何かが起きていることぐらい気付いていた。その反面、なぜだか母は一緒にカープールを計画するなど、リサの母親にはまだまったく普通の人のように振る舞えた。

ある日の午後、一時間以上待っても母は姿を見せなかった。お金がないかとポケットを探ってみた。リサが一〇セント硬貨を持っていたので、公衆電話からうちに電話してみた。が、留守だった。リサの母親が仕事から帰るまでにはまだ何時間もある。バスに乗るにはお金が足りない。そして刻々と時間は過ぎてゆく。想像もつかないほど遠い気がしたけれど、歩いて家に帰ることにした。ゲイリー大通りをずっと進んだ。母が車で通りかかって見つけてくれるのでは、と期待したからだ。一ブロック、二ブロックと数えていった。全部で五十二ブロックあった。

しゃべる時間がたくさんあった。そしてなぜかしら歩くリズムは私の舌をなめらかにした。どうしてたがが外れたのかわからない。しかしひとたび話し始めると、止まらなくなった。母のことをリサに話した。声のこと、悪魔のこと、ＪＦＫと知り合いだと思っていること、私たちを守るための自家製の服のこと。そして、統合失調症は病気で、母は妄想型だと説明した。リサは母を怖がり、いやがり、そして学校に取り残されたことに腹を立てていた。とうとう私は半分母を守るために、我が家の状況を説明した――母は悪くはない、病気なのだ、とリサにわかってもらうために。

リサは黙って聞いていた。彼女もまだ十歳だ。聞いていてうんざりしたに違いない。でも判断を下しはしなかったし、ショックを受けたようにも見えなかった。少なくとも、そんなそぶりは見せなかった。私たちはひじのところで腕を組み、残りの道のりを一つになって歩いた。

二十四番大通りで私たちは別れた。私は家へと角を曲がり、リサは二十六番大通りまであと二ブロック歩かなくてはならなかった。硬いコンクリートで足が痛くなった。学校で待っていなかったと母が激怒しているのではないかと不安だった。しかし歩くうちに気分が軽やかになった。これまでずっと抱えていた重荷を下ろした気分だった。

学年末になり休暇が始まると、リサは六週間祖父母の家に滞在するためボストンに行ってしまった。サラは父の家にいて、週末にしか会えない。外で近所の男の子たちと遊ぶ気にもなれない。だからたいてい家の中にいた。夏は果てしなく続いた。私はリサに何度か長い手紙を書いた。そして本を読んだ――『ホビットの冒険』〔訳注 J・R・R・トールキン作〕『アラバマ物語』〔訳注 ハーパー・リー作〕少女探偵ナンシー・ドルー・シリーズ〔訳注 キャロリン・キーン作〕と手に入るものは片っぱしから読んだ。そしてエイミーと人形ごっこをした。父の警告を無視して、私たちは以前にもましてその遊びにのめりこんだ。

四姉妹は今では海の底に住んでいた。海底に足をつけておくため、浮かび上がらないようにするため、彼女たちは長いスカートのすその部分に砂をかけた。誰も知らない世界がそこで華やかに展開していた。サンゴ礁の中の城、お金の代わりのシーグラス、朝食用のカタツムリ、邪悪な小人、魔法にかけられたコンブの森、捕まえて飼いならし乗るためのタツノオトシゴ。

その夏のある日、私はまた母とリビングの床に座っていた。深緑色の長椅子の足元、私たち姉妹が大平原に見立てていた場所だ。親権訴訟はすぐにでも始まる予定だった。もうすぐに、いつ来てもいい状態だったが、まだ知らせはなかった。四人の「壁のどこかに出口がある」という信念、量れるものは耐えられるという信念にしがみついてここまできた。数えて、いつも数えていた。週末まであと三日、ビーチに行くまであと二週間、学校まであと一か月、車十台数えたら父が到着する。もう数えるのもいやになりそうだったが、法廷での判決の日が近付くにつれて、私の前にある時間が伸びるように感じられた。

私は母とヒロシマについて話をしていた。すでにヒロシマ、ナガサキという名を聞くと悲しい気分で満たされるようになっていた。学校ではヒロシマに送るために折り紙で色とりどりのツルを折ったこともあった。

しかし母の話は目新しかった。まぶしく目がくらむような光線、焼けただれた皮膚、皮膚が燃え尽き残った骨、後遺症による病気と死。母とどんな会話をしていたか、細かくは覚えていない。ただこれはサンフランシスコでも起こる可能性がある、という話で終わったのは覚えている。ロシア人のことだろう。そうなったら生き残るより死んだほうがましだ、と母は言った。ここに爆弾が落とされると知ったら、もしそれが飛んできそうだとわかったら、一番すべきことは自殺することだ。あまり時間はないだろう。

母は澄んだ青い瞳をこちらに向けて聞いてきた。「もしそんなことが起きて、私が自殺しなさい、と言ったら、あなたはする？　それともしない？」

私の唇から洩れた息が震えていた。母と私をつなぐ糸がギュッと引っ張られたのを感じた。母は現実の核攻撃について話しているのだろうか、それとも母だけが予期している世の終末について話しているのだろうか？　その違いは何なのか？　どうやったらわかるのだろう？　恐ろしさに私の体は震えた。自分の命を母に差し出したくなんてない。

母は私の答えを待っていた。

私はうなずき、無理やり言葉を発した。「お母さんに自殺しろって言われたら、私、自殺する」

第18章

親権を求める父の控訴を受けて裁判所がようやく審理を行ったのは、一九七七年九月十三日、エイミーの八歳の誕生日のことだった。私は六年生になったばかりだった。父は、自分が勝つ、と強く確信していた。今回父は、弁護士、精神科医、児童福祉ワーカーなど、すべての力を集結させた。私は父を信じた。なぜならその時点で、他のことは何も考えられなかったからだ。裁判所が再びこちらの上訴を棄却した場合、ほかに案もなかったし、母のもとから家出する計画も立てていなかった。私は全神経をその裁決に集中させていた。父と暮らすか、でなければ朽ち果てるか、その二択であるような気がしていた。

その日がどのように来るか、父はあまりはっきりしたビジョンを描いていなかった。判決の前に裁判官は私たちと話したがるかもしれない。新しい裁判官だけど、親切な人だ。もし話さなければならないなら、法廷でなく裁判官室だ、と父は言った。そんな話を聞いても安心はできなかった。裁判官室にいる裁判官——床や壁が木の、堅苦しくいかめしい部屋にいる黒いローブの裁判官——そこからは同情という文字は浮かんでこなかった。それにどのみち、そうやすやすと解放されるとは期待していなかった。人々が傍聴する法廷で証言させられるものと思い込んでいた。手を挙げて、聖書に誓い、秘密を暴露し、自分の母親の頭がどれほどおかしいか、みんなの前で宣言する。母も居合わせている前で。部屋の反対側から母の目が私をじっと見つめる。私が自分の味方でないことを母はついに悟るのだ。

　この光景は私の頭の中でそれ以上先に進まなかった。死ぬ地点のほんの手前まで行くが、実際に死にはしない、そんな夢の中の出来事のようだった。その一線を越えたら何が起こるか、私には想像もつかなかった。

　十一時ごろ校長が教室にやってきて私を呼んだ。私は気分が悪くなったが驚きはしなかった。裁判官に話をしに行くから学校まで迎えに行く、と父から言われていた。校長のあとに続いて廊下を進んでゆくと、そこにいたのは母だった。ベージュのトレンチコートを着て両手をポケットに突っ込んでいる。胃がずしんと重たくなった。裁判の判決が出る前に母は私を誘拐しに来たのだ。ここに来るなんて他に何の目的があろう？

　私は感覚が麻痺した状態で母のほうに向かっていった。校長が去り、静かな長い廊下に母と私だけが取り残された。私たちは顔と顔を突き合わせて立っていた。薄暗く、壁はよくある淡い緑色。その廊下のはじからはじまで左右両側に、教室に入るドアが並んでいる。すべて閉まっているが、大人の目の高さのところに小さな窓がついている。その窓の向こう側から、先生の声や生徒が一斉に答えを言う声がくぐもって聞こえてきた。

　裁判官に手紙を書いた、と母は言い、泣き出した。私は動揺した。母が何を言っているのか理解できなかったけれど、私の目からも涙がこぼれ落ちた。私は母の両腕に包みこまれ、引き寄せられた。「あなたはこれからお父さんと暮らさなくてはならないの」母は私の肩に向かってささやいた。私はますます大きくすすり泣いた。「ほんのちょっとの間ね」そう言いながら母は私の髪をなでた。私は母にもたれかかったが、それと同時に母に去ってほしいと願った。今すぐ帰って。いなくなってほしいと思えば思うほど、私は激しく泣いてしまった。

「すぐにまた一緒に暮らせるわ。ほんのちょっとよ」数分間そこに立っていて、ようやく母は私を離してくれたが、母はまだ泣いていた。そして私の肩をたたいた。母が泣くのを見るのは耐えられなかった。

「もう教室に戻って」

「うん」私は小声でそう言ったが、涙で声がかすれた。

「愛しているわ」

「私も」

母は向こうを向いて去っていった。母が重い足取りで廊下を歩いてゆくのを私はじっと見つめた。トレンチコートが母の後ろではためいた。そして階段のところで曲がり、私の視界から消えた。

私は長い廊下を歩いていった。自分の教室を通りすぎた。レイモンド先生の声も、チョークで黒板をこする音も、近づいて、そして遠ざかっていった。私は女子トイレに入った。個室に入り、ぎこちない手つきで金属製の鍵をかけ、閉めたトイレのふたの上に座った。足もふたの上に載せて、丸まって、泣いた。とても長い時間が経った。泣きやんだとき、再び顔を上げることができたとき、個室の壁のいたずら書きが目に飛び込んできた。「ディーナ＆マーキー　4エヴァー」「レイチェルがダニー・Wをファックした」私たちは六年生。みだらなことを知り始める年頃だ。

鏡の前に立ち、自分の目を見た。腫れて、赤い。ありえないほど腫れている。教室に戻ったら、みんな振り返って見て、私が自分の席に着くまで目で追うだろう。目が元に戻るまでどのぐらい時間がかかるだろう。泣いたあとが消えるまで。流しの上のディスペンサーから茶色いペーパータオルを引っ張り出し、温水で濡らして目に押しあてた。その温かさがひりひりする痛みを取ってくれたが、ザラザラした紙が肌に痛かった。

放課後、父が校庭で待っていてくれた。裁判所から直行してきたため、スーツ姿で重苦しい感じだった。父は片手を私の肩に回し、二人でゆっくりと校庭を横切った。母は法廷に姿を見せなかったそうだ。もう裁判で親権を争わない、という内容の手書きのメモが裁判官に送られてきたという。

「勝つ見込みがない、と悟ったんだろう」そう言いながら父は頭を振った。その声には緊張感がみなぎっていた。父は悲しそうだったが、驚いてはいなかった。

私はびっくりした。母が争うのをやめるなんて夢にも思わなかった。一つ確かに言えるのは、母が私たちを自分のもとに引き止めておきたかった、ということだ。それまでの何か月か、私は母に背を向け続けてきた。あの意思、怒り、狂暴性。でもついに母は屈した。私は未知の領域に頭から突っ込んでいった――これから残りの人生を過ごしてゆく領域――母に対する憐みが、急速に恐怖心をしのいでゆく領域だ。

「もちろん行きたいときにはいつだって遊びに行っていいんだよ」そう言う父を私はキッと見上げた。まばたいて涙を抑え、私は視線を地面に落とした。校庭の正面入り口近く、四角形のコートの内側に私たちは立っていた。母に会いたいと思うときなんて来るのかな、と思った。

「なあ、今日はエイミーの誕生日だ。お前の母さんは今晩、きみたちに一緒に過ごしてほしいんじゃないかな」

母はケーキを作り、プレゼントとアイスクリームを買っていた。今晩は母のところに泊まってもいい、と父は言った。荷物をまとめておきなさい、明日の朝学校に行く前に迎えに行くから、と。

私は四角形のコートの外側の線を靴でなぞっていた。

「行きたくなければ行かなくてもいいぞ」

「ママ、すごく怒るね」

「ローラを行かせる気はないってぼくから言っておくよ。お前は何も言わなくていい」

私は父に向かってうなずいた。父は母からの非難を私の代わりに受け止めてくれようとしていた。私の心は安堵感で満たされた。

その午後、母の二人の弟がデンバーから飛行機でやって来ていた。父が来るよう頼んだのだ。私たちの親権を失ったら母がどういう反応をするかわからなかったし、一人にすべきでないと思ったからだ。空港で二人を迎え入れ、その後母が私を学校から連れ去る前に私と話をしようと、父は車を飛ばしてきたのだ。おじたちをホテルに送る時間はなかったので、二人は車内で待っていた。

校庭から出ると、母の乗る茶色いステーションワゴンが縁石のところに止めてあった。後部座席のエイミーが私を見た。すでに凍りついた表情をしている。母がおかしくなったときにいつもする表情だ。母がすばやく運転席から出てきた。父に先を越されたことに憤慨していた。父の姿を見ると、口元が怒りでこわばった。

二人が互いにどんなことを言い合っていたかは覚えていない。母は怒り、父は断固とした態度をとっていた。人質のようなそぶりをして、私はしみがついた灰色と白の歩道をじっと見下ろしていた。とうとう母は父が折れないと悟って自分の車に戻った。

「向こうが出るまで待とう。トムとピーターが一緒のところを見られたくない」父はかぶりを振った。「きっと怒り狂うだろう」

私たちは縁石のところに立っていた。でも母は出発しようとしない。運転席に座って私たちを監視している。たえず人を疑う人間をだませると思ったのは、こちらのミスだった。父はフーっと長く息を吐き出した。

「歩こう。まいてやるから見てろ」

父が車を置いた場所とは反対方向に私たちは歩き出した。母はついてきた。私たちが歩くと茶色いステーションワゴンがその脇をのろのろと追ってくる。父は肩越しに後方をちらっと見た。父にはある考えがあった。「ここは一方通行だ。車はこの道をずっとついてくるだろう。そうしたらぼくたちは引き返すんだ」父は私に向かってウィンクした。策略、抜け目なさ、それは父の一番の武器だった。私は気分が良くなった。私たちはできるだけ早足で歩いた。歩きながら二人ともケラケラ笑っていた。おなかが痛くなった。ついでにめまいもした。母が私たちのあとを追いかけ私たちが逃げようとする、というのがひどくおかしかった。どのみち、父がそこにいる限り私は安全だった。

角まで来ると私たちは回れ右をして逆走し、別の角を曲がって父がメルセデスを置いてある場所に急いだ。車に到着すると、何と母のステーションワゴンが反対方向から角を曲がってやって来るではないか。母は道の真ん中で、メルセデスと顔と顔を突き合わせるようにして車を止めた。そして叫びながら車から降りてきた。自分の弟の名前を大声で呼んでいる。「トーマス」「ピーター」と泣き叫ばれて、二人は急いで車から外に出た。

私は歩道に立ち、父、おじたち、そして母へと視線を移した。その手のひらで辺りの空気を鎮めようとするかのように、父は両手を上げた。「そうイライラするな、サリー」父は言った。「落ち着け」しかし母はカンカンに怒っていた。父の言葉は火に油を注いだ。母の怒りは炎となって燃え上がり、父とおじたちに燃え移った。母からすればここに自分の弟たちがいるということは、みんながグルで、自分を除け者にするために共謀していること、娘たちを自分から引き離す計画におそらく弟たちも加担していたこと、さらにもっと悪いこと、自分を排除する計画を立てていること、を裏付けていた。

トムは片手を姉の肩に置いた。母は激怒して身をよじってその手を振り払い、トムをにらんだ。男性三人は皆一八〇センチを超えている。一七〇センチ弱の母が彼らの頭上からのしかかるように圧力をかけるのは無理だ。それなのに男性たちは縮こまった。母が突進し、彼らは身をかわした。

「サリー、サリー」父は何度も繰り返した。まるでお願いするかのように、あるいは不平を言うかのように。だが次の瞬間、母から目をそらせたかと思うと矢のような速さでステーションワゴンへと走った。その運転席のドアは通りに向けて開け放たれていた。父は後部座席のドアを開けると「来い、エイミー」と言い、エイミーの片腕をつかんで引っ張り出した。見ていて関節がはずれないか不安になるような引っ張り方だ。父はエイミーをメルセデスに乱暴に押し込み、自分も移動しながら叫んだ。「ローラ、乗るんだ」

私は中に入るとドアを引っ張って閉めた。メルセデスならではのドスンという重い音が響いた。エイミーは大きな丸々とした目で私を見上げた。

「トム、ピーター、行こう。サリー――もうたくさんだ。子供たちはまた今度そっちに行かせるよ」父はそう言いながら運転席のドアをバンと閉めた。

トムとピーターはまだ歩道にいて、母をなだめようとしている。父はエンジンをかけた。そして助手席のほうに体を伸ばして窓を開けた。「トム、ピーター、ともかく行こう」父はもう一度大声でせかした。ついに二人はそれに従った。ピーターは助手席に、トムはエイミーと私の横、後部座席に滑り込んだ。母は助手席側の窓に張り付いた。怒りの形相だ。額の波打ったしわ、鼻の両側から下へと深く刻まれたしわ。分厚いメガネの向こうでカッと見開かれた目。縁石から車が離れようとすると、車のサイドを母のこぶしがたたいた。

エイミーは後部座席で私にくっついてきた。おじたちはショックを受け、うろたえ、脅えていた。あんな姉を見たのは初めてだったのだ。母の家族は母から十分離れた安全なコロラドに住んでいて、母の病気をたいしたことないもの、ととらえがちだった。そのときまで、一連のことに関する父の説明を、彼らが信用していたかどうかは疑わしい。私の心の一部、恐怖に凍りついていない部分はおじたちに「ほら、わかったでしょ」と無言で語りかけていた。

「あんたたちと俺らが一緒にいるところを見せるべきじゃなかったな」とトムは悔やんでいた。

父は答えなかった。

「追いかけてくるつもりだ」とピーター。

私は座ったまま上体だけ回転させ、後ろの窓ガラスの黒い霜取り線越しに外を見た。母は狭い道で巧みに雑な3ポイントターンをして私たちの後ろに近づいてきた。

その次に起こったことは「事故」として私の記憶の中に記録してきたが、もちろん事故とは正反対のものである。

私たちの車は後ろから激しく追突された。その衝撃で私の体は運転席にたたきつけられ、首は前方に傾きむちうち状態になった。エイミーは運転席と助手席の間に投げ出されたが、父がとっさに腕を出して彼女を止めた。

「何てこった」とトム。

「ちくしょう」バックミラーを見ながら父は言った。「しっかりつかまって」

私たちの車は再び前方に突き飛ばされた。母による二度目の追突は、一度目ほど激しくはなかった。母はすでにこちらのバンパーを派手に傷つけていた。エイミーが私にしがみついていたので、私たちは一緒に運転席にぶつかった。私たちは両腕を突き出し、再度の衝突に備えて身構えた。

父は素早く右折してゲイリー大通りに入り、母から逃れるために車の流れに紛れこもうとした。それでも母はぴったりとついてきて、こちらの車が曲がろうとすると、サイドからぶつかってきた。エイミーと私はドアに衝突し、よろめきながら元に戻ると、今度はおじにぶつかった。角で父が車を急停止させたとき、私たちは必死に体を支えた。

車が完全に停止すると、母の車がドスンとぶつかってきた。さらに母はステーションワゴンをバックさせ、再びぶつけてきた。

バスを待って角に立っている人たちは、どうなってるんだ、というふうに両手を上げたり、手で口を覆ったりしている。窓で遮られていたが彼らの声は聞こえた。最初は悲鳴、目の前で繰り広げられているのが事故ではないとわかると、それはより高音の恐怖の声に変わった。

さらに二回、母は車をバックさせてメルセデスにぶつけてきた。ぶつけられるたびにアドレナリンが胃を通過して心臓へとスパイクを打ち込んだ。

父は車から降りた。そして一瞬、母の車の前に立ちはだかった。心臓が締め付けられた。母は車を発車させ、私たちの車を迂回した。父は道の真ん中の中央分離帯に飛び乗った。母は父を追いかける。私たちの車から遠ざかり、キーキー音を立てながら車を走らせ、中央分離帯に乗り上げた。オールズモビルの前輪は縁石の上をガタガタ進んでいった。父は素早く身をひるがえして攻撃をかわし、中央分離帯から下りて自分の方向に向かってくる車の流れの中に立ち、下がれというように母の車の窓を手でたたいた。ステーションワゴンはバックして縁石から下り、私たちの側のレーンに下りた。母は金切り声をあげながら私たちの横を通り過ぎ、異常に揺れながら丘を下っていった。

私たちの車の中はシーンと静まりかえっていた。外では人々が大声で騒ぎ、指さしている。怒っている人、驚いている人、今見た出来事について話し合っている人。

父が助手席のドアのところに来た。おじが開けると「みんな大丈夫か?」と聞いた。

私は自分の体を見下ろした。両膝がすりむけている。そして両手首もぶつかって痛い。でも骨は折れていないし、血も出ていない。

「こっちは大丈夫」エイミーと私を代表して私が答えた。

トムおじさんが車から下りた。続いてエイミー。私も後部座席を横滑りして車の外に出た。そこはデパート、シアーズ＆ローバックの前だった。私は一度だけチラッとつぶされたメルセデスの後部を見た。バンパーが取れてぶら下がっている。交通量の多い通りの一レーンをメルセデスがふさぎ、何台もの車がその後ろに列をなしていた。ドライバーたちは私たちをじろじろ見て、それから苦労して隣のレーンへと車線変更していった。

通りにいた人たちは目撃証言すると父に申し出てくれた。「全部見てました」とある男性は言った。別の人は母の車のナンバーを書いた紙を差し出してくれて、父はそれを受け取った。私はぼおっとしながらも、私たちがその番号を空で言えることをバラさないで、と父に願った。私はそうした人たちからかなり離れたところにいた。耳に残っている母の叫び声、激しく波打つ静脈、手首の痛み。そうしたものが私と見物人たちの間に壁を作っていた。

あとで警察が来ることがわかった。人垣がなかなか崩れないことに気付いた。しかし私は警戒していた。ゲイリー大通りをこちらに向かってくる何台もの車を視界に入れながら、目は二ブロック先に釘付けになっていた。そこには重そうに動いている母の茶色いステーションワゴンがあった。

父は私の肩を抱いた。「お前、大丈夫か？」「うん」私はそう答えて両手を差し出した。「手首が痛いだけ」父に言われたように、手首を数回上下に動かしてみた。骨が折れていないことにほっとした父は、私の手に一ドル〔訳注　一九七七年当時一ドル約二六〇円〕を握らせてくれた。「エイミーを連れていって、軽食堂で何か食べ物を買っておいで」

「わかった」

「慌てないでいいから」

「うん」

私はエイミーの手をとった。彼女は目を大きく見開いていたが、泣いてはいなかった。私たちは手をつないだままシアーズの二重のガラス扉を通って中に入った。すぐに私たちは名も知らぬ客たちの波にのまれた。「トップ・オブ・ザ・ワールド」のＢＧＭバージョンが館内に流れていた。私は無意識のうちに「その理由はただ一つ…」という歌詞を口ずさんでいた。

子供服売り場では、母親たちが我が子の新学期用の服を選んでいた。私はエイミーの手をギュッと握って言った。「何も心配しなくていいよ」そう言うと気分が良くなった。私がエイミーの面倒を見てあげなくては。そう思うと心の拠り所ができた気がした。エイミーの手を引いてエスカレーターに乗った。軽食堂は二階だ。ゆっくり上ってゆくと、強烈なポップコーンの匂いに包まれた。エイミーは私を見た——その顔には何も書かれていなかった。

私たちはレジで長い列の一番後ろに並んだ。ティーンエイジャーたちはスラーピー〔訳注　シャーベット状の炭酸飲料〕を買い、ベビーカーを押す母親たちは子供用のおやつを買っていた。ふと気付くと、白と黄色の大きな電化製品に取り囲まれていた。ガラス窓のついた前開きの洗濯機が回っていたのだ。白い渦巻きと化した水と衣服がヒューッと音を立てながら回るのを、私たちはじっと見ていた。

「何でパパは私をママと一緒に行かせてくれなかったの？」とエイミーは素朴な疑問を口にした。

私は洗濯機から目を離して妹を見た。

「パパが私たちの親権を取ったの」私は口ごもりながらも、この大きな溝を超えた。

「でも何でパパはママを怒らせなきゃならなかったの？」エイミーは続けた。「ママはアイスを買ってくれたし、私にケーキも作ってくれたのに」

めちゃくちゃに入り乱れている洗濯機の中を見つめ、それから視線をエイミーに戻した。もうレジの順番が来る。言葉が見つからなかった。ときには無言の返答も許されよう。誰かと一心同体だと感じることがある。相手が頭の中で何を考えているか、完璧にわかると思っているのだ。その後、長いことその人の頭の中をのぞいているとめまいがしてくる。そしてそこで渦巻いているのが何なのか、さっぱりわかっていないことに気付く。

列の先頭に来たとき、エイミーはキャンディーがけピーナッツを欲しがった。私は好きなのを取らせてあげた。今日はエイミーの誕生日だ。レジの女の人が赤と白のストライプの小さな紙袋を渡してくれた。ついさっきこの子たちの母親は、この子たちの乗っている車に自分の車をぶつけた。そんなこと、彼女には思いもよらない。それも七回も。エイミーを連れてエスカレーターに戻った。手はまだ握ったままだ。私たちはピーナッツを食べた。誰も私たちのことなど見ていない。私の心臓はまだドキドキしている。手首も痛い。まだ体中の神経がうずき、アドレナリンが走り回っている。そんなこと、シアーズにいる誰も知らない。想像しうる最悪の出来事が起こることもある。五分、五日、五年と時が経っても、こちらが教えなければ誰も何も知らないままだ。自分の心の中に隠せることに、限界などほとんどないのだ。

第3部　海水面

第19章

サンフランシスコは三方を水で囲まれている。しかし海は一方だけなので、「オーシャン・ビーチ——大海の浜辺」という名もくどく聞こえるがそれなりの意味がある。ここの海岸線はまっすぐなので、左右どちらを向いても何キロも先まで見える。砂浜はコンクリートの壁から五〇メートルほどゆるやかに海へと下ってゆき、ドーンという音を立てて青く波打つ太平洋に溶けてゆく。六メートルを超す大波が沖で砕け、そして何度も砕け散りながらしだいに穏やかになり、海岸線に泡混じりの波となって打ち寄せる。この辺りでは潮の流れの変化がとても激しく、五〇メートルの浜辺を消滅させて波が壁を洗うこともある。

私はまだ幼かったころ、海岸はどこでもこんなに大きく、海水はどこでもこんなに冷たいものだと思っていた。オーシャン・ビーチと比べると、その後目にするビーチはどれも小さく感じられた。

一番古い記憶は、父と母が砂浜の上のほうに敷いた色鮮やかなビーチタオルの上にいる光景だ。普通に洋服を着て、風を避けるために地面にへばりついている。父は両ひじをついて手の上に顔を乗せ、母は砂浜にまっすぐ投げ出した青白い片腕に頭を乗せている。母はおなかのあたりまで隠れる男性用のゆったりしたシャツを着ている。出産後間もない時期で、おなかはまだ柔らかい。二人は互いに向き合っていて、砂の上にカーブしたVの字を描いている。生まれたばかりのエイミーは柔らかな綿のブランケットにくるまれ、二人の間の空間に守られるように置かれている。

サラと私は波と戯れている。サラは六歳、私は三歳。私たちは裸足で、細長くどこまでも続く濡れた砂の上で踊るようにはしゃいでいる。水が引くたびに砂は日の光にキラキラ輝く。ビーチには太く長いロープのような海藻が散らばっている。それはカールした巨大な髪の毛のようで、父の握りこぶしより大きく、水を吸い過ぎて信じられないほど重い球根のようなものがついている。

「ほら、さわってごらん」とサラ。

私はかがんで一番太くネバネバした箇所に触れる。と言ってもその海藻の茶色の表面に指先を一瞬置くだけだが。それは動かない。ツルツルしているが、指で押すとしっかりしたさわり心地だ。

私たちはしだいに大胆になり、中が空洞になったその足のような物体を肩にかつぐ。それを引っ張って歩き、振り返ると砂に線が描かれている。

「洗おう」と私は提案する。それが輝くのが見たいのだ。

太陽が顔を出し、明るくはなったが、暖かくはならない。私は緑色のポリエステルの短パンをはき、緑と白の細いストライプの綿のTシャツを着ている。母が買ってくれたばかりの新しい服だ。おそらくエイミーが生まれて私に手がかけられなくなった埋め合わせだろう。生まれて初めて、母の目がつねに私に注がれるということがなくなったのだ。

サラと私は水際までその海藻を引っ張ってゆく。潮が引くと私たちはそれを硬い砂の上に置き、自分たちは下がって様子を見る。波が海藻を、最初は遠慮がちに、少しだけ洗う。海藻の表面から砂を洗い流す程度だったが、そのうちもっとしつこく押し、突つき、その存在を意識する。海藻は波に押されて揺れている。

大波が押し寄せてきて、私たちはキャーキャー言いながら浜をかけ上がる。私たちの足はもうずいぶん長いこと冷たくて感覚がなくなっている。しかし今回はふくらはぎ、そしてももまで波が来た。乾いた砂の上で私たちは回れ右をする。海藻は波にさらわれた。だから波が戻ってくるのを待つ。すると、引いてゆく波が次の波とぶつかるところで、渦に巻きこまれている海藻を発見する。そして再び硬い砂の上に投げ出された海藻は、その重みの下をくぐり抜けてゆく水に抵抗する。

このような海藻、巨大な海藻は北カリフォルニアの沿岸のような、冷たく浅い海域が一番育ちやすい。かつて海岸線に並んでいた巨木セコイアの仲間のようなその海藻も群生し、海底で広大な森を作る。植物一本一本が岩に張り付き、しっかりと根を下ろし、その後、幹のような太い茎を海面へと伸ばす。そしてそこで幅が広く革のような葉を広げ、太陽の光を浴びる。海藻はあらゆる波長の光を吸収し、一日に最高約三〇センチも伸びる。しかしその緑色を茶色が隠してしまう。あまりに茶色がきつくて、明るい色の葉緑素の覆いとなっているのだ。色がはっきりしているのはそれよりは小さい海の雑草で、例えば翼のある海藻、海のヤシ、トルコのタオル、悪魔のエプロン、海のレース、コンブ〔訳注 タングルウィード、コンブ属の大型海藻の総称〕といったものだ。

父の鋭く歯切れの良い声が風に乗り、波音を縫って聞こえてくる。振り返って父を見ると父はタオルの上に立っていて、耳の下まで伸びた茶色い髪は風で逆立っている。

「サラ」鋭い声が響く。「妹と手をつないでやれ」

父の後ろに母が見える。背筋を伸ばしてタオルの上に座り、私たちの方向に体を傾けている。その体の緊張した感じは、父の言葉に感嘆符を付け加えているようだった。

最初ハッと驚き、次にがっかりしたサラの顔を両親は見ていない。六歳のサラは、私の面倒を見るという仕事をとても真剣に受け止めている。サラは私の手をつかみ、私たちは指を絡める。母はそんな様子を見て深くうなずくが不安げに眉は下がっている。サラの握り方は強すぎる。

私たちは獲物を追って、飛び跳ねるようにして波打ち際に戻る。サラに引っ張られるようにして私たちは勇敢に突進し、互いに空いている手で海藻をつかみ、向きを変えてダッシュし、ゴールテープのように戦利品をおなかのところに当てた状態で前かがみになる。六〇センチほどにそれを伸ばし、また別の波がやってくると、その獲物を落として安全地帯へと走る。

必死に走る私たちの足に水がかかる。私がついてゆけるよう、サラはゆっくり走ってくれる。水がはねた部分は短パンが深緑色になり、髪の濡れた部分は固まっている。サラの氷のように冷たい手の中で私の手はこわばっている。

今回は、海藻はほとんど動いていない。最後の波は大きく見えたが、引く力はそれほどでもなかった。それに勢いを得て、私たちは一緒に海のほうへと飛び出す。渦巻く水際で足を伸ばし、私は海藻の細いほうの先端を押さえる。それを手でしっかり握って強く引っ張る。サラが太いほうをつかんでくれると期待しながら。見ると波が近づいてくるがそれほど大きい感じではない。サラは私の手をぐいっと引っ張るが、私は引っ張り返す。海藻の反対側を持って、と願いながら。

「ほんの少しだけよそ見をした。赤ん坊を見てたんだ」父はこの話になるたびに、そう言って残念そうに頭を振るだろう。

波が私の胸に激しくぶつかり、私はあおむけにひっくり返る。サラの指が私の指からスルッと抜け、私は凍てつく水の中へと落ちてゆく。私は暗闇の中へと強い力で引っ張られ、塩水を避けようと目をギュッと閉じる。そして砂や粗い小石にぶつかりながら海底を引きずられる。それから浮き上がるが、再び何かに殴られるように押し戻され、くるくる回され、下へと抑えつけられる。

父が波から私を引き上げてくれる。咳きこみ窒息寸前だ。私はパニック状態で手足をばたつかせ、空気中でもがく。塩水が鼻、のどをかきむしる。人生で最高に恐ろしい思い出だ。母は自分のほうに私を引き寄せ、その巨大なオレンジ色のビーチタオルで私をくるむ。そして呼吸が正常に戻るまで、私をひざとひざの間にはさんで揺らしてくれる。

その日、帰宅すると、私はおろしたばかりの新しい服、短パンも緑と白のTシャツも洋服ダンスの奥に押し込む。もう二度と着るまい。

「瞑想だな、すべての始まりは」あるいは「あのいまいましいエドガー・ケーシーの本だ」、もしくはグラス一杯のワインで穏やかな気分になると、「ぼくが不動産業を始めなければ、あんなに長時間働かなければ、もしぼくがもっと家にいれば……」と父は言う。

祖母は母のおかしな食事のせいにした。「あのころ、ビタミンが足りていなかったと思うの」その青い瞳からは涙がこぼれ落ちそうになる「それで過敏になって……」

私は、私が六歳のときに引っ越したアパートのせいだと思った。のちに大学生になって、初めてフェミニズムの洗礼を受けたとき私はこう言った。「時代が違っていて、お母さんも働いていて、選択肢もあれこれあって、何か信じられるものを見つけていたら……」

結局、私たちが自問自答するこうした事柄、測ることのできない損失につける名前、これから先もまだ私たちのところに戻ってくるかもしれないと恐れる悪魔は、海水でびしょ濡れになりながらも大海を吸収しようとしている子供服と同じぐらい悲しく、小さい。

私たち家族は、まだあのビーチにいるかのように暮らしてきた。もしエイミーがいつまでも赤ちゃんのままなら、サラがその手に託された小さな手を離さないなら、波から私たちを引き上げるほど父がいつも強いなら、そして私が自ら進んで溺れるなら、母もそこ、砂浜で、元気に待っていてはくれないだろうか？

日々の生活が幸福から不幸へと転落するのは早い、とよく耳にする。ある日、幸福ですべてがうまくいっている。そんなときに何かが起こる。誰かが死ぬとか去ってゆくとか。病気かもしれないし事故かもしれない。するとそれまでの生活は両手のひらからスルリと滑り落ちてしまう。しかし反対もありうる。どうしようもない状態からかなり良い状態にわずか一日で変化することもありうる。そうしたことが我が家にも起こったが、それは同時に不快でもあった。

シアーズ前での一件が起こった日以降、私は母のもとに帰らなかった。スーツケースに荷物も詰めなければ、本や若草物語人形も持って来なかった。父は私たちを父の家に連れていってくれて、父と継母との新しい生活が始まった。父とジェニはその二、三週間前に結婚していて、一夜にして私たちはまた一つの核家族となった――完全とは言えないが。ジェニは私の母とは正反対だった。フルタイムで働いていて、仕事もうまくいっていた。几帳面できれい好きで、時間を守る人だった。あらゆることに目を配っていた。晩御飯は七時、掃除の人が来るのは毎週火曜日。学校から帰るとすべてのカーペットに掃除機をかけた線が残っていた。私たちはごく普通の家族だった――驚くほど、疑いの余地もないほど普通の家族だった。

私たちはもちろん服を一から揃えなくてはならなかったが、それはまさに私が夢に見たことだった。ただ、思った通りにはいかなかった。私たちをショッピングにつれていってくれるのはいつもジェニだった。（かわいそうなジェニ。ジェニは三十五歳にして八歳、十一歳、十四歳という三人の娘の母親になったのだ――それもみんなが思春期に差しかかる直前から）。私はジーンズとTシャツさえあればよかった。ジェニはもっと保守的な格好が好きだったし、子供服を買うことに慣れていなかった。棚から小さなピーターパンのような襟のついたブラウスを引っ張り出してどう思うか聞いてきた。「かわいいね」と言う私の顔はまったく無表情だった。思ったことを口に出す、思い切って自分が欲しいものを頼む、という能力を私は失っていた。その代わりに彼女のリードに従うことになり、以前の服と同じぐらい激しく新しい服も嫌うようになった。

ただ、とても素晴らしい一年間を過ごした。私たちは六年生で、小学校の最上級生だった。私は「優等生」コースにいて、数人の仲間たちで学校の発表会を取り仕切った。そのころは「独立学習制度」が採用されていたが、実際に何を意味するかと言うと、しばしば授業中に教室を抜け出して通りを渡ってシアーズに行き、先生たちにスラーピーを買って帰る、先生の監視もなく私たちだけでリハーサルをするために学校の講堂に行く、そうした行動が許されるということだった。私たちはかなりの時間をかけて、発表会での出し物、合唱曲「ハッスル」を歌うときの動きを仕上げていった。

そうした幸せな時は長くは続かなかった。七年生になると私は新しい学校に通うようになり、友達と別れ、ほぼ一夜にして、少なくとも家の外では話す能力を失った人のようになってしまった。母との別れの悲しさをあとになって感じるようになったのか、あるいは思春期が長い手を伸ばしてきたのかもしれない。そうしたことが私の声を奪ってしまった。理由はどうあれ、そんな状態が六年も続いた。

最初のころ母は毎晩電話をかけてきた。それからだんだん間隔が空くようになっていった。電話は、息をすることに慣れてきたときに水中に引き戻されるように、私の足を引っ張っていた。毎回電話の最後に母は「愛してるわ」と言う。私も機械的に「私も愛している」とおうむ返しする。母からまったく電話が来なくなったとき、表に出てきた唯一の感情は安堵感だった。

私たち姉妹の親権を父が取得した翌年、母の弟が母の法的後見人になるための訴訟を起こした。裁判所は母が法的無能力者だと宣言し、おじは母の経済面を取り仕切る法的権限を得た。母は離婚による和解金の一部として、私たちが住んでいたアパートをもらっていた。おじは母が食べてゆけるだけのお金を得るためにアパートを売り、その結果母は強制的に引っ越しをさせられた。これは母をさらに激怒させ、もう二度と誰にも自分の居場所を知らせない、と悪態をついて私たちとの連絡を絶った。

ティーンエイジャーだった私はこうした出来事をぼんやりとしか把握していなかった。法廷での訴訟の余波を受けて、母は二度ほど警察に連れていかれた。それは精神鑑定をするために拘束してほしいという親族からの依頼によるもので、五一五〇処置〔訳注　カリフォルニア州で用いられている処置で、精神疾患で他人に危害を加えるなどの恐れのある者を最高七十二時間強制入院させられる〕として知られている。母を診察した医師たちは二度とも、妄想型統合失調症という診断を裏付けた。さらに二度とも、自分自身、あるいは他人に対する脅威とはならないと判断し、七十二時間後に母を自由の身とした。何者も自己の意思に反してその身を拘束されえない――それがカリフォルニアの法律だった。差し迫った危険がない限り、何者も治療を強制されえないのだ。父は、ラングレー・ポーター精神科病院に入れられていた母に一度会いに行ったことを覚えている。母は不思議なことに自分の状況を認識していた。「明日までにはここを出るの。ここにいる連中なんて簡単にだませるのよ」

「ここにいて、手を貸してもらえばいいじゃないか？」父の問いに母は笑ったという。

法的なギリギリのラインまでやれることはやった。一九八〇年代に私が高校生だったころ、おじは母を誘拐して、おじやその他母の家族が住んでいるコロラドに連れて来ようかと真剣に考えていたことを、私は最近になって知った。コロラドの法律はカリフォルニアのそれとは違う。母に治療を強制するのは可能だっただろう。その仕事を引き受けてくれそうな人とおじは連絡までとっていた。カルト集団から我が子を取り戻し、洗脳から解いてもらうために雇うような人だ。でも最後になって彼はおじけづいた。そうすれば重罪になる。それに自分にそうする権利が本当にあるのか、疑問に感じたに違いない。母はつねに、どうにか一人で暮らせていた。振り返ると、何年も前に下された精神科医の診断が正しかったことが今証明されている。厳密に言うと、母は私たちの親権を失って以降、母自身、そして他の誰にとっても脅威ではなくなった。母は言いようのないほど狭く限られた領域内で暮らしてきたが、それが母の人生だった。

そして何よりも、おじは怖がっていたのだと思う。そんなことをしたら母はおじを決して許さなかっただろう。母は凶暴だった。あの最後の日、私の学校の前の通りに立っていた母の姿を今でもはっきりと覚えている。トレンチコートの下に隠された体は怒りで今にも震え出しそうで、私に歯向かえるものなら歯向かいなさい、とばかりにおじを挑発していた。母は私たちみんなを脅し、何も手出しできなくした。最終的に母の激しい怒り、その鋼鉄の意思が病気を保護していた。母の本当の戦いは病気のためのもので、まるで邪魔されずに病気に好きなように走らせるのが母の使命であるかのようだった。母が勝利したのは、その戦いだけだった。

その後時が経つにつれて、父や継母と家にいるとき、母のことはだんだん話題にのぼらなくなった。何を話せたというのか？　私たちは無力で、あの苦しみにしつこく文句を言うことしかできない。父は前向きに生きていこうと心に決めていた。私が一番扱いにくかった。気分屋で明るさのかけらもないティーンエイジャーで、テニスプレーヤー一家の中にあって唯一本の虫だった。そして母のことをくよくよ考えていた。私は自分の心から二つの思考を追い払うことができなかった。まず、母が病気で苦しんでいること――ベッドルームのドアの向こうから聞こえる母のすすり泣きの声が私の耳から離れなかった――、そして母は一人ぼっちだということ。自由になったばかりのころ感じた安堵感は、母を見捨てたという身を焦がすような罪の意識へと姿を変えた。

時々、夜眠れないとき、血も凍るような考えが私の頭に忍びこんできた——母が正しかったとしたら？　父が悪魔だったとしたら？

高校生になるころには、私はひどく恥ずかしがり屋になり、人から孤立し、私に道を示してくれたかもしれない唯一の人間は私の人生から姿を消してしまった、と確信するようになっていた。もし母が私に魔法をかけられる人間だったなら、私はその人と接触できる人間となるべきではなかったか？　私は一番年上ではなかったけれど、母と近くにいた最後の人間だった。だからこそ強い責任を感じた。でもあまりに恐ろしすぎて、母に会いに行くその一歩が踏み出せなかった。臆病のなせるわざと思い、私は自分自身を厳しく責めた。

私がしたことと言えば、心理や精神病についての情報を求めて書店をあちこち巡ったぐらいだ。私は学校の図書室にあった『精神疾患の診断および統計マニュアル』という本に何度も何度も惹き寄せられた。誰も見ていないことを確認しながら初めてその本を棚から手に取ったとき、まるで何かうしろめたいことでもしているかのように、図書室の奥のほうに席をとった。ページを繰っているとき、心臓が早鐘を打っていた。そしてようやく自分が求めている情報にたどりついたが、そこに書かれていることは効果のない慰めでしかなかった。その大半はすでに知っていることだった。症状、分類、予後。どれも私を恥じ入らせ、恐ろしく、不快だった。そのあとで遺伝に関する項目が出てきた。それについてすでに噂では聞いたことがあった。が、しかし、その統計は私を動転させた。統合失調症患者の子供には三〇パーセントの確率でその病気が遺伝する。三〇パーセント。ほぼ三人に一人。私がその一人だ――本の虫で孤独で、外見でさえ姉妹の中で一番母に似ている。当時誰かが賭けをしたら、間違いなく私に賭けただろう。それは火を見るより明らかだった。

私たち姉妹は二年に一度、デンバーにいる母の両親に会いに行っていた。そうしたデンバーへの旅で一番よく覚えているのは、祖父が外出している朝食と昼食の間の長くゆったりとした時間に、台所のテーブルを囲んで祖母とおしゃべりをしたことだ。ベーコンのにおい、コンロに置いたフライパンの中でまだ固まっている脂肪のにおいが空中に漂っていた。祖父母の家はつねに気候の影響を受けすぎていて、夏には寒すぎるし、冬には暖かすぎた。サディーはいつもテレビを小さな音でつけっぱなしにしていた。視聴者の耳にうるさいフィル・ドナヒュー〔訳注　テレビ司会者で「フィル・ドナヒュー・ショー」を二十六年間続けた〕の声が、その部屋では慣れ親しんだ雑音になっていた。

必然的に会話の話題が母に及ぶことがあったが、そうするとサディーは写真を出してきたものだった。子供のころ母がどれほどかわいく強情だったか、若いころどれほど快活でエレガントだったか。「お母さんがどれほど可能性を秘めていたか、あなたたちには想像できないでしょう……」祖母の声はいつものどに引っかかった。その真っ青な目のすみに涙があふれてきて、たるんだほほを伝い落ちたものだった。私は祖母と向かい合って座り、コーヒーやアイスティー用に祖母がテーブルの上に用意している人口甘味料のピンクの包装を手でいじっていた。私は皿の上にそれらを一列に並べては、また並べ替えたりしていた。私たちは座ったままの状態で、しばらく言葉なく固まっていた。つねに私たちの間にぽっかりと空いている穴について、言葉が見つからなかった。それは私たちを結びつけ、時に一緒にいるのを難しくした。私たち姉妹が大きくなり母に似てくると、サディーは私たちを見るとどうしても母のことを思い出してしまうのだ。私はサディーにこう言うことができる――母は決して痛みを避けなかった。母は悲しみをあらわにしていた。

祖父はもっとずっと冷静だったが、その喪失感は祖母に負けないほど強かった。一九七九年に祖父が母宛てに書いた手紙を私は持っている――父が私たち姉妹の親権をとって二年後のことだ。母が利用している銀行を介して母に届けようと思って書いた手紙だ。そこは何年も、私たちが母と接触できる唯一の場所だった。祖父は次のように書いている。「サリー、私は多くの時間を費やして私たちの過去の関係について考えてきた。そして私がしたことで、もしかしたら違うやり方があったかもしれないと思うことがいくつもある。それが何であれ、私がお前を遠ざけてしまうようなことをしていたなら許してほしい。お母さんも私も、お前と関わりたいと強く願っている」

祖父母は母が自分たちと接触してくれるのではないかという希望を抱いてサンフランシスコに行き、三日間滞在することにした。そして滞在する予定のホリデイインの電話番号を書いて手紙に封をした。「お前の連絡を待っている」

祖父母は当時もう七〇近かった。おそらくホテルの部屋にその週末中ほとんどじっとしていたのではないかと思う。しかし電話は一度も鳴らなかった。

最終的に母の家族たちは、どうにかまた母と接触できるようになった。おじや祖父母は定期的にサンフランシスコに来ていたし、母が彼らと夕食をともにすることもあった。しかし母の許したラインはそこまでだった。亡くなるまで祖母はずっと誕生日やクリスマスになると母にプレゼントを送り続けていたし、家族のあれこれを書いた手紙をコンスタントに送っていた。母がそれを開けたかどうかはわからないが。

私は十一歳のときに母と別れて以来、二十三歳になるまで母に会わなかった。私はどうにか高校を卒業し、大学に進み、そこではるかに多くの成果をあげた。が、母からの連絡は一切なかった。私はつねに模範的生徒だったし、大学に入学したとたん、またもやほぼ一夜にして、六年間私を縛りつけてきた恥ずかしがり屋を捨て去った。自分の中の一部は外に出さずにしまっておいたが、私は人の中で生きることを学んだ。幼いころもそういう気がしてはいたが、自分の内的生活と外的生活の間に大きな溝があることを感じた。日々授業を受けたり、友達と交流したり、恋をしたり、学内政治に関わったりする一方で、私の内面的世界は完全に切り離されていた。その大部分は母に費やされていた。私をまだ母とつないでいる唯一の要素と思われる悲しみの中に、自分自身を閉じ込めたのだ。

当時大学の友人たちとチェサピーク湾に車で旅行に行ったとき、道路際に古い木のブランコがあった。それは西を向いていた。太陽はもう少しで沈もうとしていた。空中で足を前後に揺らしていたが、両足を上に向けて蹴り上げ、足が海の向こうの水平線を越えたとき、自分が太陽に吸い込まれてゆくような気がした。その瞬間、自分は悲しみと同じぐらい喜びで心を満たすこともできるということを、珍しく身体的に確信した。

大学卒業後、私たち姉妹は銀行を接点に、母と再び細く心もとない糸で結ばれるようになった。私たちも大人になり、母はすでに私の記憶と空想の中にある怒り狂う亡霊ではなくなっていた。以前に比べて小さくなり、おとなしくなり、無害になり、病気が良くなったわけではないが、ただ穏やかにはなっていた。

それでもまだ自分の住所を明かそうとはしなかった。しかし私たちは知っていた。なぜなら何年か前に父の友人が協力してくれて、銀行から母のあとをつけ、サンフランシスコで一番すすけた地域であるテンダーロインの居住用ホテルを突き止めてくれていたのだ。何年かの間、時々父はこっそりホテルの支配人に連絡をとり、母がまだそこに滞在しているか確かめていた。

母の居場所を私たちが知っていることを母に知られたくなかったので、母と連絡をとるのに私たちは銀行を使い続けた。年に一、二度、一緒に夕食を食べる約束を取り付けるため、私たちの誰かがゲイリー大通りのはじのほうにあるウェルズ・ファーゴ〔訳注　一八五二年創業の米の銀行。一九九八年にノーウェストに合併されたが商号は残った〕に車を走らせなければならなかった。そこに母は三十年間、貯蓄口座を持っていた。私たちは母が――ベージュのトレンチコートを着た亡霊のような姿で――来るのを待つ。それが空振りに終わったことはない。正確に毎月第二金曜の五時から六時の間に、母は支出をまかなうだけの現金を引き出しに来るのだ。

私が銀行で張り込む番のときには、ちょうどいい時間に行くように心がけていた。到着が遅れて間に合わなくても、あるいは母を見過ごしたかどうかもわからず、身を引き締めて再チャレンジに臨まなくてはならなくても、いやな気分になるからだ。待つのもやはりいやだった。だから私はギリギリ間に合う時刻に到着するようにしていた。

母は一人暮らしをし、内部爆発する星のように、年を取るごとに自分自身の中にどんどん閉じ込もっていった。自らの意思で精神科病院には入らずに過ごしていた。私が知る限り、投薬治療も受けたことはない。母は自分だけと向き合い、トラブルを避け、どんな助力も拒んだ。暮らしてゆくだけのお金は十分にあった。しかしそれを小分けにして、最小限だけ引き出していた。母が六〇代になり、私が三〇代になるころには、母の病気は私の生活に何ら物質的要求をしなくなっていた。母に会いに行くために車に乗り、前に会ったときよりどれほど母が老化したか想像し、いつものように両足が重たく感じるときだけ、その状況の精神的重みがまとめて私にのしかかってきた。

その銀行は私が育ったリッチモンド地区の外れにあった。サンフランシスコのもっとも西、霧が出やすい一帯だ。母はもうその辺りに住んでいなかったが、深くしみついた習慣にこだわるタイプで、決して銀行を変えようとはしなかった。だが銀行のほうが変わった。母の口座は以前は通りの向かいにあったが、古きサンフランシスコ風のがっしりした感じの名前をもつクロッカー銀行はずいぶん前に消えてしまい、一九八〇年代にウェルズ・ファーゴに吸収されていた。その買収後、母の口座は通りを超えて、巨大企業ウェルズ・ファーゴのモダンでしゃれた支店に移された。

銀行から一ブロック離れたジョーズ・プレイスの前の路上に駐車メーターを見つけ、焦り、緊張し、どこか上の空になりながら二五セント硬貨をあさった。ジョーズ・プレイスの通りをはさんだ向かいにあるのはガスパーレ。かつて私たちのお気に入りだったイタリアンレストラン、ヴィンスがあったところだ。ジョーズ・プレイスは昔のまま。曇りガラスも、ネオンサインに映し出される斜めに傾いたアイスクリームコーンも、カウンターの奥のワッフルコーンも変わらない。五歳のときから十一歳になるまでほぼ毎週、ヴィンスで夕食を済ませたあとでアイスクリームを食べに行った。最初は父も母も一緒だったが、父が家を出て週末だけ会うようになってからは父だけ一緒だった。長い年月を経て、ワッフルコーンの香りが歩道にいる私のところまで漂ってきた。私は強く郷愁の念にとらえられ、その場で立ちつくしてしまった。カウンターの向こうをのぞこうとしている幼いころの自分が目に浮かんだ。壁に貼られたフレーバーのリストを見るために目を細めなくてはならない。オレンジシャーベットかペパーミントスティックか？　私はその思い出を頭から払いのけた。そのときはあまり幼いころの気分になりたくなかった。

このウェルズ・ファーゴの窓口には、数えきれないほどの銀行員が座り、そして辞めていった。その後、外にＡＴＭができた。そのせいで彼らの仕事の大半は時代遅れになってしまった。そしてもっと最近になって、客を中に呼び戻すため、あるいは賃貸料を節約するために、ロビーにスターバックスができた。窓口係は建物の奥の長いカウンターの向こう側に立っている。正面玄関を入って右手にはクリーニング店、左手にはスターバックスという作りで、あとはカウンター、暖炉、待合席、それだけだ。

私はコーヒーを待つ列に並び、スターバックスが生んだ小さな奇跡にまたも感謝した。使命を遂行中、幸い目立たなくてすむのだから。私の前に並んでいる少女はキャラメルラテを注文していた。彼女はカウンターの向こうの少女と友達だった。ともにティーンエイジャーで、アジア人で、おしゃべりだった。私は足で床をトントンたたいていたが、おそらくイライラしているように見えただろう。母が私の脇をすり抜けていかないよう私は肩越しにずっと見張っていた。やっと私のモカがドリンクカウンターから私のほうに押し出されてきたので、私はそれをありがたくつかみ、窓のそばのテーブルを探した。

そして本を取り出した。でもそれはただの小道具だ。なぜなら読むのは無理だろうから。その代わりにダウンタウンに向かうバス、ゲイリー三十八を天井まで届く窓から見ていた。バスが出発するたびに、ディーゼルの小さな煙の中、縁石上に取り残されて立っている乗客の中に、あのトレンチコートを探した。冬なので六時前だがもう暗い。そして一日じゅう雨。時計を見る——五時二五分。手帳を取り出し、日付を書き、ウェルズ・ファーゴと書き、それにアンダーラインを引き、足でトントンと床をたたく。四車線の通りには車が行き交い、濡れた舗道の上でタイヤのホイールがキラッと光る。私は手帳をじっと見下ろす。手を放してそれが自然に閉じるがままにし、鞄の携帯電話に手を伸ばして短縮ダイヤルを押す。サラに電話して状況説明をするのだ。

統合失調症が脳に変化をもたらす病気で、ガンや糖尿病と同じように化学的で身体的病気だということはずっと理解していた。ガンと戦っている人の話は聞く。アルコール依存症と戦っている人の話も。しかし精神障害が生理的なものだと認識されるようになってきた今日《こんにち》でさえ、あの人は統合失調症と戦っている、というよりも統合失調症「だ」というほうが普通である。ガンだったら、無傷で健康なその人が侵略してきた悪い細胞と戦っている光景を心の目で見ることができる。アルコール依存症だったら、人がいてボトルがある。それらは別個のもので戦闘状態にある。あるいは一緒に死に向かうダンスを踊っている。しかしそれでも二つは同一物ではない。統合失調症は患者の人格にぴったりと貼り付いてしまうので、その患者と病気は一つに見える。このダンスではパートナーを見ることはできない。

私は現在、母に病気の兆候が出始めた年齢より少なくとも十歳は年上になった。せいぜい用心深く計算しても、私は危険な年齢を超えた。加えて、統合失調症を遺伝的に受け継ぐ可能性に関する統計も改訂されている。私が一番最近見たものでは、片親がその病気の場合、子供に遺伝する確率は一二パーセントとなっていた。最近の本は以前よりずっと気が利いていて、間髪を入れず、つまりこの病気が遺伝し**ない**確率は八八パーセントだ、と必ず指摘してくれる。

しかし、である。二、三年前、オレゴンで作家会議が開かれたとき、私はある大学の寮の一室に泊まった。ベッドわきのテーブルにメガネを置き、手を伸ばして明かりを消した。目を開けると天井は三次元の光の網になっていた。強くまばたきをしてみた。それでもその光景は消えない。私はパニック状態に陥った。「神様、やめてください」。私は必死でランプのほうに身をよじり、暗闇でメガネをつかんだ。部屋がパッと明るくなった。分厚いレンズを通して天井をじっと見た。ライトに照らされながらも、太く白い何本もの線が天井で交差し格子模様を描いているのが見えた。何本もの木の梁の上を通るため、網が立体的に見えたのだ。暗闇での光の絵。寮の内装だった。

サラは三回目の呼び出し音で電話に出た。「今、銀行」

「まだ来てない？」

「うん」

サラが子供たちに夕食を作っている音が聞こえる。何かを焼くジュージューいう音、フライ返しがフライパンをこする音、テレビのニュース、背後でめいが質問している声。

「コーヒー飲んだ?」

「飲んだわよ」と私は答えた。

それからスターバックスについて雑談したが、きりがなかった。「前のこと、覚えてる?」サラが聞いてきた。「ロビーでブラブラしてなきゃならなかったころ、警備員さんが来て、どうしましたかって聞いてくるのよね」私はうーん、とうなった。覚えている。大変だった、すごく大変だったと感じると同時に、たいしたことではなかった、という気もした。母は頭がどうかしていた。良くなる見込みはなかっただろう。母を救うために私たちができることはほとんどなかった。自分がどこに住んでいるかさえ、母は私たちに明かそうとはしなかった。母に会うために、ウェルズ・ファーゴのこの寂しい支店まで車を飛ばしてこなくてはならなかった。でもそんなとき、このスターバックスができた。宇宙に秩序を与えている何らかの力が私たちにパンくずを投げてくれたかのように——大きな問題から救ってあげることはできないけれど、銀行にスターバックスを作ってあげよう。そうしたら待つのが苦痛でなくなるだろう。

サラと私がまだしゃべり続けていたとき、トレンチコートが私の視界に入った。ベージュで、ロングで、風にはためいていて、すぐにそれとわかった。そのとき六十六歳だったが、少なくとも十歳は年を取って見える母が交差点を横切っている。母はちらっと肩越しに後ろを振り返った。やや左右対称でない不自然な歩き方。まるで片方の足がもう片方より短くなってしまったかのようだ。いつもこんな感じだ——もうあきらめようかと思ったちょうどそのとき、きっと一週間前に来てしまったのだと思った瞬間に、母は姿を現す。

心臓がドキッとした。「うわっ、行かなきゃ」

「あとで電話してね」サラはそう言い、電話を切った。

私は外に出て、歩道で母と対峙した。「お母さん」母は顔を上げた。半歩ぐらい下がって母は私にあいさつした。自分の名前を呼ばれて私は面食らった。私の名前を呼ぶことはめったにない。三姉妹の区別がついているのか時々疑わしくなるほどだった。

「今度みんなで会って晩御飯でも食べようって話してたんだけど、どう?」その言葉は自然に口をついて出た。私の冷静で手際の良い部分が出た。自己管理できている自分。しかしそこに立って母を目の前にすると、その肌の血色の悪さがいやでも目についた。かつては黒々としていた髪が全体的にほぼグレーになり、分け目に沿って広い範囲で頭皮が透けて見えた。それにやせていて、私たちが幼かったころ得た余分な体重をすべて落としていた。ほおのこけたところでは皮膚がたるんでいた。姉と妹に母がどんな様子だった聞かれるだろう。

「悪くなった。ずっと悪くなってた」そう報告せざるをえないだろう。

「いつがいいの?」母の言葉は無駄がなく、せかされている感じだった。

「来週の月曜はどう?」私から提案した。

「いいわよ。セント・フランシスで会うの?」

「そうね」私はそう答えたが、確認するまでもないことだった。十二年間、私たちはいつもユニオンスクエアにあるセント・フランシス・ホテルのロビーを待ち合わせ場所にしていた。

「最近調子はどう?」母がすぐに立ち去るのを阻止しようとして私はたずねてみた。

「いいわよ。とてもね」そう言いながら、母は私から去ろうとした。

「コーヒーでも一緒にどう？」スターバックスのほうに振り返りながら私は聞いた。「結構よ。来週会いましょう」母はそう答え、青白く曲がった手を私に向かって振り、去っていった。

統合失調症を何年も患った者は、そののち感情麻痺、一種の鈍化と言われる状態になる。一般に妄想や幻覚、陽性症状は年齢とともに影を潜めてゆき、時の流れとともに病気は自己消滅したかのように見える。あとに残るのは亡霊のようなものだ。精神医学用語は身も凍るようなものが多いが、この場合、言い得て妙である。「緊張性衒奇症、感情鈍麻、筋硬直、意欲・発動性の欠如、思考の貧困、快感消失・非社交性」何年も施設暮らしをしたり、投薬治療を受けたりした結果として鈍麻が現れると一般に誤解されている。しかし母は一度も投薬治療を受けていない。母は対照群の一員だが、普通想像されるよりもそれは大きなグループである。治療を受けていない精神障害患者の数を調べるのは難しい。しかしバルティモアで行われたある調査から、統合失調症を患っている人の優に半分は薬を飲んだこともなく、精神科での治療も受けていないことが判明した。

セント・フランシス・ホテルのロビーで、サラと私は背もたれの高いひじかけ椅子に座って母を待った。エイミーは携帯から電話をしてきた。今、駐車しているところだから遅れる、という。彼女はロースクールを卒業したばかりだった。それも最優秀の成績で。補習的な読書グループにいたころからは想像もつかない。現在彼女は国選弁護人として多忙を極めている。でも、もう来るだろう。めいとおいは五歳と八歳で、ホテルの回転扉で遊んでいる。母は時々姿を見せないことがあった。来るときはいつも遅刻してきた。私たちはいつも気をもんだ。実際問題、母が死んでしまっても誰も私たちに連絡を寄こさないかもしれない。そんな不安を口にしても仕方ない。そうする代わりに私はサラのほうを向いた。「別の用でもあったのかしら?」サラは無表情のまま私のほうを見て、両肩を上げた。「忙しいのかしらね?」そしておなかが空いてどうしようもない、といった感じで二人そろって声を上げて笑った。そうしたら四肢に感じていた重みがすっと抜けた。

私たちの笑い声に何事かと、めいがこちらに走ってきた。「何がおかしいの?」

「何でもないわよ」サラはそう言ってケイトに片腕を回し、ケイトは小グマのような両腕を姉のウエストに回した。

母が来たら、私たちは道路を渡って、高すぎるイタリア料理を食べる。母は私たちと一時間半か二時間一緒にいると落ち着きがなくなり、もうお開きの時間だと私たちは悟る。母は時々口を開く。私たちが詮索しない限りこちらの質問に答える。個人的な話、過去に関する話、私たちが母の娘だということがはっきりわかるような話はご法度だ。母は昔からの習慣のように、会話するときにはかしこまった言葉を使い続けていた。エイミーと話すのが一番楽そうだった(彼女はまだ赤ちゃんだからか?)。時おり母は声を出して笑った。黙っているときには、私たちの誰かが言葉をつないだ。母に知ってもらえるよう、自分たちの日常について情報交換した(サラと私はここに来る途中、携帯電話でどんな話が安全か知恵をしぼっていた)。おいもめいも、母が正常とは言えないことを知っていた。それでもどうにか、イルカや怪獣の話、学校での工作の話など、母と気楽におしゃべりしていた。彼らは勇ましい。私たちが小さかったころの母と今のサラは正反対だというのに。

統合失調症患者の家族がいるということは、決して終わらない葬式をしているようなものだ、と誰かが言っていた。確かに、私が小さいころ知っていた女性はどこかに消えてしまった。だがその死の証となる墓もなければ墓石もないし、追悼の辞も聞こえない。親が死ぬと子供は、その親の魂が自分を見守ってくれると思うことで慰められるかもしれない。祈りを捧げ、悲しみや怒りを吐露し、死者への言葉を手向けるために私たちは墓前にひざまずく。でも私は母に言葉をかけられない。生きても死んでもいないのだから。

もちろん統合失調症が治癒した人もいれば、調子の良いとき、悪いときがある患者もいる。薬でガラッと変わる患者もいる。私は母に、「回復」「治癒」あるいは「改善」といった言葉を結び付けられない。

その代わり、小さな事柄に関して気をもんでしまう。できるなら、もしできるなら、その注意深い食べ物の嚙み方からはっきりわかる不快感から解放してあげるために、いつの日か歯科医のところに母を連れていこうと思う。サラもエイミーもそんなの絶対無理、と言う。二人は新しいメガネに注目した。「あれなら誰にもさわられずに変えられるからね」とエイミーは解釈した。私たちがメガネの話を持ち出したとき、どんな話のときもそうだが、母は言った。「ううん、大丈夫。私は平気だから」

夕食後、メイシーズ〔訳注　ニューヨークに本部があるデパート〕の向かいにあるユニオンスクエアの地下駐車場のところまで母は一緒に歩いてきた。私たちはそこに車を停めていた。どこかまで車に乗せていこうか、とエイミーは何気なく母にたずねた。私は微笑んだ。どんな答えが返ってくるかはもうわかっている。でもあきらめないエイミーをすごいと思った。駐車場の入り口で、私たちは別れた。母は決して「愛しているわ」とも「気を付けてね」とも言わなかったし、それ以外でも私たちが小さかったころ使っていた愛情表現の言葉をかけてはくれなかった。ただぎこちなく肩を軽くたたき、「じゃあね」とだけ言った。右にも左にも、繁華街に向かう、あるいはそこから郊外へと向かう車がたくさん行き交っていた。私は母のしなびた頰にキスし、向きを変えて歩き出した。私たちがいなくなるまで、自分から離れてゆくまで、母はそこに立っていた。家までつけてこない、ということを確認したかったからだと思う。エレベーターのボタンを押そうと、ケイトが先陣を切って走っていった。そしてみんなでエレベーターが来るのを待った。その時点ではもうみんな、車に乗りたい、家に、日常生活に戻りたいと思いながら。しかしもし振り返れば、母がそこ、歩道にまだ立っていることはわかっていた。向かいのデパートのショーウィンドーの光を浴びて、長いベージュのコートに小さくしぼんだ体を包み込んで。

空から差す一筋の光が見たいと思ったこともないし、遠くから雷鳴が聞こえないかと願ったことも一度もない。もし声が聞こえたら耳をふさぎ、聞くのを拒もうと自分に言い聞かせていた。目に見えるもの、証明されるものだけに固執したい、父のように分別があり懐疑的な人間になりたいと思っていた。まるで自分に選択権があるかのように。それは物理的、化学的で、人間がコントロールすることはできない。もしそのことがわかれば、慰めにはならないが、気持ちは楽になるだろう。

母の人生には、救いようのない悲劇が起きた。私の生活もその悲劇の影響を受けた。そこから立ち直るのが私の仕事だ。姉のひざの上では、目を輝かせた五歳のめいが跳ねている。怖いもの知らずで楽しそうな子供。私もあんなだったのだろうか？　いや、自分にいいように解釈しようとしているのではない。母の病気だけが私という人間を形成したのではない。何が起ころうとも私は考え込むタイプの人間だった。生まれもった性質というものは誰にでもある。それにプラスしてあとから習得する性質もある。世界には美しいもの、魅力的なものがたくさんある。私は懐疑的精神を持ち合わせていない。どれほど思い悩んでも、これは変わるまい。

ほかにも気になっている大きな問題がある。幼いころ母から聞いた話を私はまだ信じている。人間はみな尊く不滅の魂を持っている、と私は信じているのだ。それなら母の魂は、正確にどこにあるのだろうか。その答えはまだ見つかっていない。

第20章

数年前、私はパリに父を訪ねた。父とその妻は数か月そこで暮らしていた。母についての情報を私がいつも手に入れたがっていることを父は知っているので、四十年以上も前に二人が出会ったホテルに案内しようと申し出てくれたのだ。

パリを歩いているとき、父は険しい表情をしていた。父にしてみれば母に関係するすべてのことに不安がつきまとい気が重くなるのだ。だがカルチェ・ラタンの曲がりくねった通りを歩いているうちに、これは巡礼の旅だ、と私は思い始めた。私が初めてパリに到着したとき父は言った。「金曜日にステラに案内するよ」そのときそれが何月何日かとは考えなかった。二〇〇二年五月十日。偶然か、父が画策したのか、あるいはただ無意識のうちに人間が求める優美かつお決まりのシンメトリーによるのか、それは母の六十五回目の誕生日だった。通常母の誕生日は、私にとっては一人喪に服す日である。おそらく時差ボケだったしパリにいたからだろう。朝刊の日付を見るまで、私は悲しむことを忘れていた。

空は曇っていた。時おり小雨がパラついて、レインコートのフードを被らなくてはならなかった。普段なら父と私は話すことがたくさんあるのに、そのときは二人ともほぼ無言で歩いた。日にちに関しては父も私も言及しなかった。時おり父から言葉を引き出そうとして私が質問するぐらいだった。

ムシュー・ル・プランス通りを歩いていった。両側に書店や小さなカフェが立ち並ぶ狭い通りで、ソルボンヌ大学に通じている。「当時はどんな感じだった?」父は顔を上げて辺りをチラッと見た。「だいたいこんな感じだな」私は目を閉じ、一瞬当時の光景を呼び起こそうとした。映画のセット風に、一九五〇年代の車、スカート姿の女性たち、帽子を被った男性陣を配した。「で、みんなどんな服装だったの?」もう一度私は質問した。

父は立ち止まり、目の前に続く通り全体を指すように手を動かした。「黒い服が多かったな」と言い穏やかに笑った。そのときもまだ黒が多かった。黒い革ジャケット、黒いズボン、学生がよく履く白いストライプの入った黒いボーリングあるいはテニスシューズ。一九六〇年代だったらそうした全身黒ずくめは目を引いたに違いない。父は色鮮やかな色彩の南カリフォルニアからやって来て、黒いタートルネックが初めて流行したその真っ只中の時期に、地球上でもっとも洗練された場所に降り立ったのだ。

突然ステラ・ホテルが右手にその姿を現した。私は少し下がって正面全体をしげしげと眺めた。前面の石に亀裂が入っているが、かわいらしい感じだ。両隣の建物とは違い、最近壁を磨いた、あるいは壁を新しくした形跡はなかった。二階では白い木の鎧戸が枠の中にだらんとぶら下がり、三階の窓からは黒い鉄製のベランダが飛び出している。その小さなベランダに置かれた二、三鉢の真っ赤なゼラニウムが、唯一、建物に色を与えていた。昔と変わらず、セーヌ川左岸に安く泊まろうと思ったらステラ・ホテルだ。

私たちは狭い玄関から中に入った。三百年前からある木の梁が、煉瓦の壁と天井から奇妙な角度で突き出していた。人っ子一人いない。だから私たちはほぼ真っ暗な中、階段を上っていった。それは勾配が急で傾いていた。建物は沈下していたし、何百年もの間に無数の足に踏まれて擦り切れていたので、木の表面には深いくぼみができていた。

父はちょっとの間生き生きと、自分と母がそれぞれ泊まっていた部屋がどこか割り出す作業に熱中した。当時から何度か改装されていて、小さな部屋と部屋の間の壁が取り払われて大きな部屋になっていたり、バスルームが付け足されていたりしていた。自分のいる方向を確認しようと父は階段を上ったり下りたりした。そして階段に直接接しているドア、今は鍵がかかっているドアを指して、自分とジョー、そして一、二階の宿泊客みんなが使っていたトイレの入り口だと説明した。

そしてとうとう私たちは、今では受付となっている、階段からすぐの一階に父が泊まった部屋があったに違いないと決断を下した。まだ人の姿を見かけていなかったので、ドアを開けてみることにした。父はゆっくりと自分のほうにドアを引いた。すると滑るようにそれは開いた。言われていた通り、ドアは開くと階段をふさいだ。ホテルに入ってきたときから二人とも教会でのようなささやき声で話していたが、またも父はささやいた「彼女ははじっこから顔をちょっと突き出したんだ」父は少し頭を傾けた。「ぼくは彼女に中に入るように言った」父は微笑んだ。「そうしたらすぐに入ってきたよ」それはその日一番の、明るい笑顔だった。

二〇〇四年春、何の前触れもなく、ある朝父のもとに母から電話がかかってきた。立ち退かされそうだから助けてくれ、と言うのだ。私は大学院生で、アメリカをほぼ半分横断した場所にいた。サラと父が到着したときには、郡の保安官がいた。母は自分の部屋から締め出されていた。メガネさえかけていなかった。

管理人と少し口論し、延滞家賃をすべて払うと申し出たが、相手側は態度を軟化させるつもりはなさそうだ、と父とサラは悟った。管理人は母から解放されることで喜んでいた。そのアパートで二十五年も過ごした母を、彼らは追い出したのだ。もし母に電話できる人がいなかったら、あるいは父の電話番号を探す落ち着きがなかったら、サンフランシスコの路上で暮らす多くの精神障害患者の一人になってしまっていただろう。

　三時間のうちにサラは、近くで父が所有している建物に母を落ち着かせた。ほぼ三十年前の父の予言が現実となった。「きみはテンダーロインにぼくが所有している建物の一つに住むことになる」

　この変化でさしあたり状況は良くなった、とみんなが感じた。娘たちが自分の居場所を知っていることを母は承知していた。サラはタオル、シーツ、毛布など、いくつか新しいものを母のために買いそろえた。新しい建物の管理人はつねに母に注意を払ってくれた。何かが起きたら知らせてくれるだろう。そしてこの変化により、二十五年ぶりに母の生活が私たちにとって目に見えるものとなった。どこでどうやって暮らしているか母は私たちに知らせることを拒んでいたが、その間《かん》、私たちはある意味、母に対する責任を免れていたのだ。

　次のクリスマス休暇に私は家に帰った。そして夕食会に誘おうと、サラと一緒に母のところに行った。母の部屋のドアをノックしたが、出てくるまでにずいぶん時間がかかった。母はまだ着替えていなくて、Tシャツに下着姿だった。その体はひじょうにやせていた。まごついたようだったが、会ってもいいと言ってくれた。だが日曜に母はセント・フランシスに姿を見せなかった。そういうことはたびたびあった。が、そのとき私は強い不安に襲われた。病気だろうか？　アパートを出ることさえできないのではないか？　もしそうなら何を食べているのだろう？

　翌日私はサラに電話し、母に食料品を届けるから一緒に来てくれと頼んだ。店に行く途中でサラは、私たちが部屋に入れるか確認しようとして管理人に電話を入れた。すると、ちょうどあなたたちに電話しようとしていたところでした、という返事が返ってきた。その前日の午後、母が管理人室をノックし、お金を払うから自分のために買い物に行ってくれる人がこのアパートにいないか聞いてきたという。そしてミルクとパンの代金として二ドル〔訳注　二〇〇四年には一ドル約一〇八円〕ほど彼に託したというのだ。

サラと私は自分たちに課せられた任務に困惑しつつ、食料品店に行った。料理はできるのだろうか？　食べ物は腐らないだろうか？　自分の家から出られない人にとって何が必要なのだろうか？　結局私たちは子供のころ食料品の買い物をしたときと同じ物を買った。キャンベルのトマトスープ、オロウヒート〔訳注　一九三二年創業のパンメーカー〕のパン、ローラ・シュダー〔訳注　一九二六年創業の食料品会社〕のピーナッツバター。当時と同じように注意しながらメーカーを選んだが、こんなに年月が経っているのに母が好きなラベルはすぐに見つけられた。

アパートに着くと、母はひどく具合が悪そうだった。ほおに擦り傷があり、私たちに視点を合わせることができなかった。メガネをかけていなかったし、アパートの灯りは消えていた。そもそも目が見えているのかさえ怪しいと私たちは疑いだした。このときも母は服を着ていなくて、ひどくやせ細って見えた。

「ちょっと具合が悪いだけ」と母は言った。ほかに何か必要なものはないか、など私たちがあれこれ質問したら母はパニック状態になり、ドアを押して閉めてしまった。「私は大丈夫。これからも大丈夫。ちょっと具合が悪いだけ。でも良くなってきてるから」

その後私たち姉妹で何度か相談し、いろいろな社会福祉機関に電話をしてみた。食事を配達してくれるミールズ・オン・ウィールズでは三百名が順番待ち状態にあった。ある公共サービスに電話をしたらそこの人に、まず必要なのは精神面の治療を受けさせることで、その後再び患者が人を信用できるようになった時点でほかの手段を考えましょう、と説教された。私は自分の声が大きくなっているのを感じた。「状況を御理解いただけてないようですね」サラはある女性に聞かれた。「その方がドアを開けようとしなかったら、どうやってお手伝いしたらいいんでしょう？」彼らはプロだ。どうすべきか向こうが私たちに教える立場にあるのではないか？

最終的に何度も電話した挙句、ミールズ・オン・ウィールズのメンバーに割り込ませてもらえた。それほどありがたいことはなかった。さらに母の視力を推測してメガネを作ってくれる検眼医も見つけた。でも母は断固としてそれをかけなかった。サラがその前年に買った寝具類も、包装を解かれぬままドアのそばにきちっと積まれていた。

サラは母を訪問してくれる同情心あふれるソーシャルワーカーを探してきた。「最後にお医者さんに行ったのはいつですか？」少しだけ開いたドアの隙間からその人は母にたずねた。「あなたには関係ないでしょ」母はそう言うとピシャッとドアを閉めてしまった。その母の声のイントネーションだけ聞こえた。怒っているが、やや抑揚のないトーンだった。それでソーシャルワーカーもだめになった。

私たちは、母を入院させる案についてちょっとだけ話し合った。母が病気なのにほっておいていいのだろうか？　ガンかもしれないし、死にかけているのかもしれないし、どこかひどく痛むのかもしれない。でもその時点では入院を見送った。母が動きたがらないのははっきりしていたし、長期間他人と接するのには耐えられないだろうと思ったからだ。何年にもわたって、孤独は母が選んできた道であったし、私たちもある程度それを受け入れてきた。私たちは自問しなくてはならなかった——母は最初からずっと有機性の病気を患っていたのに、これまで私たちは無理やり介入してこなかった。それなのに母がこんなに弱って自分を守れなくなった今になって入院させることを、どうやって正当化できるというのか？

私たちは母にどう対処していくか決めた。私たちのうちの一人、といっても私は年に二、三度しか戻ってこないので、普段はサラかエイミーが母に毎週食料品など（トイレットペーパー、石鹼、牛乳、パン、ピーナッツバター、シリアル）を届けることにした。ミールズ・オン・ウィールズが毎日二度食事を運んでくれる。

もし何らかの理由で母が玄関に出てこない場合は、私たちのところに電話してくれるよう頼んでおいた。そうしたら私たちが様子を見に行くのだ。母の調子は少し上向き、最初に私たちが介入するようになったときのような半飢餓状態からは少なくとも脱した。視力も少し回復したようだった。それでもまだアパートから外には出なかった。「近いうちにちょっと散歩にでも行かない?」と聞くと、「考えておくわ」と言う。それをサラに伝え、私たちは少しの間、心を浮き立たせる。そのうちそれは使い古しのジョークとなる。サラは母にこうたずねてくれ、と言う。「時々誰かに来てもらって、アパートの掃除を手伝ってもらわない?」母はそれに対しても、考えておくわ、である。

「私たちが中に入っちゃいけない理由なんて何もないのよ。入っちゃえば、向こうは阻止できないわ」

「そうよね」でも何かが私たちを引き止めていた。

最近帰郷し母に会いにいったとき、私は婚約者を同伴した。彼は詩人である。ミネソタで大学院生だったころ私たちは出会った。今も私はミネソタに住んでいる。クリスマス休暇にマイクは初めて私の家族に会いにカリフォルニアに来た。私が母のアパートに行くとき、一緒に行くと彼は自分から言い出した。「だめよ。車で待ってて」母は家族の一員だが、彼に会わせる心の準備はできていなかった。

ノックをしてもなかなか中から返事が返ってこなかった。それからようやくドアが開いたが、母は半ばドアの陰に身を隠し、横目で私でなく壁を見た。私が何を聞こうと――ゴミを出そうか? 散歩に行きたくない? シーツ変えようか? ――母の返事は決まって「いいえ、大丈夫」か「もう元気になったわ」だった。まるで言葉に、話す習慣にしがみつこうとしているかのような話し方だった。母の唯一の望みは、ドアを閉めること、そして私を追い払うことだった。

質問することもなくなりスタミナ切れになり、私はついに立ち去ろうとした。買ってきた食料品の袋を中に押し込もうと私は屈んだ。おおかたドアに隠れていたが、母は下着姿で立っていた。顔を上げたとき、数センチのところにあった母の驚くほど細い老女の素足が目に飛び込んできた。青白く、産毛もほとんどなく、ももから出ているというよりも、ももに曲がって入っていく感じである。神経をガツンと殴られたような衝撃だった。母はドアを閉め、私は呆然としてあとずさりした。

そのイメージが何日も頭から離れなかった。「あれはあなたの母親の足だ」心にその画像が浮かぶたびに私は自分に言い聞かせた。それでも信じられなかった。ほぼ裸に近い状態で母を見た結果、何年もの間、母が私にとって抽象的概念になっていたことに気付いた。物理的実体から切り離された、ぼんやりとした痛み、罪悪感、絶望感だったのだ。十一歳のとき以来、私にとって母の体は存在しないものだった。だからどんなにがんばってみても、ずっと前に見慣れていた体、私を産み、私自身に引き継がれた体にその足をくっつけることができなかった。母と私は同じ背の高さである。いや、であった、と言うべきか——母は猫背になり縮み、今では私より数センチ低い感じがする。しかし私は成長して母と同じ体格になり、同じように肌は青白く、髪の色は濃く、ももや腰まわりは肉づきがよい。私は自分自身を母の立場に置き、今何を考えているのか、どう感じているのか想像してみた。母が二十三歳のころ、あるいは三十五歳のころ、何を考えどう感じていたのか以前想像したときのように。でもうまく想像できない。思考を進めるすべがない。母が実際に経験しているであろう肉体的苦痛を想像しようとすると、すぐに脳に鍵がかかってしまう。感情移入できないということだろうか？　想像力が乏しいのか？　これ以上苦痛を味わうことを自衛的に拒否しているのか？　自分でもわからない。ただわかるのは、何も頭に浮かんで来ない、ということだけだ。ドアは閉ざされている。何かとてつもなく強い力が、それを突き破ろうとする私を引き止める。

時おり夜中に目が覚めると、母の生涯の映像が目の前に浮かび、胸を締め付けられることがある。目覚めてしまったその過酷な瞬間に、私はこの二十五年間のひどい虚しさから自分を守ることができない。母に関するすべてのこと——過去であれ、現在であれ、その間《かん》のいつであれ——が海底で伸び放題に伸びてもつれている海藻のように感じられる。私ののどのまわりに巻きつき、私を引きずり下ろし、海底に押さえつけておく雑草だ。何年にもわたり、私は水面から顔を出そうと何度も何度ももがなくてはならなかった。ナイフを手にし、すそを切り、砂を払いのけ、光に向かって浮かび上がってゆくために。

私はいつも浮かんでいた。なぜだかはわからない。これだけはわかっている——私には浮力があるのだ。太陽が出てくると、私は調子が良くなる。私のまわりの世界、喜びも悲しみもある世界、この個人的喪失感よりもずっと大きな悲しみのある世界が私に圧力をかけてくる。しかしずっと前からそうだが、私をがんじがらめにするのは自分自身の悲しみだけだ。これら——楽観性と回復力——は大きな慰めになるかもしれない。私の手の中に滑り込んできた、幸福な性質だ。

それから少し経ったある日、サラから電話がかかってきた。私は車で帰宅途中だった。

「ねえ、忘れる前に伝えておこうと思って」とサラは言う。「この前お母さんと結構長いこと話をしたの」

「長いこと?」信じられなかった。

「うん。ちゃんとした文で何度かやりとりしたわ」

「何についてしゃべったの?」サラがそれをやってのけたことにわずかな嫉妬を覚えた。

「子供たちについてちょっとしゃべって、マイクがクリスマスで来たって話もしたわ」

「え、そうなの？」

「うん。意外だけど興味もったみたいよ。いくつか質問してきたもの」

「何を聞かれたの？」

サラは一瞬口をつぐみ、思い出そうとした。「彼は特別な人なのかって聞かれたわ」

私はびっくりした。「そんなこと言ったの？」

「そう」

「で、何て答えたの？」

「そうだ、って言ったわよ。ああ、それから彼が詩人だってこともね。そしたらちょっと面白かったの。みんなとまったく同じ反応をしたのよ。一瞬面食らってから、へえ、っていう反応ね」

私はケラケラ笑った。なぜなら母の反応の意味がよくわかったからだ。

私は時々回想する。ゴールデン・ゲート・パークのティーガーデンにいる私たちを思い浮かべる。小さな茶碗、つやのあるせんべい、ジャスミンティーのほろ苦さ、テーブルの下でぶらぶらしている私の足。私は五歳。茶店の中から外のアーチ型の木の橋を見る。と、突然、おかしな感覚に見舞われる。デジャビュのような。皿のヤナギ模様の中に入ってしまったような錯覚にとらわれる。木の橋、茶店、ヤナギの木、頭上を飛ぶつがいのハトなどが青と白で描かれた、陶器製の皿の絵柄だ。私の幼稚園の先生がその皿を園に持ってきて、みんなに話をしてくれた。一人の若い女性が裕福な男性と結婚することになっていた。ところが彼女は自分の父親のもとで働く事務員と恋に落ちてしまった。彼はハトに託して彼女に手紙を送る。彼女は紙で作った船に手紙を乗せて彼のほうに流す。結婚式の前夜、恋人同士は一緒に逃げる。彼女の父親は二人のあとを追い、二人は殺される。しかし神は彼らに同情し、二人は生まれ変わってハトになる。ヤナギ模様の中で木橋の上を一緒に飛んでいるつがいのハトだ。

私は母にその話をする。母は私に向かって微笑む。これは母が好きなタイプの話だ。私は漆塗りの机の下をのぞく。するとちょっとくたびれたヒールを履いた母の足が、私の足を下からやさしく押し上げ、弾ませようとしていた。

謝　辞

本書を執筆していたこの六年間、多くの人が私を励まし、力づけてくれた。そうした皆さんに感謝したい。ニーナ・ゴールドマン、シンディ・シェアラー、ジョン・カーティスは執筆を開始するさいに私と意見交換し、支えになってくれた。ミネソタ大学の創作プログラム、ロフト指導プログラム、フィッシュトラップ・イムナハ作家ワークショップを通じ、創作仲間たちと強い絆で結ばれるようになった。最初19章の一部を（違った形で）出版できたことに対し、『ノースウェスト・レビュー』の編集者ジョン・ウィットに謝意を表する。

パトリシア・ハンプルは一語一語に注意するよう私に助言してくれた。チャーリー・バクスターはその助言を聞き入れるべきときには本はもう書き終わっているだろう、と言った。ジュリー・シューマッハ、マデロン・スプレングネーザー、パトリシア・ウィーバー・フランシスコは批評的フィードバック、アドバイス、励ましの言葉をくれた。読者であり作家仲間のレイチェル・モリッツ、アマンダ・コプリン、ブライアン・マロイ、ジェニン・クルセ、アン・マクダフィー、サリー・フォーダムは私の背中を押してくれた。ジェニ・テヴィス、そしてデヴィッド・バーナーディには、ギリギリの瀬戸際で助け舟を出してくれたことに対し、格別の謝意を表する。

マリア・マッシーは自信をもって本書を出版の世界へと導いてくれたし、エイミー・シェイベは難しい状況下で素晴らしい編集をしてくれた。ベス・パーティンは根気強く原稿に目を通してくれたし、ニコル・カプートは素敵な表紙を制作してくれた。カウンターポイント社の皆さんは良い本ができると信じ、本書のために情熱をもってハードワークをこなしてくれた。とくにジャック・シューメイカー、チャーリー・ウィントン、ロクサンナ・アリアガ、シャロン・ドノバン、アビー・シムコヴィッツには感謝している。

家族の愛と支えなしに本書を書くことはできなかった。ジェニ・フリンには長年にわたり私の素晴らしい第二の母となってくれたことに感謝している。とくに書き始めの九か月間、私の面倒を見てくれたことに対し礼を述べたい。ジョー・キースはパリでの話をしてくれたし、リサ・アデルソンはずっと私を応援してくれたし、リー・フリンは本書の制作に冷めることのない情熱を傾けてくれた。

父ラッセル・フリンは辛い思いもしただろうが、草稿に目を通し、日付や数字のチェックをしてくれたし、いつも、つねに、私が作家になることを信じてくれていた。姉のサラと妹のエイミーとは生涯変わらぬ連帯意識で結ばれている。記憶をたぐってくれたこと、私にこの話を書かせてくれたこと、このようなひどいプライバシーの侵害を寛大に許してくれたことに対し、三人には言葉では表せないほど感謝している。

そして最後に、夫のマイク・フリンに感謝する。私を元気づけて最後の一押しをしてくれたし、タイトルの案も出してくれた——あなたと出会ってから、すべてが好転した。

解　説

森川すいめい

本書の特徴

本書の特徴は、米国で、未治療の統合失調症患者である母親を、幼少期からずっと見守り続けた次女の見た世界、感じた現実が小説のように描写されていることにある。

本書は、統合失調症とは何か？　を教えてくれるためのものではなく、また、家族や周囲の人がどうしたらいいのかを教えてくれるものでもない。きわめて偏った一個の人間の体験を、すなわち当時の時代背景の中にいた幼少期の三人姉妹の、長女でもなく三女でもない次女が、母親とのかかわりの中での中年になるまでの間の小説のように丁寧に描写された体験を、あたかも読み手自身が同じ場面にいるかのように感じることができるものである。人は体験を通してのみ物事を理解することができる。他人の体験を聴き、読み、感じることは、自己の体験値を高めてくれる。そういう意味では、統合失調症の説明がされている教科書を読むよりもずっと、統合失調症について感覚的に理解しやすいかもしれない。

読み手の考える隙

本書の態度は、次女の視点から見えた世界が広がっていて、その世界を感じさせてくれるものであり、誰かの主張を押し付ける形のものではないゆえに、読み手に考える隙をくれる。

ひとつは、著者の家族も同じように感じたのか？　という問いに対して、おそらくＮＯだと本書は示している。同様に、親戚も、その周囲の人たちも、支援機関の人たちの感じ方の違いについても描かれている。だから著者は、それぞれが見ている世界の違いに葛藤している。三人姉妹それぞれにとっても、母親に対する印象が大きく違う。矢面に立たされつつも少し早めに自分を助ける方法を身につけられた長女と、巻き込まれながらも長女と三女の間にいた著者、もっと幼かった三女の母への印象や記憶はずいぶん違う。三女は高齢になった母親と楽しく雑談できていて、著者は、その事実を知って驚いている。母本人の本質は変わらないのだが、母と対面するそれぞれの人にとっての母は別人に見える。母がなぜ態度を変えているのかを本書を通して感じていくことは、病者を身近に持つ人たちにとって、何かを考える機会になるだろう。三姉妹の父親、すなわち病者の夫の言動の描写からは、「どうしてそうしてしまうのか」と意見を違えながら読む人もいるかもしれないし、「それ以外に方法がなかったのかもしれない」と感じる人もいるだろうが、ただ、その父親がなぜそのような行動をとったのかは読んでいて了解ができる。また、近くにいない人ほど、現場を知らない人ほど、自分たちの都合のよいように、考えたいように解釈が歪んでいく様子も描写されている。

この物語の主人公は次女である。本書は統合失調症本人の視点で描かれたものではなく、本人をとりまくそれぞれの立場の人の動きや考えが次女の目線で描かれたものである。状況の描写は、それぞれの立場によって確かに意見が異なるだろうこと、そういう状況になりうることを感じさせる。著者の意見が正しいのだといった主張が書かれたものではないから、意見が違ったり、もっとこうしたらいいのにと思ったりできる隙を作りながら読み進ませてくれる。ゆえに、ただその世界に圧倒されるのではなく、本人たちの物語を通して読み手自身の世界のことを、態度を考えることができる。よい発表、よい小説は、主人公と自分の世界を重ねさせる隙を作ってくれて、聴き手や読み手に、自分のことを考えるための機会をくれる。本書は、読み手の成長を補助する。

「統合失調症者」なのか、「統合失調症を持つ人」なのかという命題

著者は、この言葉に悩んでいる。統合失調症だけでなく、うつ病や不安障がいなどの精神疾患、またはがんや脳梗塞などの身体疾患を患ったときに、その本人も、その周囲の人たちも、この命題に悩むことが知られている。病気と自分、病気と母を分けて考えることで、病気に向き合えたり病気から逃れたりすることができるようになる。病気のせいで攻撃的になったり動けなくなったりしても、病気は治療するものであると考えられることで、病気による行動を本人と分けることができるから、本人のことも理解できるようになっていく。とはいえ実際は、病気と本人を分けて考えるのが難しいと感じる人も多い。それはよく、統合失調症を持つ人からの悩みとして「何を言っても病気のせいにされてしまう」「周りの言うことを聞かないと病識がない、病識がないために現実がわかっていないと言われてしまう」などと聞く例に代表されるかもしれない。本人は病気を持つことに傷ついていき、結果的に周囲の人との関係が悪化することがある。また、たとえばうつ病を持つ人は、社会から自堕落と言われてしまったり、動けない自分自身やうつ病になった自分自身をそもそも責めてしまうかもしれない。そういった悲しみを減らすためにも、本人と病気を分けて考えていくことが大切だと考えられている。しかし分けて考えることが難しいのは確かだ。著者は本書で、それでも母と病気を分けられないと書いていた。どうしたら分けて考えることができるのかを、誰かのせいにするだけでなく、社会を構成する一人一人が考えていかなければならないのかもしれないと思わされる。

その一方で、よい意味で、病気と本人を分けないで考えるのがよいと考える人たちがいるのも確かだ。病

状があろうとなかろうとも、すべてをひっくるめて本人であり、そのままの本人でいいという考え方だ。病気そのものもひっくるめた、ありのままでいいと自分自身を認めていくことの方が、楽なのではないかという。確かにそのように思えたことで生きることが楽になった人も多くいた。果たしてどちらの考えが正しいのか、よりよいのかはわからない。答えがないのかもしれないし、一人一人答えが違ってもいいのかもしれないと本書を通して悩まされる。

他者が見た世界を共有すること

他者の考えを理解することはできなくとも、他者が見た世界を共有することによって何かを感じることはできる。

私たちにとって、他人が考えていることを理解することは不可能なことではあるが、他人が見た世界と同じものを見ようとすることはできる。同じものを見たときに初めて、他人の気持ちを、たとえ意見は違ったとしても共感することができるようになったり、解決する方法が見えたりすることがある。本書の小説のような描写は、その体験を助けてくれる。

よくあるエピソードをもってこの意義を示したい。認知症を持つ人が、家にいるというのに「家に帰りたい」と言って家から出ていく場面においてのことである。このとき、本人の見ている世界を見ようとするかしないかによって結果が変わる例である。家を出て迷子になる本人の話を丁寧に聴くことで徘徊するのが減るといった経験をしている家族や援助者は少なくない。家に帰りたいと言って徘徊する人のたまにある例の背景のひとつには、認知機能が低下することで「さっき言ったでしょ」「どうしてわからないの」などと家族によく怒られていたことと、いつも優しかった家族が豹変してしまったと本人が感じていることに加えて、本人の記憶があいまいになっている結果、ここが家じゃないと思うようになるということがある。本人は息子に向かって「息子じゃない」と言ったり「息子が物を盗む」と言うかもしれない。これに〇〇妄想という専門用語をつけてしまうと向精神薬が選択されるしかなくなるが、本人に理由を丁寧に聞けば、薬を出さなくてもよくなることもある。というのは、家とは、安心できるくつろげる場所であり、そうではない場所であれば家とは思わなくなるという基本に戻ることができるからである。

「家に帰りたい」と言われたときに、「何言ってんのここが家よ」と怒るのか、どうしてそう思うのかを慮って聞くかで、本人の安心はまったく異なる。話をよく聴いてくれる場所ならば、なるほどここが安心できる場所にならなかったのだなと援助側は感じ、そこが本人にとっての家になるよう安心を援助していくようになる。これは単に、本人側から世界を再度見ようとした結果である。もしも自分が認知症になって、同じような扱いを受けたとしたらどうか。何か家族が話し合いをしているときに、自分はいつも話題に入れてもらえないようになって、自分はいつも蚊帳の外と感じるようになって、孤独になって寂しくなるかもしれない。何か意見を言うと「さっきも言ったでしょ」と言われる。おなかがすいてごはんが食べたいと思ったときに「ごはんはまだか？」と聞いたら「さっき食べたでしょ」と言われる。家族からしたら何度も何度も同じことを聴くのに嫌気がさしているのだろうから、物言いは厳しくなるのもしかたのないことかもしれない。しかも、本人に何かあったらすべて家族の責任と言われる社会にあるから余計にかもしれない。認知症を持つ人が徘徊して電車の事故にあったときに、鉄道会社が遺族に賠償請求をし（鉄道会社によっては認知症とわかると賠償請求をしないところもある）、地裁が遺族に賠償を命じた例も多数ある。見守れなかった家族に責任があるという司法の判断である。二十四時間見守り続けるのは不可能と思われるが、そのような何でも家族の責任にしようとする社会であるから、家族の物言いが厳しくなる理由も了解できる。

とはいえ本人にしてみれば、蚊帳の外にされたり厳しく言われたときに、たとえばふと、家族の顔がわからなくなってここは他人の家に来たのかなと思って、家に帰りたいなと思うようになる。家に帰って休みたいと思う。それで家を出る。家を出て、何となく見知った場所なのだがどうも家の場所がわからなくて、少し大通りに出ればわかるかもしれないと思って通りに出る。そうしているうちに迷子になる。駅に行けばわかるかもしれないと思って駅を目指すために線路沿いを歩く（認知症の方が線路沿いを歩くエピソードは多い）。家族だけでなく、周囲の人がこれを、徘徊して危ないとして施設に入れるしかないと考えるのか、ここが自分の家なのだと本人にわかってもらえるように安心できるようにするのかで変わることがある。本人の世界を体験しようとすると、本人の気持ちを感じることができるようになる。これが、相手が見ている世界を体験するという意味である。同じような世界を体験したとしても同じように考えたり感じたりするかはわからないが、少なくとも、より想像することができるようになる。本書は、統合失調症を持つ人の家族の気持ちを、そのように想像させる機会をくれる。現在、家族に統合失調症を持つ人がいる人たちにとっての本書は、他人の体験を共有することによって自分の家族を支えるためのヒントがみつかる機会になるかもしれない。現在、家族に統合失調症を持つ人がいない人にとっては、もちろんただ一人の体験の物語に過ぎないのだが、そうした家族の気持ちを本書を通して想像するきっかけを深く得ることができる。

拭いがたい偏見というものがあるが、その偏見は、病者本人を知ろうとする態度によってずっと減っていくものである。知ることは重要だ。もしもそうした偏見の減った人たちが創る社会であればどうだろうか。きっと、本人も、本人を支える家族にとっても、今の社会で孤立し孤独に思う状況から脱することに近づくだろう。社会から偏見が消えていくためには、知ることが必要である。本書は、より丁寧に状況を感じながら知ることを助けてくれている。

経済的困窮と偏見

私たちの国でも、経済的困窮と偏見の中で統合失調症を持つ人を家族だけで支えている現状がある。統合失調症を持つ人にとって、また、その人を支える家族や周囲の人にとっても、私たちの国も含めた多くの国の現状下で社会生活を営むことが、経済的にも精神的にも楽なことではないと現場にいる多くの人たちは感じている。私たちの国では、生活保護を利用する人の割合は高いし、統合失調症を持つ人の自死者や自死未遂者割合は、そうではない人に比べて高い。全世界で約一パーセントの人が統合失調症という病気にかかると言われているが、地域によって有病者の割合は異なり、生活が困窮する地域ほど有病者が多いという報告もある。本書の舞台である米国では、ホームレス状態になる人たちも多く、ホームレス者のうち三分の一から二分の一が統合失調症ではないかという研究報告がある。著者も、母親がホームレスになる可能性を書いている。私たちの国では路上生活者のうち一割ほどが統合失調症の可能性があるといった研究報告もある（欧米のホームレス者の定義は安定した住まいのない人とされているためシェルターに在籍する人たちもホームレス者として数えられるが、私たちの国では路上生活者だけをホームレス者と定義しているなど、文献を比較するときは定義に注意する必要がある）。

統合失調症という病気そのものが生きづらさの原因になっている部分もあるかもしれないが、社会生活を支える資源の不足や、酷い偏見差別が生きづらさの主因だという主張もある。実際に資源の少なさと病状の重さとに関連があるといった研究報告もある。確かに、統合失調症を持つ人を支えるためには膨大な額の社会保障費が必要である。米国ではすべてのがん患者に対する医療費の合計を超える額が統合失調症者を支えるために必要と推計されている。これを削減しようと欧米諸国では精神科病院を減じるか廃止した結果（脱施設化)、統合失調症を持つホームレス状態の人が増えた。

私たちの国では、欧米諸国と比べると三十年以上遅れてではあるが精神科病院を削減し始めているため、統合失調症を持つ路上生活者が増えることが懸念されている。日本では、脱施設化した他の国々に比べると圧倒的に地域で支える資源が少なく、同時に地域から統合失調症を持つ人たちが病院や施設に隔離され続けてきたために、欧米に比べると本人たちとどう接したらいいのかを地域社会がわからない。地域社会から隔絶されてきた結果、本人たちへの差別が少なかったとしても偏見は必然的に根深いものがある。この圧倒的な資源の少なさの中で、本人たちを支えてきたのは家族である。日本の「家族が支えるのが当たり前だ」という考えの強さは、統合失調症を持つ人のうち家族と生活している人の割合が米国の約二倍高いという統計データから支持されるかもしれない。家族や本人を支えようと国は指針を出してはいるが、支えるための社会保障費は一方で削減の一途である。生活保護は、生活が困窮した人に支給される社会保障費であるが、その利用の大前提に、家族が支えられないと証明することが必要とされている。障がい者虐待の問題が取りざたされているが、虐待を行う人の多くが家族である現状がある。虐待は肯定されるべきものではない前提は覆されないが、しかし、疲弊した家族が悪いのか、家族だけの責任にしている社会が悪いのかは考えなければならない。

日本における統合失調症の治療を考える

本書と日本の統合失調症者への治療指針が大きく違うことを通して、相対的な目で日本における治療というものを考えることができると思う。

日本は、精神科病院が世界で一番多いことは有名な事実である。たとえばイタリアでは単科の精神科病院を廃止しているし、その他の欧米諸国も精神科病院の数は私たちの国に比べるときわめて少ない。入院期間についても平均で数日間といった国もあるのに対し、日本では二、三か月は入院することになる。私たちの国では、個人が統合失調症になったときに、治療が必要な状態であり、かつ本人が病気だという認識がなかった場合で治療の同意が得られなければ、無理矢理入院させて治療を受けさせることができる。体を拘束し点滴で治療するのも一般的な方法としてある。そうして病状が回復し内服治療を勧め、内服をしていく動機が得られたことが確認されたときに退院となる。もちろん、自分が何となく病気かもしれないと感じたり、家族がそう思って病院に穏やかに連れてきて、治療が開始されることもある。いずれにしても言えることは、日本で統合失調症を患った場合は、病院につながらないケースもあるにせよ支える人がいるかぎりはたいていの場合は治療を受けることができる。そう考えると、私たちの国での統合失調症者に関する経験値と、無理矢理入院させる制度がないかもっと制度が小さい国で経験する統合失調症者に関する経験値がまるで異なる可能性を本書は示唆する。

本書にある統合失調症者は、ずっと未治療のまま過ごす。その姿を幼少期の著者が、母が高齢になるまでを描写している。きわめて状態が激しいときもあったり、内なる世界に巻き込まれ続けている時期もあった。そして未治療のまま年齢が重なり、高齢になった本人の世界を著者が描写している。私たち日本人にとっての本書の大きな特徴のひとつはここだろう。もしも、統合失調症を持つ人が、強制的に治療を受けなかったとしたらどうなるのかといった答えはたくさんあるのかもしれないが、本書はその一例を示す。本書を読み、強制的な入院ができていたほうがよいと思う人も多いかもしれないし、その一方で、絶対的に強制入院が必要なのかを悩ませるのは、三女だけが高齢になった母と会話ができている点にあると感じるかもしれない。病気が原因で会話ができないのであれば、誰とでもできないのである。しかし三女とは会話ができている。

それは、病気とは関係ない、人間対人間の向き合い方にずいぶん影響されるという当たり前のことを示している。向き合い方の違いが生まれたのは、三女の人間性の素晴らしさが特出しているからだというのではない。たまたま三女の立場だったからといったほうが、より真実に近いように思われる。そうだとすれば、状況によっては、無理矢理入院させて治療を受けさせなくてもよい可能性も示唆される。学会で発表されるような最新の研究からは、統合失調症者の治療を早期に受けるのがよいとされているが、研究というのは複雑な因子をすべて除去した上で進められるものであるから、本当にこの方法が正しいというものは、まだ、ほとんどわかっていないのかもしれない。

本書から精神科医の私が学ぶこと

強い主張のない隙だらけの本書は、精神科医である私にもさまざまなことを考える機会をくれた。精神科医である私にとっての本書は、日々の私の診療が本当に正しいのか、正しいと言われている病気の理解が本当に正しいのか、家族の話をもっとよく聴くべきではないのか、家族のことをもっと考えていかなければならないのではないかなどと、こころが揺さぶられながら読み進まされるものだった。医師が診る統合失調症の患者は、所詮は、診察室の中での短い時間か、悪い状態のときに入院した姿が大半である。少し活動的な医師は往診して患者の生活を見ようとするが、それでも診察室よりは状況が少しわかる程度に過ぎない。患者が何を考え、それを支える人たちがどういった思いでいるのかを、一場面から想像するしかないのだ。そして、ほとんどの想像は、おそらくは間違っている。間違っていたとしても、その一場面一場面は、それぞれまったく違うものであるから、その場面の積み重ねの体験は、いつしか患者像全体を形作る想像力を高めてはくれる。とはいえ、想像力が意義のあるものまで高まるようになるには、何百何千といった人々と出会い話を聴かなければならないだろう。人が何に苦労して、何に困っていて、どうしてほしいのかを想像する力が養われるには長い経験年数が必要である。家族と出会い、家族の困りごとを丁寧に丁寧に聴きつづけて、果たして何百何千か聴いたあとでようやく、家族の困りごとに対してのおそらく役に立つだろう助言ができるようになる。すべての出会いは、一場面でしかないから、その場面を積み重ねていくしか経験値を高めない。しかし、長い年月をかけてようやく一人前の医師になるという理屈は、医師側にとっては当然のことかもしれないが、その途上で出会う患者は、家族は、別の医師に会っていたならばより困難が解決されたかもしれないという苦渋を飲まされることになるから、医師は、自身に経験値がないからといってこれを言い訳にするのは真摯ではない。そこで医師たちは、患者や家族の体験記を読んだり聴いたりして自らの経験値を高めようとする。患者と出会うときは、病状以外にも、幼少期はどうだったのか、学校の生活はどうだったのか、成績は、人間関係は、就職はできたのかなど、病気が発症する前の生活を聴き、また、病気が発症したときや、その後の病状によって起こったことについて聴いていく。回復の援助のために、少しでも早く多くの場面と出会い、少しでも正しく、その一場面につながる、人生の物語に綴るものを理解するためにだ。

患者と出会えば出会うほど、単に、幻覚妄想といった病状だけを相手に治療しても、十分な治療効果が得られないことを知っていく。それは、患者一人一人の心理構造が異なるからだ。幻覚妄想があったとして、同じ統合失調症の治療薬であるAとBという薬があったとしても、Aという薬よりもBという薬が優れているといったものは存在しない。目の前の患者にとってAがより効果的なのかBが効果的なのかは異なる。経験を重ねるにつれて、異なる理由が科学的にどうこうと単純に割り切れないことを知っていく。その患者がどういう人生経験を経てどういう心理構造にあるのかが明らかになったときに初めて、どちらの薬が、より本人にとってよいのかがわかるようになる。または、薬の種類ではなく、飲む時間、量、動機を明らかにすることのほうが、より回復につながることを学んでいく。だから医師は、丁寧に生活背景を聞いていかなければならない。経験とは、経験年数だけを言うのではない。どれだけ丁寧に患者や家族の話を聴いたかの重なった時間を言う。病状だけをみることを何十年も重ねても本当の治療効果を得る経験に至らないことを多くの精神科医は知っている。

そうした実情の中、本書は、精神科医にとっても絶妙な物語と思われた。これは本人の物語ではなく、統合失調症者を母親に持つ次女のみた世界が、小説のように描写されているのである。読み進めながら次女と同じ場面を体験することで、精神科医は家族の気持ちの変遷を追体験していくことができる。生活の状況、背景、そのとき何を思っていたか、どういう生活をしていたかが書かれている。バラバラに精神科医の頭の中にあった場面場面の経験が、ひとつづりに繋がっていくことを補助する。患者のもつ病気を治療をするときは、どれだけ話を聴いたとしても、結局のところは想像する力がものを言うことがある。その想像する力を、本書はひとつづりの物語として体験させてくれるために、高めてくれる。私の場合は、本書を読んで、はっきりと、その後の患者や家族との向き合うときの態度が変わったと実感した。本書がすべてであるという意味ではない。しかし本書は、私たちの精神科医の経験値を高め、それは患者や家族の苦労の援助を、読む前よりはよりよくさせてくれると思う。

おわりに

最後に本書には統合失調症を持つ当事者の気持ちが描かれていないことは強調しておきたい。

本書に不足する点があるとすれば、それは病を患う当事者の気持ちについてである。本書を読むことで家族側の視点を感じたときに、当事者にとっては悲しい気持ちになるかもしれない。読み手も家族側の気持ちに偏るかもしれない。この不足している部分についてだけは、一個の人間の見たきわめて偏った世界でしかないから、悲しむことではないことを強調したい。統合失調症の病気をもっても、幸せに生きている人は多い。偏見が本書によって増長されないことを願う。

それでも本書の強みは、一個の人間の見た世界がずっと描かれていることによる読み手の体験値を高めることである。

多くの人が本書を読み、そして本書だけでなく、多くの現実が書かれたものを多くの人が読み、より正しい想像力を高めていくことで、私たちの住む社会から偏見や、哀しみが、少しでも減ることを願う。

（一陽会陽和病院／精神医学）

訳者あとがき

本書は Laura M. Flynn, *Swallow the Ocean: A Memoir*, COUNTERPOINT, 2008 の全訳である。邦訳にあたって、原書にある Reading Group Guide は割愛した。

昨今、うつ病を中心に心の病に関する記事をメディアで目にする機会が増えた。「職場うつ」「介護うつ」といった言葉が成立していることからもわかるように、社会的認知度も高まり珍しい病気ではなくなってきた。原因のひとつとして「ストレス社会」が挙げられることが多いが、ストレスは人により千差万別であし定義するのは困難である。ともかくひとつ言えることは、心の病が以前より遠い存在ではなくなり偏見も弱まり、精神科病院への敷居も低くなったということである。しかしそのように環境要因により誰でも精神的疾患を患う可能性があると感じられる一方で、心の病の中でもやはり一般的によくその名を耳にする統合失調症となると、その名称が変わる前からのあまり芳しくないイメージがまだつきまとっている気がする。重症であれば患者は隔離すべき危険な存在だという従来の概念も完全に消えたとは言えない。家族など周囲の人たちもそれを承知しているため、できるならば病気のことを隠しておきたい、という気持ちが働くのだろう。以前より病気の認知度が高まったとはいえ、著者も言うようにこれが「脳に変化をもたらす病気で、ガンや糖尿病と同じように化学的で身体的な病気」であり薬物療法等により治癒可能であるとの認識はまだ低い。原因として素因の影響が三分の二、環境の影響が三分の一と言われており、高血圧や糖尿病のそれと似かよっているのだが、まだまだいろいろな意味で偏見をもたれていることは否めない。

以前精神医学関連の書籍翻訳に携わり精神障害について知識を得た際に、本書の著者の母のように病気になりつつ自らの意思により、あるいはただ外に出ることが不可能だというような理由で、専門家の治療を受けていない患者が多いことを知った。厚生労働省の調査によると生涯のうちに統合失調症にかかるのは人口の〇・七パーセントということだが、かっこ付きで〇・三〜二・〇パーセントと補足されるように多分に推測の域を出ない。これはもちろん治療を受けていない患者数の把握が難しいためであり、家族だけが密かに悩みを抱えている場合が多いことを暗示する。この病気では患者本人が病気を自覚できないケースも多く、それがまた治療への壁となっている。身近な人たちが通院や治療を勧めても本人が応じないのもそのためであろう。そうなると家族がすべて背負い込むことになるのだが、調査によると十代後半から二十代が発症のピークということで、病気が長引くと親が高齢化するなど苦悩を抱える家族も多い。

本書での著者の立場はその逆にある。子供の視点から見た統合失調症患者の母親を描いた本書を初めて読んだとき、非常に斬新な印象を受けた。どのようなものであれ誰かが病気になると家族が大変な思いをするのは想像に難くないが、通例それが公に語られるのは患者の親の視点、あるいは患者の子供であっても大人の視点からである場合がほとんどだと思う。本書の意外性はそれが幼少期の子供の視点から語られることにある。たとえば七、八歳の子供でも高熱で寝込んでいる親を見たら具合が悪いと気付くであろうが、身体的変化を見ない心の病の場合、親が病気だと自覚することは非常に難しいし、著者自身もそう語っている。それが何か的確に表現できないが自分の母親が他の母親とは違っているという感覚、それもそうした相違が徐々に顕著になっていく感覚。それは当の子供本人にしかわからない、とてつもない不安、恐怖であろう。十歳のときに統合失調症という病名を初めて聞かされたときに著者がそれを「拠り所にできる何か」と感じたのも理解できる。たとえそこからの脱出径路がわからなくても、自分が漂着した無人島がどの位置にあるのか確認できたような気持ちだったのではないだろうか。

普通なら子供は親を見てその真似をしながら、そして親から注意を受けながら成長するものだが、著者にはそれがかなわなかった。本書で描写される池にいるカモの親子のように盲目的に親に付き従う小ガモであることを病気の母は娘たちに求めるが、著者たち姉妹はそれができないこと、それをしてはいけないことを幼いながら本能的に気付いていていた。子供ながらのその辛い認識が彼女たちを救ったのだろう。幼いころは著者にとってもそうであったように、一般に母親とは自分の世界の中心にいて一番頼りにし愛すべき存在である。そんな自分の母親が変わった行動をとるようになったり自己抑制できなくなったりする姿を見ることがどれほど幼い子供を困惑させ精神的打撃を与えるか、想像すると切なくなる。愛する父を悪魔呼ばわりしたり、著者のもっとも信頼している姉に暴力をふるったりするのを見て、母への愛情が次第に憎しみに変わっていったのはいたしかたないだろう。それでも著者はまだ小学校の高学年という幼さながら、妹の面倒を見つつ母の顔色、様子をうかがうという息の詰まるような暮らしを体験し、心に重荷を負いながらもその困難な時期を潜り抜けて立派な大人へと成長した。ここに著者の精神力の強さと柔軟性を感じとることができる。ともに戦うことができる運命共同体とも言うべき姉、妹がいたことは不幸中の幸いだっただろう。しかしそうした特異な幼児体験が人格形成に大きな影響を及ぼすのは間違いないし、それが悪い方向に出てしまったら悲しむべきことである。本書はそうした悲壮な経験をしながらもその過酷な幼少期を耐え抜いた者による稀有な自伝と言えよう。

著者は幼いころから本の虫で創作が好きで、物語をノートに書いたり、現実逃避のために没頭していた姉妹との人形遊びの中でさまざまな空想のストーリーを紡ぎ出したりした。そうしたこともあり本書はノンフィクションでありながら小説かと錯覚してしまうほど巧みに構成されている。自らの体験記であるがゆえに著者の微妙な心理も読み取れる反面、それが年月を経ているせいもあり、どこか客観的で冷静な視点も感じられる。舞台はサンフランシスコであるが、湾の光景、ゴールデン・ゲート・パーク内の池、遊びに行った海など、随所に水のイメージが織り込まれる。自然な叙述の進行の中で、この「水」が著者の心理を抽象的に表現している。

概して見れば、描かれているのは精神障害の母と対峙せざるを得なかった暗く重苦しい日々であるし、著者が恐怖に凍りついた場面も何度か描写される。ハッピーエンドを期待して読むと、裏切られる。過ぎ去った昔の話、というのであればもっと美化する気持ちも生じたかもしれないが、母との関係が現在進行形であるがゆえに、著者の解かれていない緊張感が随所に感じられる。著者は勇気をもって自らの母の病を告白し、自らの苦しい心情変化も率直に描写している。この統合失調症という病気が治療もせずそのままにしておくとなかなか治りにくい病気であること、そして長期間あるいは一生、重荷を背負って生きていかなくてはいけない家族もいる、ということを痛感させられる。身を切られるような思いで書いたであろうこの述懐を真摯に受けとめ、社会全体として偏見を捨てて、思いやりをもって患者、そしてその家族を見守るべきだろう。

本書の制作にあたっては、企画の段階から編集部の田所俊介氏に大変お世話になりました。訳出にあたり適宜適切なアドバイスをいただき安心してスムーズに作業を進めることができました。ここに深く謝意を表します。

佐々木千恵

父・ラス，著者，妹・エイミー，姉・サラ，1976年

著者略歴

（Laura M. Flynn, 1966－）

サンフランシスコ生まれ．ウェスリアン大学を卒業後，ミネソタ大学にてクリエイティブ・ライティングでMFA取得．現在ミネソタ大学で創作を教える傍ら，社会活動家，人権擁護家として運動を続けている．1994年から2000年までハイチに在住し，同国の民主化，人間としての尊厳を求める戦いに深くかかわった．編著に *Eyes of the Heart: Seeking a Path for the Poor in the Age of Globalization*（Common Courage Press, 2000）がある．

訳者略歴

佐々木千恵〈ささき・ちえ〉 1967年生まれ．翻訳家．駒沢女子大学講師．訳書にフェイ『ショスタコーヴィチ ある生涯』（アルファ・ベータ 2002）ウォルシュ『10代の子って，なんでこうなるの！』（草思社 2005）ワキテル『子どもと家族を援助する 統合的心理療法のアプローチ』（星和書店 2007）サトクリフ『クイーン 華麗なる世界』（シンコーミュージック 2011）ほか．

ローラ・フリン
統合失調症の母と生きて
佐々木千恵 訳
森川すいめい 解説

2014年 1月27日 印刷
2014年 2月7日 発行

発行所 株式会社 みすず書房
〒113-0033 東京都文京区本郷5丁目32-21
電話 03-3814-0131(営業) 03-3815-9181(編集)
http://www.msz.co.jp

本文組版 キャップス
本文印刷・製本所 中央精版印刷
扉・表紙・カバー印刷所 リヒトプランニング

ISBN 978-4-622-07799-2
[とうごうしっちょうしょうのははといきて]